智囊

话本华精白

〔明〕冯梦龙 著

若水古社 编译

成都时代出版社
CHENGDU TIMES PRESS

图书在版编目(CIP)数据

智囊／（明）冯梦龙著；若水古社编译 .－－ 成都：成都时代出版社，2024.2

ISBN 978-7-5464-3312-7

Ⅰ.①智… Ⅱ.①冯… ②若… Ⅲ.①笔记小说－小说集－中国－明代 Ⅳ.① I242.1

中国国家版本馆 CIP 数据核字（2023）第 221384 号

智囊
ZHINANG

（明）冯梦龙／著　　若水古社／编译

出 品 人	达　海
责任编辑	周　慧
责任校对	张　旭
责任印制	黄　鑫　陈淑雨
封面设计	高高 BOOKS
装帧设计	高高 BOOKS

出版发行	成都时代出版社
电　话	（028）86621237（编辑部）
	（028）86615250（发行部）
印　刷	天津旭非印刷有限公司
规　格	146mm×210mm
印　张	10
字　数	278 千
版　次	2024 年 2 月第 1 版
印　次	2024 年 2 月第 1 次印刷
书　号	ISBN 978-7-5464-3312-7
定　价	49.80 元

出版说明

　　《智囊》是明代著名文学家、戏曲家冯梦龙的代表作。全书分为上智、明智、察智、胆智、术智、捷智、语智、兵智、闺智、杂智十部共计二十八个小类，辑录了从先秦到明代一千多则智慧故事，是一部帮助人们排忧解难和克敌制胜的处世奇书。

　　冯梦龙（1574—1646），字犹龙，又字子犹，号龙子犹、墨憨斋主人、顾曲散人、吴下词奴、姑苏词奴、前周柱史等，明朝南直隶苏州府长洲县（今苏州）人。冯梦龙出身于名门世家，其作品除了这本《智囊》之外，还有世人皆知的"三言"（《喻世明言》《警世通言》《醒世恒言》）、《新列国志》《增补三遂平妖传》《古今谭概》《太平广记钞》《情史》《墨憨斋定本传奇》），以及许多解经、纪史、采风、修志的著作。

　　冯梦龙年轻时，也和当时所有的读书人一样，把主要精力都放在对经史子集的诵读上，为的是能够通过科举走向仕途之路。可谓"不佞童年受经，逢人问道，四方之秘复，尽得疏观；廿载之苦心，亦多研悟"。然而，即使这样用功，他的科举之路仍然十分坎坷。他在明崇祯三年（1630年）才补为贡生（成绩优异的秀才，可入京师的国子监读书），直到60岁时才勉强混上一个知县，但只干了四年就辞官回乡了。

纵览冯梦龙的一生，虽有经世治国之志，却长期在社会的下层沉沦，或靠舌耕授徒糊口，或为书贾编辑养家，可以说是不得志的。但是，他的作品却让其在中国文学史上拥有了一席之地，也奠定了他在中国出版史上的崇高地位。

从今天出版学的角度来看，冯梦龙所有的作品都有一个共同的特点，那就是注重实用。尤其是这本《智囊》，更是充分体现了这个特点。在本书的自序中，他开篇就写道："人有智犹地有水，地无水为焦土，人无智为行尸。智用于人，犹水行于地，地势坳则水满之，人事坳则智满之。周览古今成败得失之林，蔑不由此。"并总结出"古今成败得失"的原因，其用意不可谓不深远。

《智囊》初编成于明天启六年（1626 年）。后来，冯梦龙又对其进行增补，重刊时改名为《智囊补》，又名《智囊全集》《增智囊补》《增广智囊补》等。全书既有政治、军事、外交方面的大谋略，也有士卒、仆奴、僧道、农夫、画工等小人物日常生活中的聪明才智。书中涉及的典籍几乎涵盖了明代以前的全部正史和大量的笔记、野史。因此，可以说，冯梦龙的这部《智囊》不但具有现实的实用价值，而且还兼具重要的资料价值和校勘价值。

为了让读者能够流畅阅读这本帮助人们排忧解难、克敌制胜的古代处世奇书，本版《智囊》对原著做了以下加工整理。

1. 从实用性出发，剔除了观点落后、封建思想比较浓厚的主题，如兵智、闺智、杂智，从其他七部选取实用性比较强的故事，分为上等的智慧、思维的智慧、调查的智慧、胆量与智慧、敏捷的智慧、策略的智慧以及语言的智慧。

2. 从便利性出发，方便读者通畅地浏览跌宕起伏的故事情节与意蕴深长的文字，不采用原文与译文的对照，仅将简洁明快、通俗易懂的白话文故事呈于纸上，并将冯梦龙的评语译成白话文，以仿宋小字附于故事之后。

3.鉴于原著每卷卷名不太好为现代人所理解，如见大、远犹、亿中等，以及故事通常用历史人物的名字做标题无法体现故事精髓等不足，书中卷名及故事标题均被翻译成通俗易懂且能体现其智慧精华的白话文。

4.《智囊》涉及大量古代文化常识，尤其是历代职官，品类繁多，职能复杂。为了让读者对其有大致了解，从而加深对故事发生背景的理解，本书特地梳理了书中涉及的50余个先秦到清朝时期的从中央到地方的文职、武职，并对其沿革、职能、品级做了简单介绍。

若水古社

自 序（译文）

冯梦龙

　　人要有智慧，就像土地要有水一样。土地没有了水，就会变成一片焦土；人没有智慧，就会变成行尸走肉。将智慧运用到生活中，就好比水流在土地上一样。地势低洼的地方就注满了水，人事“低洼”的逆境也充满了智慧。纵观古今成败得失，没有一件不是这样的。如何来证明这一点呢？

　　曾经处于优势的夏桀和殷纣是愚蠢之君，而处于劣势的商汤和周武王是聪明之君。齐、楚、燕、韩、魏、赵六国联盟力量很大，却很愚蠢；而秦国虽然势单力薄，却很聪明。楚汉相争时，楚王项羽势力强大却愚蠢，而力量薄弱的汉王刘邦却很聪明。当政的隋朝皇帝杨广愚蠢，而他的大臣唐王李渊却聪明。居统治地位的南宋王朝愚蠢，而后起的元朝却聪明。元朝后期的统治者愚蠢，而率领百姓成大业的本朝圣祖（指明太祖朱元璋）却聪明。以上所列举的这些历史上的大事件尚且如此，那些小事情也就不言而喻了，这就是《智囊》这本书所要阐发出来的哲理。

　　有人反驳我说：“从智慧上看，很少有人能超过舜的，但他却经常被他那顽固而愚蠢的弟弟象置于困境之中；也很少有人能够超过孔子的，但他却被困在陈国和蔡国。西家邻居的儿子，对于儒家的“六经”十分精通，却空怀璞玉之才而不能为世所用，生活贫困；东边邻居的儿子，大字不识一个，却坐享祖辈传下来的荣华富贵，仆人过百。你所说的愚失而智得又体现在哪里呢？"

我笑着回答说："您没有见过那些挖井的人吗？他们在下面打井时，冬天光着身体，夏天却穿着厚厚的皮袄，靠着绳子缒入井中，坐着土筐升到井上。他们能在平地上找到水源，靠的就是智慧。如果说土已挖到了头，没有见到泉水，却被石头挡住，情况发生了变化，怎么办？宋代有个叫种世衡的人，他在遇到这种情况时，就能将石头砸得粉碎并使泉水涌出，从而使千家万户都受惠。因此，同样是挖井见石，愚者看到的只是石头，而智者却能透过石层看到泉水。事物的变化能让智者暂时处于困境，但智者的智慧却使他不被这些变化所困。如果舜和孔子没有那样超人的智慧，那么舜就将被他弟弟烧死在谷仓中，从而化成灰烬，或者被活埋在井里，变成泥土；而孔子也将在陈国或蔡国被活捉。但舜不但成功脱险，而且还能够在事后悠闲地坐在床边弹琴；而孔子虽然没有摆脱困境，却在郊外弦歌不绝。您既然还不懂得圣人对智慧的妙用，又怎么能窥视我的《智囊》的奥妙呢？"

有的人又说："舜和孔子的事情，就算是事实吧，但'智囊'这种称呼，正是造成汉代大臣晁错被杀于集市的原因，您为什么还要宣扬它呢？"

我反驳道："错了，错了，晁错不是死在智慧上，而是死在愚蠢上。当他坐而谈论治国时，皇帝已经高兴得面露喜色；可是等到吴楚七国谋反的战争打响之后，他竟然建议皇帝亲自带兵出征，他自己却留守京师。他做了这件不聪明的事，才使谗言四起，从而导致被杀。然而，晁错虽然在保护自己方面是愚蠢的，但在筹划国家大事上却是聪明的，所以即使他已经死了上千年，人们还为他感到惋惜，将他列入名臣之中。后来一些见识短浅的小人，在保护自己方面特别聪明，而在筹划国事方面则特别愚蠢。用这种人和晁错那样的人相比较，难道还看不出谁美谁丑吗？再说对于"智囊"这个名称，您只知其一，不知其二。在晁错之前，有樗里子被称为智囊；在晁错之后，有鲁匡、支谦、杜预、桓范、王德俭被称为智囊；在本朝，杨文襄公（名一清）也有这个称号。这几个君子之士，虽然所走的道路不一样，但大多数都完成了自己的事业，建立了杰出的功勋，身荣道泰。您撇开智囊的好处不谈，却专列它的害处，这好比看到一个人在乘船渡河时被淹死了，就劝别人不再乘船一样，这就太不聪明了。"

又有人说："您写《智囊》，打算让别人学习智慧，但智慧到底是天性，还是从书上学来的呢？"

我回答说："我前边早就说过这一点，智慧就像水的样子，藏在地中时它是天性，而要开凿它，让它流出来，这就得靠后天的学习了。而开凿出来的井水、涧水、泉水，它的用处与江水、河水是一样的。我所担心的是，人们天性中的智慧像藏在地下的水那样，被埋藏在土石之下，而不能流露出来，于是就用这些写在纸上的话，来当作发掘智慧的'铁锹'和'土筐'，这样做或许对于经世济用会有一定的作用吧。"

又有人说："我听说：'取法乎上，仅得其中。'您品评的这些有智慧的人中，有些是十分狡诈的不法之人，却被您列为上等；而那些鸡鸣狗盗之流，您也记录了他们的奇闻。这样您的《智囊》将变得污秽不堪，这怎么能用来教育世人呢？"

我告诉他："我品评的是智，而不是人。不考虑那个人怎么样，只考虑那件事怎么样；不考虑那件事的价值，只考虑事件所表现出来的智慧。即使是那些狡诈的不法之徒或小偷强盗，哪个不是我治世药箱中的药材呢？我把它们当作蜘蛛网，就可以捉虫子；我把它们当作蚕茧，就可以做蛹的住房。这就好比是百川之王的黄河，众水同归，难道它还会对水流的大小、清浊做有选择的接受吗?"

可能再也没有什么可以被人责难的了，于是我便将这些话作为本书的开篇。

目 录

第一部　上等的智慧

纵深观势，深谋远虑

通达事理，化繁为简

抓住关键，游刃有余

第二部　思维的智慧

第三部　调查的智慧

第四部　胆量与智慧

第五部　敏捷的智慧

第六部　策略的智慧

第七部　语言的智慧

第一部　上等的智慧

总　序

　　真正的智慧没有固定的法则可以遵循，而要根据不同的现实情况，采取恰如其分的对策。所以愚蠢的人有时也会有一得之见，而聪明人反而失之于考虑太多。为什么呢？因为上等的智慧是出乎自然和事理的，所谓"从心所欲不逾矩"，并不是千思万虑就能达到的。别人注意小事，我从大处着眼；别人看得近，我看得远；别人愈忙而事情愈乱，我不动声色而事情自然搞定；别人束手无策，我游刃有余。这样，再困难的事情对于我来说都是容易的，再大的事情对于我也都是小事。我的斡旋深入无声无息的细微之处，我的举动却出乎于人们思索意料之外。有时是起初相抵触然后相符合，有时看似相反而实际上却并不矛盾。

　　当我悠闲自得时，豪杰们难免对我产生怀疑；而我一旦做出决断，圣人也无法再改变。啊，智慧到了这种程度，难道不是上等的吗？

　　上等的智慧是无法学习的，有意学习的人也只能取法其上而仅得其中。或者像人们所说的，一些不见得聪明的人偶尔表现出的上等智慧，也往往对我们有启发，起到触类旁通的效果。因此，我将这些智慧列举出来，分为见大、远犹、通简、迎刃四大类，并统统把它们称为"上等的智慧"。

以小见大，掌控全局

一操一纵，度越意表。寻常所惊，豪杰所了。

大意是：善于用人的领导者，能够做到收放自如，却又让人难以意料。寻常之人对此感到惊异，豪杰之士却能够了然于心。

孔子尽人之才

春秋时期，孔子带着他的弟子周游列国。有一次，他的马跑掉了，而且还吃了农民的庄稼。

那个农民很生气，就把孔子的马给扣了下来。孔子的学生子贡前去向农民求情，说了许多好话，却还是没有把马取回来。孔子感叹地说："用别人不能理解的话去说服人，好比用最"高级"的牺牲——太牢（牛、羊、猪各一）去供奉野兽，用最美妙的音乐——《九韶》去取悦飞鸟，有什么用呢？"于是，孔子又派养马的人前往。养马人对那个农民说："你不会在东海耕种，我也不会去西海旅行，可见天下其实很小，咱们一家亲，我的马吃了你的庄稼，也就不奇怪了。"农民听了很开心，十分痛快地解开马交还给了他。

　　所谓人以群分，拿《诗经》《尚书》的道理去说服乡野之人，这正是腐儒之所以误国的原因。而养马人的话虽然不错，但如果由子贡去说，农民仍不会听从。为什么呢？因为儒生与农民在外貌和修养上相别甚远。那么孔子为什么又不直接派养马人去，而要先听任子贡前去呢？因为如果先派养马人去，即使他一去就将马取回，子贡也不会服气，所以不如先让子贡自己去碰一下钉子，再让养马人去。这样，妙处自然会显露出来。圣人通达人情，所以能够恰当地发挥各人的长处，而后来的朝代，往往用金科玉律束缚人，以论资排辈限制人，又总是指望一个人在各方面都要出色，怎么能把天下的事办得好呢？

以愚挫智

　　南唐时期的广陵人徐铉、徐锴兄弟和他们的父亲徐延休，号称"三徐"，在江南名声很大。这三个人都以学识渊博、见多识广、通达古今闻名于北宋朝廷，其中又以徐铉的声望最高。有一次，恰好南唐派徐铉到北宋朝廷纳贡，按例要由朝廷派官员去做押伴使。但满朝文武都因为自己的辩才不如徐铉而生怕中选。宰相赵普也不知要选谁为好，便去向宋太祖请示。太祖说："你先退下吧，朕亲自来选。"

　　没过多久，宦官命令殿前司听旨，要他写出十个不识字的殿中侍者的名字送来。殿前司写好后，宦官将名单送给太祖，太祖御笔一挥，随便点了其中一个人的名字，并说："让这个人去就可以。"这使在朝的官员都大吃一惊。赵普也不敢再去请示，只好催促那人赶快动身。

　　那位殿中侍者也不知为什么要派他去做使臣，又得不到任何解释，只好前去。一上船，徐铉就滔滔不绝，词锋如云，周围的人都为他的能言善辩而惊讶。那位侍者当然无言以对，只是一个劲地点头称是。

徐铉不了解他的深浅，愈发喋喋不休，竭力与他交谈。一连几天，那人却不与徐铉论辩，徐铉说得口干舌燥，自觉无趣，也就不吭声了。

岳珂认为，当时陶毅、窦仪等名儒衣冠楚楚出入朝廷，若谈论辩之才，难道会输给徐铉吗？宋太祖作为大国之君，之所以这样做，用的就是"不战而使敌人屈服"这个兵家之上策。孔子指派养马人是以愚治愚，宋太祖派遣不识字的殿中侍者，是以愚困智。以智者去对付愚者，愚者无法理解；以智者与智者较量，谁也不会认输。

白沙人陈公甫拜访定山人庄孔易。分别时，庄孔易用船送他回家。船上有一个读书人，平时就油嘴滑舌，在船上说起话来也肆无忌惮。庄孔易愤怒得不得了，而陈公甫却泰然处之。当那人胡言乱语时，好像没有听见他的声音一样，等到那人走时，好像根本就不认识他一般。庄孔易对陈公甫十分佩服，这也是宋太祖降服徐铉的办法。

用人之长

唐德宗时，韩滉曾出任三吴节度使。凡是他所接纳的宾客，都根据他们各自的才能，恰当地予以使用。有一次，一个老朋友的儿子来投靠他，可那人却没有什么特殊才能。一天，韩滉让他参加宴会，他居然从始至终端坐在席上，没有和对面的人交谈一句。韩滉注意到他的这个特点后，就将他安置在军中，让他看守仓库大门。从此，这个人每天一早进入帷帐，一直端坐到太阳落山，官吏和士兵都不敢随便出入。

五代的吴越王钱镠，经常到王府花园游玩，发现园丁陆仁章培植花木很有办法，便记住了他。后来淮南兵围困苏州时，钱镠就派陆仁章到苏州城去送信，陆仁章果然顺利完成了任务，带着回信返回。钱镠很器重他，将他作为自己的孙辈收养。

如果领导者都能像韩滉、钱镠那样用人，那么天下就不会有被遗弃的人和被荒废的事了。

另据史书记载，淮南王派兵包围苏州时，推着洞屋攻城。苏州守将孙琰命令士兵在城墙上竖起一根大木杆，顶端安上滑轮，穿上一根粗绳子，绳子的一端绑有铁锥，守兵从城墙上往下投掷铁锥，将洞屋屋顶击破，然后使劲拉绳，利用滑轮的作用将屋顶揭开，攻城的敌人统统暴露无遗。后来，敌人开炮时，就张开网阻挡，致使淮南军无法攻克。

吴越王派兵来救援苏州，只有一条水路可以通往城内，但此时淮南兵却用缀上铜铃的大网悬挂在水中，连鱼鳖游过会弄得铃声大作，无人不晓。都虞候司马福想偷偷入城，便想了一个计策，故意先用竹竿触网，敌人听到铃声后立即收网，拉起来察看，而司马福则乘机潜过网。他在水中潜藏了三天，才进了苏州城。司马福在与守军取得联系后，使城中的号令与援兵相互呼应。敌人对此百思不得其解，以为是神仙在帮忙。这和前面说的陆仁章送信可能是同一件事，可能是把其中一个的姓名弄错了。

国王尊大臣为师

燕昭王在位期间，礼贤下士，励精图治，是战国时代一个很有作为的君王。有一次，他向郭隗（wěi）询问治国之道，郭隗说："国君的臣子，是他的老师；诸侯的臣子，是他的朋友；伯爵的臣子，是他的门客；不安宁的国家用奴才为臣，就看大王如何选择了。"燕昭王说："我很想学习，却苦于没有老师。"郭隗就说："大王如果真的想振兴国家，我郭隗请求为天下有识之士开路。"于是燕昭王为郭隗重新修建了宫室，并尊他为老师。不到三年，苏秦从东周洛阳来到燕国，邹衍从齐国来到燕国，乐毅从赵国来到燕国，屈景也从楚国来到了燕国。

郭隗通晓招贤纳士的智慧，有气量宏大的大臣气象，不愧为帝王的老师。雍齿虽不得汉高祖欢心，但战功卓著，汉高祖于是听从张良的建议，首先封他为侯，使所有功臣的心都安定下来。许靖倜傥魁伟，足智多谋，品行高洁，在刘璋手下曾做巴、蜀等郡太守。刘备打败刘璋后，封许靖为将军长史、太傅，对他以礼相待，使蜀国的士大夫们都一心报效于朝廷。这些都是给那些有识之士以名誉，而自己从中获利的案例。

容人之过，宽恕仇人

汉宣帝时期的丞相丙吉有一个好喝酒的车夫，喝醉之后行为很不检点。有一次，他驾车随丙吉外出，酒醉后呕吐在车上，相府的主管骂了车夫一顿，并打算辞退他。丙吉说："如果因为他醉酒而遭辞退，还有哪里会收容他呢？还是忍忍吧，毕竟只是把车上的垫褥弄脏了而已。"于是，车夫没有被辞退。

这个车夫家在边疆，经常目睹边疆发生紧急军务的情况。那天出门，恰好看见驿站的人拿着红白两色的口袋，将边境的紧急文书送来，于是就跟到皇宫正门负责警卫传达的公车令那里打听，得知敌人已经侵入云中、代郡等地，他马上回到相府，将情况告诉了丙吉，并说："恐怕敌人所侵犯的边郡中，有些太守和长史已经又老又病，无法带兵打仗了，丞相最好先查看一下。"丙吉认为他说得很对，就招来负责高级官吏任免事项的官员，查阅边境郡县官员的档案，对每个人都进行仔细审查。不久，汉宣帝召见丞相和御史大夫，询问敌人所入侵的郡县官员的情况，丙吉对答如流，而御史大夫却无言禀告，只得降职让贤。丙吉能以时时忧虑边疆、忠于职守而被称道，这里面也有车夫的功劳。

宋朝时，郭进任山西巡检时，有个军校到朝廷控告他，宋太祖召见了那人，经审讯后查明是诬告，于是就将他押送回山西，交给郭进，让郭进亲自杀了他。当时正赶上北汉国入侵，郭进就对那人说："你既然敢诬告我，说明还是有点胆量的。现在我赦免你的罪过，如果你能出其不意消灭敌人，我将向朝廷推荐你。如果你被打败了，那就自己去投河，不要弄脏了我的剑。"结果那个军校在战斗中奋不顾身、英勇杀敌，居然打了个大胜仗，于是郭进就向朝廷推荐了他，使他得到了重用。

容忍别人的小过失，他必将以自己的一技之长来回报；宽恕自己的仇人，他必将会以死相报。只因为要报答恩人的感情激荡在胸中，所以他的长处一遇触发的机会就会被激发出来。那些专门去收集别人的过错、去"制造"仇人的人，真是太愚蠢了。

假戏真做

秦桧当权的时候，有个书生模仿他的笔迹，并以他的名义写了一封信，然后拿着这封信去拜谒扬州太守。太守一看，就知道这封信不是秦桧写的，就将那封信和那个书生一起押送给秦桧。

秦桧知道了这件事之后，不但没有惩罚那个书生，反倒给了他一个官当。有人不理解，便问秦桧为什么要这样做，秦桧回答说："这个人既然有胆量敢以我的名义写假信，肯定不是一般的人物。如果我不用一个官职把他束缚住，万一让他跑到胡人那里，或者跑到南方去为越人效力，那就不好办了。"

宋仁宗时，韩琦出任陕西安抚使，范仲淹任陕西宣抚使，共同防御西夏。当时，有张、李两个青年想为韩琦和范仲淹出谋划策，又不好意思自我推荐，于是就刻了一个诗碑，将自己的才干德行吹嘘了一番，让人拉着从韩琦和范仲淹面前经过。韩、范二人见了，反而起了疑心，没有任用他们。后来，这两个人就跑到西夏去了，分别化名为张元、李昊，并到处题诗。西夏国主赵元昊听说此事，十分好奇，就召他们进宫去面谈。一席话下来，元昊发现这两人果然有才干，非常高兴，便将他们视为谋臣，后来这两人成为大宋西部边境的大患。从这件事中可以看出，秦桧虽然是奸臣，但他的做法却远远胜过韩、范二公。这就是所谓的人下之人有人上之智呀！

还是北宋时期的事，当时有个人伪造韩琦的信，然后将此信拿去拜谒福州知府蔡襄（字君谟），蔡襄虽然看出了破绽，但见那人颇有豪侠之气，就给了他钱三千，然后写了回信，并派了四个士兵护送他回去，还带了一些果物送给韩琦。那个人到了京城之后，便前去向韩琦请罪，韩琦缓缓说道："我的能力有限，恐怕不能帮你的忙！这样吧，夏太尉现在在长安，你可以到那里去见他。"随即为他写了一封介绍信。对于韩琦的做法，大家十分不理解，认为不怪罪他就足够了，何必还要再写介绍信呢？韩琦却说："这个人敢假冒我的名义写信，而且还感动了蔡襄，说明他确实很有才气。"后来，那个人到了关中之后，夏太尉果然给了他一个官职。

再比如，宋哲宗元祐年间，苏东坡出任杭州知府。刚上任时，都商税务官押来了一个偷税的人。原来这个人是南剑州乡贡进士吴味道，他身上带着两个特大的包袱，外面写着苏东坡的名字和官衔，送往东京汴梁苏侍郎住宅。苏东坡问他包袱里是什么东西，吴味道十分害怕，只好实话说道："我今年秋天有幸得到乡里的推荐，朋友集资让我参加省试，送给我钱百千，我就购买了三百六十丈建阳纱，考虑到路上所经过的乡镇都要收税，到了京城就剩下不到一半了。于是我心中暗想，当今天下名望最高而又爱奖掖后进的，只有翰林学士先生您了。即使事情败露，您也一定会同情我。于是我就借着给先生送东西的名义，将东西装好带着走。却不知道先生已经到这里来做知府了，在下实在罪责难逃。"苏轼听了这番话，将他审视良久，然后大笑起来，让人把那两包东西上原来封皮的字取下来，然后换上他亲笔写的字，上面写着他的新官衔，送交东京竹竿巷。并写了一封信，让他带给自己的弟弟苏辙，然后告诉他："赶紧走吧，这回你即使上天去也没有妨碍了。"第二年，吴味道进士及第，特来向苏东坡道谢。

宽恕下臣，厚待侍儿

有一次，楚庄王在宫中大宴群臣，席中命令一位美姬依次为众人斟酒。黄昏时分，大臣们个个喝得酒酣耳热，蜡烛也烧完了。这时，有个臣子趁天黑拉扯那个美姬的衣服，美姬很生气，便顺手拉断了那位大臣的帽缨，然后到楚庄王那里告状。楚庄王听了，心想，何必为了这点小事而使我的大臣受辱呢？于是下令说："今天看到大家喝得很痛快，我十分高兴，这样吧，我们干脆拉断帽缨，然后继续喝。"众人于是都拉断自己头上的帽缨，狂欢作乐，尽兴才罢宴。后来，楚国和郑国开战，在一场战争中，有位将军在楚庄王面临危难的时刻，冒着生命危险，冲入敌阵，不但救出了楚庄王，而且还大败敌军。班师回朝之后，楚庄王便询问那位将军是何人，才知他就是那天晚上被美姬拉断帽缨的人。

汉文帝时，袁盎曾经在吴王刘濞的手下当过丞相。当时，袁盎府中有个从史与他的一个侍妾私通。袁盎知道这件事后，并没有泄露出去，但却开始有人去吓唬那个从史。那个从史十分害怕，马上就逃跑了。袁盎亲自去将他追回来，然后将侍妾赐给他，对他仍像过去一样。到汉景帝时，袁盎来到中央朝廷担任太常，不久后又奉命出使吴国。当时吴王正在谋划反叛朝廷，想将袁盎杀掉。于是便派五百士兵包围了袁盎的住所，袁盎却毫无察觉。而当初的那个从史此时已经在军队中担任校尉司马，并奉吴王之命前来包围袁盎。那个从史知道自己所包围的人正好是袁盎时，就买来二百石好酒，请那五百个士兵开怀畅饮。士兵们一个个喝得酩酊大醉，呼呼大睡。当晚，那个从史便悄悄走进了袁盎的卧室，将袁盎唤醒，然后对他说："您赶快走吧，吴王要造反，天一亮就会将您斩首。"袁盎问他："你是谁？为什么要救我呢？"那个从史说："我就是当初那个与您的侍妾私通，却得到您厚待的那个从史呀！我现在在军中担任校尉司马！"袁盎这才明白是怎么回事，于是赶快逃离了吴国。

五代时后梁的葛周，宋代的种世衡，都曾经使用这一策略战胜敌人、讨伐叛逆。又如唐代的张说免遭祸殃，可以称之为有转圜之福。金兀术不杀小兵的妻子，也算得上是胡人中的杰出者。

五代后梁的侍中葛周，有一次与自己所宠爱的美姬一起饮酒，这时葛周身边的一个侍卫一直盯着美姬看，葛周问他话，他都答不上来。过了一会儿，那个侍卫才感觉到自己的失态，十分惶恐，害怕葛周会惩罚他。但是，葛周却什么也没说，什么也没做。后来，葛周率军与后唐的军队交战，战事失利。葛周大声呼喊这个侍卫，命他去迎敌。这个侍卫领命而去，奋勇杀敌，终于打败了敌人。回来之后，葛周将那个美姬赐给他做了妻子。

北宋初年（960年），苏慕恩的部落是胡人中实力最强大的部落。有一天晚上，当时镇守边关的种世衡与苏慕恩一起饮酒，并让一位美丽的侍妾在旁边劝酒。过了一会儿，世衡起身进到里屋，苏慕恩就趁机偷偷地调戏那个侍妾。这时，世衡突然出来，将慕恩抓了个现行。苏慕恩十分惭愧，向种世衡请罪。世衡笑着问："你喜欢她吗？要是真喜欢就送给你好了！"于是，就将那个女子送给了他。从此，凡是其他部落中怀有二心的逆臣，种世衡就派苏慕恩前去讨伐，而且每次都大胜而归。

唐玄宗时的张说，发现有个门生与自己十分宠爱的婢女私通，张说很生气，于是想依法处置他。那个门生被绑起来后，大声呼道："难道相公您能保证没有情况紧急、需要用人的时候吗？何必为了一个奴婢而大动干戈呢？"张说听罢，知道这个门生是一个很有志气的人，便下令将他放了，然后将那位婢女赐给他，并且将他打发走，从此音讯杳无。

后来，张说遭到姚崇的陷害，陷于绝境。一天晚上，那个门生来到张说家，送给张说一幅夜明帘，请他献给九公主。张说依计而行。结果，九公主在玄宗面前为张说求情，张说才摆脱困境。

金兀术喜欢上了一个士兵的妻子，就把那个士兵杀死，然后将他妻子据为己有，对她十分宠爱，对别的姬妾们则渐渐冷淡起来。有一天，金兀术睡午觉醒来时，忽然看见这个妇人手里拿着一把锋利的短刀正要杀他。他大吃一惊，连忙跳下床，质问她为什么要这样。那个妇人回答说："我要替我的丈夫报仇！"金兀术一听，沉默了一会儿，挥手让她出去。当天晚上，金兀术设宴招待将士。在宴席上，金兀术唤出这位妇人，对她说："我不能杀你，因为你无罪，但留下你又不行。所以，现在随便你在众位将士中选择一个，然后跟随他去吧。"那个妇人于是指了一个人，金兀术便将她赐给了那个军官。

圆通之智

前秦王苻坚手下的重臣王猛，有一次率领十六万大军讨伐前燕国，前燕太傅慕容评则率大军屯据潞州。王猛的军队迅速前进，在潞州城外与慕容评相持。王猛派遣将军徐成去侦察燕军的虚实，并命令他在太阳当顶之时回来报告，但徐成却一直到黄昏时才返回。王猛十分生气，要将徐成斩首。这时，邓羌出来为徐成求情说："敌众我寡，明天一早就要打仗了，所以还是宽恕他吧。"王猛说："饶了他，军威何在？"邓羌又请求说："徐成是我的部将，虽然他违令该斩，但我愿意和他一起拼死作战，以求赎罪。"王猛还是不同意。邓羌一气之下，回到自己的军营，擂响战鼓，集合部队，要攻打王猛。王猛看邓羌既讲义气又刚勇非常，就派人告诉他："将军息怒，我现在就赦免徐成。"徐成被赦免后，邓羌亲自来向王猛告罪。王猛拉着邓羌的手，笑着说："我只是想试探一下将军罢了，将军对手下部将尚且如此，对于国家还有什么可说的呢？"

部下违犯了法令却请求宽恕，是一种私情；擂响战鼓，集合部队对抗上级，是显示强悍。部下将要攻打主帅，主帅却因此就赦免了违法的下级，这不是大大损害了主帅的威信吗？然而，接下来邓羌却与徐成大败了燕军，以此来报答主帅的不杀之恩。一个打了大胜仗，一个是显示主帅的威风，相比之下，哪一个更值得呢？军法固然是很威严的，但何必非要用它来惩罚奋勇杀敌的将军呢？所以说："圆若用智，唯圆善转。"真正的智慧就好像一个圆圈一样，是可以转动和随机应变的。这样的智慧，才会灵妙无穷。

以盗治盗

　　唐高宗巡幸东都洛阳时，正好碰上关中闹饥荒。考虑到路上盗贼太多，于是高宗命令监察御史魏元忠做车驾检校官，在车前开路，车后保驾。魏元忠接受了旨意后，就立即视察了赤县的监狱，看见一个在押的盗窃犯，不管是神采还是语言，都不同凡响。于是下令给他解开镣铐，换了衣服，戴上帽子，并让他坐着驿车，紧跟在自己后面。一路下来，魏元忠不但与他一起吃饭、睡觉，还将防范盗贼的事都委托给他，那个人笑着答应了。结果，一直到从东都返回，随从高宗的上万人马中，竟然没有人丢失一件东西。

　　因材任能，根据每个人的才干来安排合适的工作。那些平庸的儒生经常嘲笑战国四公子之一的孟尝君田文是鸡鸣狗盗之辈的雄杰，他们哪里知道，那个时候除了那些鸡鸣狗盗之徒，其他人根本派不上用场。

赞扬的力量

　　唐朝的大夫柳玭被贬谪为泸州郡守时，渝州有个叫牟磨的秀才，是都校牟居厚的儿子。此人虽然没有什么才华，却敢拿着自己的文章来谒见柳玭。而柳玭看了他的文章之后，却给予他很好的评价，大加赞赏。柳玭的弟子们认为他这样做太不厚道了，柳玭就告诉他们："巴蜀多出豪强之士，此人虽然是衙役的儿子，却喜欢学习，不但读书，还写文章，这是值得引导的，如果因为他文章写得不好而打击他，他就会灰心丧气了。再说我经常表扬他，别人必然会看重他，他自己也会珍惜这些荣誉，越发上进。如果我这样做，能够使巴蜀减少三五个草寇盗贼，不是也很好吗？"

知过能改

徐存斋被翰林院派到浙中去当督学时还不到三十岁。有一次，一位秀才在文章中用了"颜苦孔之卓"一句，徐存斋把这句话一圈，然后批上"杜撰"二字，将其判为四等。后来，那位秀才拿着卷子去向徐存斋请教："老师的见解和教诲当然是对的，但'苦孔之卓'这句话出自扬子《法言》一文中，并不是我杜撰。"徐存斋一听，连忙站起来说："我这个人少年得志，由于当官太早，并没有很好地做学问，今天还得多谢你的指教。"于是将这位秀才的文章改判为一等。这事传开之后，人们都纷纷称赞徐存斋的度量。

勇于改正自己的过错，从这里就能看出名宰相的器量和见识。听说明神宗万历初年（1573年）时，有个秀才以《怨慕章》为题，写了一篇文章，文中用了"为舜也父者，为舜也母者"一句，当时的考官一看，将其判为四等，并批上"不通"二字。这个秀才于是拿着考卷去向考官陈述，并对考官说这句话出自《礼记·檀弓》篇。考官一听，顿时大怒，说："就你读过《礼记·檀弓》篇吗？"说罢又把那位秀才的文章降判为五等。人的度量相差如此之大，又何止千里呢？

宋太祖曾因某件事而迁怒于周翰，要对他施以廷杖。周翰对宋太祖说："微臣因为才气而享誉天下，如果遭受杖刑，那就大不雅观了。"太祖于是饶过了他。从古到今，凡是圣明的皇帝和杰出的臣子，绝没有由着自己的性子，不愿改正错误的。

人人皆可建功立业

宋神宗熙宁年间，王安石制定的新法刚开始实行，各州县就发生了一些骚乱。当时，邵雍正罢官在家，他的门生和故交大多正在做官，这些人都想向神宗皇帝上书弹劾王安石，认为大不了罢官回家。于是，他们便写信征求邵雍的意见。邵雍给他们回信说："如今正是贤者应当为国效力的时候，新法虽然很严厉，但你们在执行过程中，能够宽一分，老百姓就得到一分好处。而上书弹劾，然后弃官而去，究竟对谁有好处呢？"

南代的李燔是朱熹的弟子，他经常说，人不一定非要当官有地位，才能建功立业。只要在力所能及的范围内做一些有益于社会的事，就是建功立业。明代的高僧袾宏，世称莲池大师，他经常劝人做善事，有的人却以没有实力来推辞。大师指着凳子说："如果这张凳子歪倒在地上，挡了路，我把它扶起来放好，也是一件善事。"如果有这个心，就会觉得那些面对困难就想着弃官归田的人，就好像是身居宝山却空手而回一样。

宋神宗时，鲜于侁（shēn）出任利州路转运副使。当时，他所管辖的地区内，老百姓都不愿借青苗钱，王安石于是派人前来质问他，鲜于侁说："'青苗法'规定将官府常平仓的本钱借给农民，农民愿借就借，他们不愿借，那也没办法，又怎么能强求他们呢？"苏东坡知道后，称赞鲜于侁"上不害法，中不废亲，下不伤民"，这本是"三难"之处境，能够处理好，实在不容易。做官的人，应当以鲜于侁为效法的榜样。

世风不容伤害

战国时期，孔子的学生宓（fú）子出任鲁国单父的县长之职。没过多久，齐国人出兵攻打鲁国，单父是齐军的必经之地。单父的老百姓于是向宓子请求说："地里的麦子已经熟了，请你允许人们下地收割吧！不用管是谁种的，让单父的百姓增加些粮食，总比留在地里被敌人抢去要好些。"但是，宓子却不同意这样做，百姓们多次请求，宓子都不答应。没过多久，齐军果然来了，并抢走了地里的麦子。季孙氏很是生气，便派人去斥责宓子。宓子回答说："今年没有收到麦子，明年还可以再种。但是，如果让那些没有耕种的人也趁机获得粮食，他们就会越发希望有敌人入侵。单父一年的粮食没有收到，并不影响鲁国的强弱。但如果老百姓有了不劳而获的心理，世风就会变坏了，这对鲁国的损害是几代人都恢复不过来的。"季孙氏听了之后，十分惭愧地说："如果入地有门（我就钻进去了），有什么脸去见宓子呢？"

宓子的做法，对于解救眼前的危难来说，似乎有点迂腐；但对于维持国家的长治久安来说，却是值得肯定的。

拒绝打小报告

屠枰（píng）石出任浙中督学时，执法十分严厉。他任湖州巡按时，一些小人闻风而动，到处搜集一些秀才的过失。有一个秀才在一个妓女家过夜，保甲（地方守卫组织之长）暗中打听清楚了，就将两人捉住送到衙门，没有人敢给秀才松绑。衙门开了，保甲将二人一同带进堂上，保甲跪在地上大声状告二人的罪状。屠枰石假装没有听见，也没有看见，若无其事地办理案头上的公文。保甲以为他真的没有听见，就用膝盖朝前移动，渐渐地凑到屠枰石的面前，离两个被绑的人越来越远。屠枰石向守门的衙役挤挤眼，分开自己的手臂，示意衙役将秀才放走。衙役理解了他的意思，悄悄地走到保甲身后，将那个秀才放走，保甲却一点也不知道。屠枰石看秀才已经出门，就抬起头来问："秀才在哪里？"保甲回头一看，哪里还有秀才呢？不禁大惊失色，顿时连话都说不出来。屠枰石于是下令将保甲打了三十大板，戴上枷，然后将妓女赶出衙门。保甲被放出来后，见人就神色仓皇地说："那次真是捉到鬼了。"秀才们都唾弃他，并感激屠枰石顾全了一个贪恋美色的读书人。从此，州中刁恶之风渐渐平息下来，而那个秀才也因为感恩屠枰石，努力读书，最后由贡生做到教官。

唐代李西平携带成都一个歌妓出走，被节度使张延赏追回来，二人因此结了仇；宋代赵讨任成都知府，后来带了一个歌妓回到京城；宋代胡铨被贬到海外十年，北归之时对歌妓黎倩还恋恋不忘。

人往往容易沉溺于女色，连贤者也在所难免。如果用这些来评判文人学士，他们中能做到完美无缺的就太少了。韩亿性情方正持重，宋仁宗时，官做到尚书左丞。每次走在路上，碰到有人来告发官吏们那些鸡毛蒜皮的小过错时，韩亿马上就很不高兴，并对那些打小报告的人说："天下太平，圣明的君主希望昆虫草木都各得其所。如今做官的人，官当得大的，则想到升为公卿；当得小的，也想升到侍从、郡守，何必因为一点小小的瑕疵和过错，就将这些人禁锢住呢？"

屠枰石是很懂得这些道理的。

恶人告状被罚

宋徽宗时期的李孝寿出任开封府尹时，有个举子受到自己仆人的欺负，一气之下写了一张状子，打算将那仆人送到开封府去，最后还是被他同屋的考生给劝住，才作罢。举子想开之后，于是模仿李孝寿的笔迹和语气，开玩笑地判了一句："不值得立案受审，打二十大板完事。"写完之后，就不再理会。没想到，第二天那个仆人却拿着这张状子来到府尹衙门，声称要控告他的主子模仿府尹判案，私自用刑。李孝寿听完仆人的控告，便将那个举子抓来审问。那个举子于是将事情前后经过如实地禀告给李孝寿。李孝寿幡然猛醒，说道："你下的判语也正是我的意思。"说罢便命衙役将那个刁仆拿下，并赏了二十大板，然后命他向自己的主人认罪。此后，开封府数千个举子的仆人，再也没有一个敢放肆了。

宋元献被罢免丞相之职出任洛阳太守时，有一个仆人前来报官，说自己的主人正在去赶考，但所带的行囊中却有漏税的东西。宋元献听了便说："举人离家赶考，怎么可能不携带些东西，不可以深究其罪。而仆人动不动就控告主人，这种风气绝不可长！"于是只将那个举子送到税院罚了两倍税金，却将那个仆人送去充了军。

忍小忿以成大事

张耳和陈馀原来都是魏国的名士，秦国灭了魏国之后，便重金悬赏要拿这两个人的头颅。两人无奈，只好改名换姓逃到陈国，靠当门卫度日。有一天，一位官吏因为陈馀犯了过错而鞭挞他，陈馀十分生气，想起来反抗。这时，张耳在旁边踩了他一脚，示意让他忍耐。那个官吏走后，张耳就将陈馀拉到一棵桑树下面，数落他说："当初我们是怎么说的？今天只受了一点小气，就想因一个官吏而死，值得吗？"

越王勾践十年卧薪尝胆，韩信受人胯下之辱，都是因为能够忍受小的耻辱，而最终成就大业。陈馀过于浮躁，比张耳差远了，所以后来一个失败，一个成功。张耳辅佐刘邦成为开国之臣。陈馀一直辅佐赵歇王，最后被韩信和张耳斩于泜水上。

舍己救人

明成祖时期，广东布政使徐奇进京觐见皇上时，带了些岭南的藤席，准备送给朝廷中的官员。但送礼的名单却不幸被巡逻官截获，并交给了皇上。皇上看了之后，见礼单上没有杨士奇的名字，于是就召见他，询问其中的原因。杨士奇说："当初，徐奇从给事中受命赴任广东时，众官员都作了赠别的诗为他送行，所以他现在才用藤席来回赠。当时微臣有病没有作诗文，所以没有在馈赠之列。今天，虽然众官员的名字都在礼单上，但他们是否都接受礼物，还不知道，再说礼物也很小，恐怕也没有其他目的。"经杨士奇一解释，皇上很快就打消了疑惑，然后将名单交给宦官，命其烧毁。从此再未过问此事。

这名单一烧，巡逻官十分丧气，而朝中的官员们却免了许多祸事，并且使皇帝对大臣们不起疑心。杨士奇所保全的实在是太重大了。不在名上去用智，实在是大智啊！这难道仅仅是因为他厚道吗？

宋真宗时，有人上书对皇宫内的事发表意见。皇上大怒，下令将那个人的家产全部没收。抄家时，搜出了许多朝廷中的官员与此人往来的书信，书信的内容基本上都是占问吉凶的。皇上得知此事之后，想将这件事交给御史台处理。这时，宰相王旦立即把自己向那个人占问吉凶的书信取来，交与皇上，请求皇上将他也一起下狱。皇上这才意识到问题的严重，刚开始时的怒气也渐渐消了。

王旦随即来到中书省，将所查获的那些书信全部烧毁。没过多久，皇上又后悔了，于是派使者骑马去要那些信。王旦说："那些信已经全部烧毁了。"此事只好作罢。这件事与上面所说的杨士奇的那件事类似，都是舍身救人的范例。

萧何收秦图籍，任氏独窖仓粟

刘邦进入咸阳之后，他手下的众将都争先恐后地跑进仓库去抢金银财宝。只有萧何一人不慌不忙，将秦国的丞相找来，然后将秦国所有的户籍、图书、典籍等全部收缴，并妥善保管。后来，在楚汉争霸中，刘邦之所以能够对全国的地理、人口、民风、民俗、老百姓的需要和反对等，都了解得一清二楚，全凭借萧何所保管的那些图书和典籍。

宣曲任氏的祖先曾做过督道仓吏，秦朝将灭亡时，豪杰们都争着去夺取黄金美玉，只有任氏将仓库里的粮食藏好。后来，楚汉相争在荥（xíng）阳相持不下，由于连年战争，老百姓根本无法耕种，导致一石米涨到万金。结果，那些豪杰们不得不将当初所抢的黄金美玉等拿出来，交到任氏的手中，以换取他家的粮食。

　　萧何与任氏的智慧不相上下，所以如果让他们交换一下位置，也都会干同样的事。还有蜀国的卓氏，他的先辈是赵国人，因善于冶铁而致富。秦国打败赵国后，命令卓氏迁移到蜀国，夫妻二人推着车子开始了长途跋涉。那些和他们一样被迁移的俘虏们很少有多余的钱财，于是争相请求官吏让他们迁到近处，就在白水江一带安家。只有卓氏说："这个地方偏僻贫困，我们听说岷山下面沃野千里，土中有一种芋头，像蹲着的鸱鸟那么大，那里的人终生不会挨饿，而且那里的人善于织造布匹，生意也好做，是一个很好的谋生之地。"因此，请求远迁到临邛。后来，他们在那里开采铁矿，冶金铸币，做起买卖，最后竟富可敌国。卓氏的见识也很有过人之处。

顾国之大义而弃私人恩怨

　　赵王从渑池之会回来之后，因蔺相如立了大功，便拜他为上卿，位置排在大将廉颇之上。廉颇自恃战功卓著，而蔺相如只有口舌之劳，如今官位反在他之上，心中十分不服，就放话说："我遇到蔺相如，一定要把他羞辱一番。"蔺相如听说后，便有意躲开廉颇，不愿和他碰面。每天上早朝时，经常说自己有病不去，以免与廉颇发生席位之争。过了一些时候，蔺相如外出时，看见廉颇迎面走来，马上赶车躲避。于是他手下的官员和门客都来劝他，认为他太软弱可欺，使他们也蒙羞受辱，并打算辞职离去。蔺相如便向他们问道："你们觉得廉将军比得上秦王吗？"门客回答说："廉将军不如秦王。"蔺相如又说："秦王那样厉害，我都敢在朝廷中斥责他，羞辱他的大臣。我连秦王都不怕，难道还害怕廉将军吗？我考虑的是，秦国之所以不敢侵犯赵国，只是因为有我和廉颇在。如果我们两虎相斗，那是秦国最愿意看到的。我之所以这样做，是以国家安危为重呀，那些私人的恩怨又算得了什么呢？"蔺相如的这些话传到廉颇的耳中之后，廉颇觉得十分惭愧，于是解衣露体，背负荆条，由宾客引到蔺相如的府上请罪。从此，二人结为刎颈之交，誓同生死。

光武帝刘秀时期，有两个功臣分别叫贾复和寇恂。一次，左将军贾复的部将在颍川杀了人，寇恂当时正在颍川当太守，于是就将贾复的那个部将逮捕并处以死刑。贾复得知这件事后，以为寇恂故意不给他面子，使他的尊严受辱。后来，贾复带兵经过颍川时，就对手下的人说："见到寇恂一定要把他干掉。"寇恂知道了贾复的阴谋，也不紧张。倒是寇恂姐姐的儿子谷崇请求佩带宝剑在他身旁侍候，以防不测。寇恂说："不需要那样，当初蔺相如不怕秦王，而让着廉颇，是为国家着想，我跟他也是一样的。"于是，就命令所属各县都盛情接待，为贾复的部队每人准备两人的酒饭。贾复带部队到来时，寇恂出门到路上相迎，然后说自己有病先回去。贾复拉起队伍想追赶他，无奈手下将士都喝多了，个个东倒西歪。后来，寇恂派人将此事报告光武帝，光武帝于是召见寇恂和贾复，让他们重新结为朋友，然后各自回去。

郭子仪与李光弼相拜于堂上，出于和蔺相如同样的想法；寇准蒸羊迎接丁谓，用的是和寇恂一样的策略。

郭子仪和李光弼原来都是朔方节度使安思顺手下的大将，但这两个人却长期不和。虽然同在一个锅里吃饭，却从未正眼相看过，也没有交谈过一句话。后来，郭子仪取代了安思顺，做了朔方节度使，李光弼就想逃走，但还犹豫不决。十天之后，唐玄宗命令郭子仪领兵东进，攻打安禄山和史思明的叛军。李光弼进了郭子仪的公堂，对郭子仪说："我们两个人如同仇人，现在你大权在握，我甘愿受死，但请你不要牵连我的妻儿。"

郭子仪一听这话，马上从堂上下来，快步走到李光弼跟前，握着他的手，抚着他的背，扶他在堂上坐下，流着泪对他说："如今国家有难，皇上避难在外，如果没有了你，就无法东征，现在哪里是考虑私人恩怨的时候呢？"说完，倒地便拜。二人于是握手言欢，共同谋划，最后终于打败了叛军。

宋仁宗时，丁谓逃窜崖州，要从雷州通过。寇准正在雷州做司户。当年正是由于丁谓陷害，他才被贬谪到这里的。听说丁谓要来，寇准于是派人蒸了一只羊，在雷州境上迎接他。丁谓想见寇准，寇准却拒绝了。后来，寇准又听说自己的家僮商量着要为自己报仇，于是就关上大门，让家人在里面尽情豪赌，一直等到丁谓走远之后才作罢。

粗中有细的张飞

刘备得到马超后，十分欣赏他，让他做了平西将军，封其为都亭侯。马超见刘备对自己待遇优厚，于是经常一口一个"玄德"叫起来。关羽对此十分气愤，几次向刘备请求，要将马超除掉，刘备当然不允许。但对于马超的"无礼"，却也无奈。这时，张飞献计说："既然这样，我们不妨做出个样子，让他明白应如何去遵守礼仪。"于是，第二天刘备召集部将开会时，关羽、张飞都持刀直立两旁。马超进来之后，朝坐席上一看，关羽、张飞都没有入座，而是直立在刘备身旁侍候着，不禁大吃一惊。从此后，马超对刘备分外恭敬，不再像以前那样随便了。

释放严颜，教诲马超，这些都需要心思很细的人才想得出来。后世往往把张飞视为粗人，那真是大错特错了。

巧妙的劝谏

魏太武帝到河套西围猎时，命令留守京都平城的古弼预备肥壮的马匹给狩猎的骑士，但古弼却故意给他们挑了一些瘦弱的马。太武帝知道后，大发雷霆，说："这个尖头奴才，敢对我的话打折扣，回来之后我先斩了他。"太武帝走后，古弼手下的人都惶惶不可终日。古弼便对他们说："侍候君王的人，使君王在游戏玩乐时不痛快，只是小罪而已；但如果不做好抗击外来侵略的准备，罪过就大了。现在北边和南边的敌人都对我们虎视眈眈，千方百计想侵犯我们的疆土，这是我非常忧虑的事情。我给围猎的人挑选瘦弱的马，而把肥壮的马拿去充实军队，这是对国家有利的，就算是死，又有什么可怕呢？圣明的君主自然会正确处理这些事。如果皇上真的怪罪的话，我一个人承担，你们没有什么罪过！"太武帝听到古弼的话，非常感慨地说："这样的大臣，是国家的宝贵财富呀！"于是，不但没有惩罚古弼，反赐给他一套官袍、两匹马和十头鹿。由于古弼的头形很尖，太武帝曾叫他"笔头"，也取笔直而有用的意思，而当时的人们也大多叫他"笔公"。

后唐庄宗李存勖经常用很多钱去掷骰子赌博，并赏给那些唱戏的伶人。当时，张承业主管钱库，庄宗也不能随便取出钱来。一天，庄宗在钱库中摆了酒席，请张承业喝酒，喝到兴头上时，又让自己的儿子继岌给张承业跳舞。

继岌跳完舞之后，张承业便将一条饰有珍宝的腰带和一匹好马送给他。庄宗却指着钱库里的那些钱堆，对张承业说："继岌现在缺钱用，你应该送给他一堆钱，怎么送腰带和好马呢？"张承业听了，马上起身向庄宗请罪，说："皇上，国家的钱不是我的私有财产，我怎么能随便拿它来赏给别人呢？"庄宗听不进去，还说了些侮辱张承业的话。

张承业于是生气地对庄宗说："我一直担任这个职务，并不是为了我的子孙后代的富贵。而是遵循先王的遗诏，誓雪国耻。我之所以珍惜这些钱，是为了辅佐您成就大业，如果您想用，又何必来问我。等到把钱花光了，兵马散了，难道只是我一个人遭受祸殃吗？"说完，就拉着庄宗的衣服痛哭起来。从此，庄宗再也不向张承业要钱了。

论功行赏的李渊

唐高祖李渊攻克霍邑之后，在论功行赏时，一些官吏认为奴仆是征募的，所以不能与贵族子弟享有同样的待遇。李渊说："箭矢弹丸之中，并没有贵贱之分，现在我们既然是论功行赏，为什么还要搞等级差别呢？应当一律按照军功授勋才对。"接着，李渊又在西河会见霍邑的官吏和老百姓，犒劳他们，从中选拔壮丁，补充到军队中。关中的将士有想回家的，李渊都授予他们五品散官，送他们回家。对李渊的这些做法，有人认为他把官给得太滥了，于是纷纷进言劝谏，李渊说："隋炀帝舍不得给官，舍不得给赏赐，以致失去了人心，我怎么能仿效他呢？再说用官职收买人心，不是比用武力去征服他们更好吗？"

将"义"买回

孟尝君是战国四公子之一，门下有几千名门客。有一天，他向门客们询问谁比较熟悉账目，如果有这样的人，就替他到薛地去讨债。这时，冯谖（xuān）站出来说自己可以胜任。于是套上车，整理好行装，载上券契。临走时，冯谖向孟尝君告辞，并问道："收完债后，买点什么东西回来呢?"孟尝君回答说:"你看我这里还缺什么就买什么吧!"冯谖到了薛地之后,便召集起那些应当还债的老百姓,都来合契据。合完契据之后,冯谖便假托孟尝君之命,将债款赐给老百姓,并将一车券契当场焚毁。老百姓感恩戴德,高呼万岁。

冯谖把事情办完之后,便驱车马不停蹄地回去见孟尝君,孟尝君对他的速归十分惊奇,穿戴得整整齐齐出来接见他。孟尝君问:"债款都收完了吗?"冯谖回答说:"都收完了。""那买了什么东西回来呢?"冯谖回答说:"我走的时候,您跟我说'看我这里还缺什么就买什么',我私下考虑,您这里珍宝堆积如山,门外肥马满厩,府中美女如云,您这里现在所缺的,就是只有'义'了,于是我就私自做主,用债款将'义'给您买回来了。"孟尝君又问:"你是怎么给我买'义'的呢?"冯谖说:"您现在只有一个小小的薛地,却不抚爱那里的老百姓,因此,我就用商人之道向老百姓图利。我假托您的命令,将债款赐给老百姓,将那些债券全部焚烧,老百姓都高呼万岁,这就是我替您买来的'义'啊。"孟尝君听了,很不高兴,但也无可奈何,只是冷冷地说:"先生,算了吧。"

一年之后,齐王由于不再信任孟尝君了,便撤了他的职,并让他前往自己的封邑薛地去。孟尝君只好离开国都,往薛地走。但是,他的车马离薛地还有百里时,薛地老百姓就扶老携幼,争先恐后地赶到路上来迎接。看到这个场面,孟尝君才充满感激地对冯谖说:"先生替我买回的'义',我今天才见到啊!"

后来,冯谖又用计促使齐王恢复了孟尝君相国的职务,并让孟尝君向齐王请来先王传下来的祭器,在薛地建立宗庙。当然,这些都是纵横家的熟路子了。只有买"义"这一件事,高于千古,不是普通策士们所能达到的。想保家卫国的人,都应当好好地效法他。

诛杀名人的理由

太公望吕尚受封于齐国营丘时，齐国有个叫华士的人，德行高洁，却不愿做天子的臣子，也不愿做诸侯的朋友，人们都很称赞他的贤德。太公三次派人召见他，他却一次都没有来，于是就让人把他给杀了。周公知道后，说："这个人是齐国的高洁之士，怎么能随便杀他呢？"太公说："他不做天子的臣子，也不做诸侯的朋友，我还能得到臣子和朋友吗？我不能用他做臣子，不能与他交朋友，他就是被遗弃的人；我三次召见他，他都不来，这就是以下犯上。这样的人，如果还表彰他，将他视为教化的榜样，使全国人都仿效他，我还给谁当国君呢？"

这就是齐国之所以没有懒散的老百姓，也始终没有成为弱国的原因。韩非的"五蠹"之说也是从这里来的。

少正卯和孔子是同一时代的人，而且都在办学校。少正卯的学校人丁兴旺，甚至孔子这边的学生也纷纷跑到少正卯那边去。后来，孔子当了鲁国的大司寇，就在宫门外华表台下将少正卯杀掉。事后，子贡向他进言说："少正卯是鲁国的知名人士，先生杀掉了他，恐怕得不偿失呀！"孔子说："人有五种恶行，而盗窃还不包括在内：一是通达古今之变而铤而走险；二是不走正道而固执地走邪路；三是把荒谬的道理说得头头是道；四是知道很多丑恶的事情；五是依附邪恶并得到恩泽。这五种恶行，只要沾染了其中一种，就不能避免被君子所诛杀，而少正卯是五种恶行都兼而有之。他是小人中的雄杰，所以必须除掉他。"

小人没有过人的才干，就不足以对国家造成危害。倘若，小人虽颇有才干，但愿意接受君子的驾驭，也未尝不可以对国家有利，所以君子也不必一概将他们抛弃。然而，少正卯对学生进行煽动和迷惑，是想超过孔子，居于孔子之上。这样一来，孔子还能和他同朝共事吗？孔子之所以痛下杀手，不只是因为当时一些人用巧言扰乱国家的缘故，也是为后世以学术杀人者树立障碍。华士徒有其名而无用，少正卯看似大有用处但实际上却不可以重用。对于谄佞小人，圣明的君主都知道应该诛杀；而对于那些知名人士及清高之人，如果不是大圣人，当然不知道他们也应当诛杀了。

唐代的萧瑀信奉佛教，唐太宗就让他出家为僧。唐玄宗开元六年（718年），河南参军郑铦阳、县丞郭仙舟，将献诗投在铜匣中，玄宗阅后批示："看他们的文理，知道他们崇尚道教，谈及时务不切实际，还是让他们各自去从事自己所爱好的事业吧！"二人即罢了官，成为道士。玄宗这样处理事情，也与圣人不谋而合，如果让信奉佛教的人都去出家，让信奉道教的人都当道士，那么士大夫研究异端邪说之风自然就会停息了。

吕夷简为仇人昭雪

宋仁宗庆历年间，国子监的石介作庆历圣德诗，褒贬十分严厉，尤其是对枢密使夏竦批评斥责极为苛刻。不久，石介受朋党株连而遭祸，被迫罢官回乡，不久就死去了。当时，恰好山东举子孔直温谋反，有人便说孔直温曾拜石介为师。于是夏竦就说石介还没有死，而是往北逃到契丹胡人那里去了。宋仁宗于是下诏将石介的儿子放在江淮，由地方官加以管制，不得自由行动。又派中使和京东刺史去把石介的棺材打开，检查一下虚实。当时吕夷简正任京东转运使，就对中使说："如果打开棺材后，里面是空的，那石介就真的逃到契丹去了。如果是这样的话，将他的子孙全部斩尽杀绝也不算残酷。但万一石介真的死了，朝廷却无缘无故打开人家的坟墓，是不能以此示范后人的。"中使说："那又该如何回复朝廷的旨意呢？"吕夷简说："石介如果真的死了，必然有负责殓尸装棺的人，加上内亲外戚，以及参加葬礼的学生，不止数百人。至于抬灵柩、埋棺材这些事，必然雇用殡葬铺的人。所以，可以发公文命令他们全都来受审，假如没有不一样的说法，就命令他们都立下军令状，官府出具保证书加以证明，也就足以回复圣旨了。"中使按照吕夷简所说的办了。后来将事实报告给仁宗，仁宗也察觉到夏竦是诬告，于是又传旨，把石介的家人都给释放了。

吕夷简虽然没有为石介昭雪冤屈，但他的做法却比为石介雪耻更有意义。当初石介作圣德诗时，正是吕夷简被罢相，而晏殊与章得象却同时被升为同中书门下平章事的时候。吕公却不念私仇，而顾念国家的大体，确实有宰相的度量。

处置违礼之臣的办法

宋真宗时，王钦若和马知节都在枢密府任职。一天，他们两个因为一件事情，在皇帝面前发生了激烈的争执，不顾为臣之礼。王旦奉真宗之召到朝廷，看见王钦若还在吵闹不停，马知节流着眼泪说："我宁愿和王钦若一起到御史府去受审。"王旦于是呵斥王钦若下去。皇上也十分生气，要将他们关进监狱。王旦从容地对皇上说："他们两个仗恃陛下的信任和礼遇，冒犯了陛下。我是宰相府的头，本应当按照朝廷典章对他们加以处罚，然而看陛下龙颜不悦，希望陛下暂且回内宫歇息，明天我再来领旨。"皇上同意了。王旦退出后，把王钦若等召来痛责一顿。他们二人都惶恐万分，并写了条陈，等着受处罚。

第二天，真宗召来王旦，问道："王钦若和马知节的事如何处置?"王旦回答："我昨晚想了一夜，考虑王钦若等人应当罢黜，但又不知道应该按什么罪名罢黜他们。"皇上回答："当着朕的面吵架，对朕无礼。"王旦说："陛下圣明驾御海内，而让大臣以'忿争无礼'之罪伏法，如果让那些南夷北狄听说后，恐怕有损陛下的威严呀！"皇上于是又问："那你的意思是如何处置呢？"王旦回答说："我愿到中书省，将王钦若等人召来，宣告陛下含怒容忍的意思，并定下几条规矩约束他们。等过一段时间，再罢他们的官也不迟。"皇上说："这话如果不是出自你之口，我实在难于容忍。"

数日之后，王钦若和马知节果然都被罢了官。

劝人行善的技巧

宋神宗时，孙觉出任福州知州。当时，老百姓中有人在买卖中欠了债，导致监狱里关了很多人。此时，恰逢有些富贾商人要出五百万贯装修佛殿，向孙觉请示。孙觉慢慢地对他们说："你们施舍钱财，为的是什么呢？"众人回答："希望受福啊。"孙觉又说："佛殿还没有坏，又没有和尚在野外坐禅，何不将这些钱拿去替监狱中的囚犯偿还债款呢？这样一来，就可以使数百个囚犯解脱枷锁之苦。你们因此而获得的福报也不会少呀！"那些富翁们听了，没有办法，只好答应了，而且当天就将五百万贯钱交给官府。于是，关在监狱里的人全部放出来了。

治世要以大德为上

有人说诸葛亮是个吝惜赦免宽大的人。对此，诸葛亮的回答是：

"治理天下要依靠大的德行，而不能只靠小的恩惠。所以匡衡（汉元帝时的丞相）和吴汉（东汉光武帝时的大司马）都不愿意做赦免宽大的事。先帝（刘备）也说过：'我曾在陈元方、郑康成之间周旋，每每看到他们的书启文告，对于治乱的道理谈得十分详尽，却从不曾涉及赦免宽大。如像刘景升父子那样，年年都在赦免宽大，对于治理国家又有什么好处呢？'"后来，费祎执掌蜀国政事，便开始实行姑息宽大的政策，结果导致蜀国一年年衰弱下去。

子产对子太叔说："只有有德的人，才能以宽宥治理老百姓，如果不行，还不如严厉些。烈火熊熊，老百姓看见它就感到害怕，所以很少有因为玩火而死的；而水看起来十分柔弱，老百姓就轻视它，常在水中玩要，所以死在水里的人就很多。所以宽宥是一件很难的事。"子太叔执政时，不忍心严厉而宽大无边，导致郑国盗贼极多。子太叔对此十分后悔。孔子说："政策过于宽松，老百姓就会傲慢无礼；老百姓傲慢无礼，就用严厉的刑法来纠正；刑法一严厉起来，老百姓就受到伤害；老百姓受到伤害，又对他们实行宽宥的政策。用宽宥来补充严厉，用严厉来补充宽宥，政治才会变得和谐。"

商鞅看见有人把灰倒在路上，也要处以严刑，这就过于残酷了；梁武帝看见有人被处以死刑，就泪流满面，并将他放了，这又过于宽大了。《论语》主张赦免小的过失，《春秋》斥责放纵有罪的人，将二者结合起来，那么政事才会和谐。

考察官员要实事求是

明代的少保胡世宁是浙江仁和县人，曾担任副都御史之职，掌管都察院的日常事务——察劾官吏。当时正逢考察官员，于是有人建议禁止官员私自拜谒都察院官吏。胡世宁便说："我做的是都察院的官，以'察'为名。对一个人如果不观察他的外貌，不听他的主张，就无从考察他的心术是正还是邪，他的才能是出众还是平庸。如今恰恰也是这样，如果对士大夫们都拒而不见，只根据几句评语就任免官员，万一评语不属实，毁誉失真，想用人得当，使人有所感动而发奋，那就太难了。"皇上对他的这番话很认可，于是没有禁止官员私自拜谒都察院官吏。

汉代的公孙弘虽然好弄权术、阳奉阴违，却还能开放东阁，以招纳贤人。如今的世道，只是在防奸上十分缜密，而在求贤上却十分大意，所以事到临头才感叹人才的缺失。

狄青恃功，程信避权

狄青是宋代著名的将领，任枢密使时，他自恃有功，十分骄横，但却非常爱惜士兵。士兵们每次得到军衣、军粮，都说："这是狄爷爷赏赐给我们的。"朝廷对此极为不满。当时，正是文彦博执掌国事，便建议派狄青做两镇节度使，让他离开京城。狄青向皇上陈述说："我没有功劳，怎么能接受节度使这一职权呢？我也没有犯错，为什么要把我调到远离京城的地方去呢？"宋仁宗认为他说得有道理，就向文彦博转述了狄青的话，并说狄青是个忠臣。文彦博说："太祖皇帝难道不是周世宗的忠臣吗？但他得了军心，最后才发生了陈桥之变。"仁宗嘴上没有说什么，但心里却同意了他的意见。狄青却一点也不知道这些事，又到中书省去为自己辩解。文彦博直接回答说："没有其他的原因，是朝廷怀疑你了。"狄青一听，惊得倒退了好几步。狄青离京做了节度使之后，朝廷为了安抚他，每月两次派遣使者前去慰问。狄青一听到朝廷的使者来了，就整日惊惧不安，疑心深重，不到半年，就发病身亡了。而这一切，其实都是文彦博的计谋啊。

程信是明代休宁人，成化年间出任南司马。征讨川黔的时候，皇上将相机行事的权力交给了他。但他从发兵到凯旋，没有给一个人升官，也没有杀一个人。同事中有人因此而议论他，程信说："刑赏是人主的人权，最怕的是治军的权力不集中于朝廷，而借助于人臣。幸好当今大权集中在朝廷。如果我在私下弄权，难道是为人臣应当做的吗？"论者认为，这是古代名臣中最有名的言论。

纵深观势，深谋远虑

谋之不远，是用大简。人我迭居，吉凶环转。老成借筹，宁深毋浅。

大意是：考虑问题不够深远，就容易流于轻率。因为人的地位会不断变化，吉凶祸福的交替也相互转变。老成的人考虑问题，宁愿想得深远些，也不宜看得太浅近，只顾眼前。

杯酒释兵权

宋太祖赵匡胤夺了天下之后不久，就问赵普："自唐末以来，几十年间，换了十几个皇帝，连年征战不休，究竟是为什么？"赵普回答："因为藩镇的势力太强大了，而皇帝的势力比较弱，当然无法控制局面。如今，只要皇上稍微削减他们的权力，控制他们的钱粮，收编他们的军队，天下自然就会安定……"话未说完，赵匡胤就说："好了，不用再说了，我已经知道了。"过了不久，赵匡胤便邀请石守信等部将到宫中饮酒，喝到酒酣耳热之时，赵匡胤便命令左右侍候的人退下，然后对这些部将说："如果没有你们，不可能有我的今天，所以我会永远记住你们的恩德。但是，当皇帝也很困难，还不如当节度使快乐。

我现在整夜都睡不着啊。"石守信等部将便问道："圣上为什么睡不着呢？"赵匡胤说："没办法呀，毕竟身居这个位置的人，谁都想把他除掉。"石守信等人听了，都惶恐万分，向赵匡胤叩头说："陛下为什么这样认为呢？"赵匡胤说："难道不是吗？你们虽然没有这个野心，但你们手下的人都想富贵啊！到时候如果他们将黄袍加在你们身上，就是不想做皇帝，也不可能啊。"石守信等人一听，都叩头哭道："我们虽是愚蠢之至，也不至于到这种地步，只求陛下怜悯我们，给我们指出一条生路。"太祖说："人生短暂，如白驹过隙，想求富贵的人，不过多得些金钱，使自己优裕享乐，使子孙不受贫乏之苦。你们何不放弃兵权，选择些好田宅买下来，为子孙创立永久的产业呢？此外，还可以多置一些歌女，每天饮酒作乐，以终天年。我们君臣之间，也免去了互相猜测怀疑，不是很好吗？"石守信等人听了这番话，再次拜谢赵匡胤："圣上替臣等想得如此周到，真可谓同生死的亲兄弟啊！"

　　第二天，这些部将便纷纷向皇帝上书，推说自己有病在身，不能继续任职，请求皇帝让他们提前退休。这样，赵匡胤轻而易举地就解除了他们的兵权。

　　有人说宋朝的衰弱，是由于削除了藩镇的权力而造成的。但实际上，藩镇的强大不是宋朝的强大。干强枝弱，才是立国之大体。能够将两百年来最根本的弊端在谈笑间就解决掉，使整个宋朝都没有臣子太强的忧患，这难道不是转天移日的手腕吗？如果不是君臣苟且偷安，竭力主张议和，那么以寇准、李纲、赵鼎等人的才力，抵抗那些外寇也是绰绰有余的，怎么可能会成为弱国呢？

预防功高震主

唐朝时的建宁王李倓，是唐肃宗的第三个儿子，他性情英武果断，而且雄才大略。在安史之乱中，他跟随皇上从马嵬驿往北朝灵武行进。当时由于兵少势弱，所以途中屡次受到贼寇强盗的骚扰，而李倓总是亲自挑选骁勇的士兵，护卫在肃宗的身边，多次与敌人浴血奋战，以保卫肃宗的安全。肃宗有时过了时间还不能吃饭，李倓便悲伤地哭泣，因此军中的将士们都对他十分佩服，将希望寄托在他的身上。

肃宗在灵武即位后，便想封李倓为天下兵马元帅，让他统帅诸将东征。但侍臣李泌却说："建宁王确实是个难得的帅才，但广平王是他的兄长，如果建宁王到时候功劳太大，岂不是使广平王成为春秋时的吴太伯（周太王的长子，因周太王想传位给老三季历，太伯便与老二仲雍避居江东蛮，建立勾吴）了吗？"肃宗说："广平王是嫡长子，应该继承皇位。何必将天下兵马元帅这个职务看得如此之重呢？"李泌说："现在广平王还没有正式立为太子，如今又是战争时期，天下多难，众人的心都向着兵马元帅。如果建宁王成就大功，即使陛下不想立他为太子，与他共同立功的那些将士又岂肯罢休呢？以前的太宗太上皇，就是这样的例子啊！"肃宗听了，于是采纳了李泌的建议，封广平王李俶为天下兵马元帅，众将都归他指挥。李倓知道此事后，便向李泌道谢说："这本来就是我的愿望啊。"

牵住叛乱者的心

宋太宗时，党项酋长李继迁经常侵扰西部边疆。有一次，保安军禀奏宋太宗，说抓获了李继迁的母亲，宋太宗于是想将她诛杀。当时，寇准正担任枢密大臣，太宗皇帝就单独召他来商量。寇准退出后，经过宰相府，宰相吕端便问寇准："皇上有没有告诫你，不让你将此事告诉我？"寇准说："没有。"于是就将事情告诉了吕端。吕端说："那你打算如何处置她呢？"寇准说："好办，将她拉到保安军北门外斩首，以戒叛逆之人。"吕端说："这样做很不妥呀！"说完，他随即入宫禀奏太宗说："从前项羽打算烹煮刘邦的父亲，刘邦却告诉项羽，'好呀，希望也分给我一杯肉汤喝。'成就大事的人都是不会顾念他的亲属的，何况是李继迁这样犯上作乱的人呢！陛下今日杀了他的母亲，明天是否就能捉拿李继迁呢？如果捉不住李继迁，白白地结下更深的怨仇，反而越发坚定他的叛逆之心。"太宗于是问道："那你看应当怎么办呢？"吕端说："以臣的愚见，最好将她安置在延州，派人好好看管她，以此为诱饵招降李继迁，即使他不立即投降，也可以拴住他的心，因为他母亲的生死完全在我们的手中。"太宗听了，拍着桌子连声叫好："太好了，要不是你，我还真是误了大事。"后来，李继迁的母亲老死在延州。李继迁死后，他的儿子则开始向宋朝纳款称臣。

照着这种做法，就有本朝鞑靼酋长俺答汗的归顺；而违背了这种做法，则导致奴隶和囚犯的叛乱。

遇事要沉着冷静

宋哲宗时，边防元帅派遣其手下将领种朴进京奏报皇帝，说是得到间谍的报告，契丹国王阿里骨已死，契丹百姓还不知道谁是继位者。契丹族的官员赵纯忠，谨严忠信可以任用，希望乘契丹王位后继者未定之机，派遣强悍的军队数千人，把赵纯忠护送到契丹国，拥立他为契丹国王。

众人听了这个奏报，便开始议论起来，而且都同意这个意见。这时，右仆射兼中书门下侍郎苏颂却说："如今事情还没有弄清楚，就派兵越境，强立君主，如果他们拒而不纳，那不是严重损害了朝廷的威严吗？还是慢慢观察他们的变动，等到情况明朗之后再做决定吧！"后来经核实才知道，契丹国王阿里骨根本就没有死，而且还活得好好的。

防人之心不可无

宋神宗熙宁年间，高丽国使者来朝进贡，他每到一个郡县，都要索取当地的地图。而他所到之处，当地的官员也都印制好地图奉送给他。到了扬州时，那位使者又带上一份公文索取扬州地图。当时，扬州的太守是陈秀公，他先跟使者说想要看看两浙一带所提供的地图，以便仿照规格来印制。高丽国的使者于是便将那些地图全部交出来，陈秀公拿到这些地图之后，一把火把它们都烧了。这件事很快传遍了朝野上下。

北宋初年（960年），朝廷派遣卢多逊出使南唐。自南唐返回时，船停在宣化口，卢多逊让人对李煜说："我朝准备重制天下的地理图册，现在史馆独独缺少江东各州的地图，想要每州送一本，由卢多逊带回朝廷。"李煜马上命令手下人缮写奉送。图中，南唐十九州的地形态势、屯戍远近、户口多寡等，都标得一清二楚。卢多逊将这些地图带回朝廷后，朝廷才开始打算对南唐用兵。而陈秀公之所以那样做，大概是吸取了这件事的教训。

时刻保有忧患意识

宋真宗时，陈晋公陈恕做三司使，总揽国家的经济命脉。宋真宗命令他将宫廷内外府库中的钱财、粮食全部统计出来，然后上报给他。陈恕当时就答应下来，却始终没有统计，也没有上报。一直拖了很长时间，真宗屡次催促，陈恕还是没有上报。真宗一气之下，便命令宰相前去质问他。陈恕回答说："现在皇上还很年轻，我是担心他知道府库这样充实之后，会生出奢侈之心来。"

唐宪宗时，宰相李吉甫曾撰写《元和国计簿》上报皇上。总计天下方、镇、州、府、县各级户税实际数字，比天宝年间户税减少了四分之三。天下靠吃国家俸禄为生的官吏，有八十二万余人，比天宝年间增加了三分之一。还有一些因为遭受水旱灾害而需要随时调拨钱粮救济的。李吉甫想以此警醒朝廷，力戒奢侈浪费。用心如此，大臣忧国忧民的真情可见一斑。

外宁必有内忧

宋真宗当政时期，李沆担任宰相，王旦任参知政事，当时正值西北边境用兵打仗，所以有时候到了很晚才能吃饭。王旦于是感叹道："我们这些人，什么时候才能等到天下太平、悠闲无事的时候啊？"李沆说："就是因为有了忧虑劳苦，才可以让人警惕，如果哪一天四方安宁，朝廷里说不定会生出事来了。古语说：'外宁必有内忧。'这好比人有点病，对身体未必就不是好事，因为它会提醒你抓紧治疗，注意调养。我死了之后，你肯定要做宰相。到时候朝廷很快会与敌人议和。

一旦边疆没有战事，皇上可能又会渐渐生出奢侈之心来了。"王旦听了，不以为然。而李沆除了处理用兵的一些事务之外，每天还将四方水旱灾害、强盗乱贼以及忤逆不孝的事情搜集起来，禀奏皇上，皇上看了这些之后，脸色渐渐沉了下来，整天抑郁不乐。王旦认为李沆整天拿这些琐碎的事情去烦扰皇上，简直就是没事找事。况且大臣每每禀奏不好的事情，也是违背皇上的心意。李沆对他说："皇上现在还年少，应当让他知道各方面的艰难，常常怀有忧患之心。不然的话，他血气方刚，要么成天迷恋美色、斗鸡走马，要么就是大兴土木、征召军队、建祠立庙。我老了，等不到看见这种情景，可这就是你参政所要考虑的问题呀！"不久之后，李沆死了，宋真宗开始与契丹讲和，西夏也向大宋称臣。于是，真宗果然在泰山封岱祠，在汾水建宗庙，大肆营造宫殿，搜集研究那些已经废亡的典籍，没有闲暇之日。王旦亲眼看见王钦若、丁谓等奸臣在朝廷上为所欲为，想进言劝谏，而自己却已经陷进去了；想离开朝廷，可皇上又对他待遇优厚，不便辞官。这时，王旦才想到李沆的先见之明，不由得感叹道："李沆真乃圣人也！"

据《左传》记载，晋军和楚军在鄢陵遭遇，晋军统帅范文子不想与楚国决战，便说："只有圣人才能既无内忧又无外患，我们都不是圣人，外宁必有内忧，何不留下楚国作为外患以戒惧自己呢？"但晋厉公却没有采纳他的意见，而是坚持与楚国交战，并打败了楚国，回来后越发骄横，重用奸臣胥童，将郤氏三大臣诛戮。后来，厉公也被自己所宠幸的大臣匠丽所杀。据说，李沆的那番话就是由这件事而来的。

阻战的策略

明英宗天顺年间，宫廷中收藏古玩成风。有一个宦官对皇帝说，三十年前宣宗宣德时期，三宝太监出使西洋时，曾获得无数珍宝奇玩。皇帝听了，就命令宦官到兵部去，查找三宝到西洋的海上路线。当时，兵部尚书项忠命令掌管文书的都吏去翻检以前的资料，兵部侍郎刘大夏知道他们的意图后，先将那份资料搜检出来，藏到其他地方去。都吏查了半天还是找不出来，项忠又命令其他官吏去查，并且质问都吏说："部里的公文怎么会弄丢了？"刘大夏笑着拉过项忠，对他说："当年下西洋的时候，所花费的钱财和粮食多达几十万，军民伤亡数以万计，这在当时已经视为弊政了，即使那些公文现在还能找出来，也应当销毁，以除掉病根，为什么还去追究它的下落呢？"项忠听了这番话，一再给刘大夏作揖致谢，指着自己的椅子说："刘公这样通达国家事体，这个位置不久之后就属于你了。"

还有一次，安南黎灏侵占了许多城池，又向西侵犯当地土著，但却在与老挝的战争中被打败。宦官汪直于是想乘机讨伐安南，便派人索取征服安南的路线图，刘大夏又将图藏起来没有给他。兵部尚书亲自来找他要。刘大夏便悄悄地告诉他："这仗一旦打起来，西南的局势马上就会陷入混乱。"尚书马上就明白了他的意思，之后再也没提这件事。

通过这两件事可知，天下人实际上都受着忠宣公刘大夏的恩泽，只是人们都不知道而已。

深谋远虑，以绝后患

唐宪宗很器重敢于直言的崔群，便命令翰林学士从此以后不管有什么事需要禀奏，都必须先让崔群过目，由他签字之后才能呈送给皇上。崔群说："翰林院的做法，都是根据过去的规矩。如果一定要我先签字，今后万一有阿谀逢迎之人做了翰林院首席学士，那么下面的批评意见就无法直接送到皇上那里了。"因此，他没有接受先在奏折上过目和签字的特权。

明孝宗朱祐樘在文华殿理政时，召见兵部尚书刘大夏，对他说："每每有些不好处理的事情，都想召你来商量，却又因为那些事不属于你的管辖而作罢。今后，凡是有你认为该做或不该做的事，都可以用揭帖秘密送来。"刘大夏回禀皇上："臣不敢。"皇上疑惑地问："为什么不敢？"刘大夏说："宪宗朝的李孜省就是一个教训。"皇上说："你议论的是国家大事，而李孜省搞的是营私舞弊，以淫邪方术危害朝廷，这两者怎么能相提并论？"刘大夏说："下臣用揭帖向皇上进言，朝廷按揭帖所说的办事，就容易出现买卖官职、贪污腐化、宦官专权之类的事。陛下所实行的，应当远效法古代帝王、近效法祖宗，国家大事的是非，与大家一起共同裁决。外面的事交给兵部和各府去处理，朝廷中的事与内阁大臣商量，这样就可以了。如果采用揭帖密进的方式，时间一长，大家便将它视为常规，万一以后奸佞之人窃居要职，按这样的方式办事，危害就很大了。这个头实在是不能开的，所以臣不敢执行皇上您的旨意。"皇上听了，沉默了一会儿，才赞叹道："好啊！好啊！"

深谋远虑，大致如此。这是因为这些大臣的心中没有一点私欲，不贪恋权势的缘故。

帮助别人就是帮助自己

宋仁宗时期，强盗张海从高邮城经过，高邮城知军晁仲约考虑再三，知道自己无法战胜这伙强盗，于是便动员城中的那些富翁，让他们拿出金银、布帛、牛羊、好酒等来迎接张海这伙强盗。

这件事传到朝廷那里，文武百官都十分生气，皇帝也大怒。富弼提议将晁仲约治罪。范仲淹说："按照郡县的兵力和武器，如果足以战胜这伙强盗，守住城池，而晁仲约遇到这伙强盗不但没有抵御，反而贿赂他们，依法当诛。可是，现在高邮既没有士兵，也没有武器，况且老百姓也都想着宁愿大家凑集些财物给强盗，这样就可以免于被烧杀抢掠，他们对晁仲约的决定应该是认可的。如果我们因此而杀了晁仲约，是不符合当初制定法律的本意的。"宋仁宗听了，觉得很有道理，便放过了晁仲约。富弼却十分气愤，他对范仲淹说："刚要依法行事，你就多方阻挠，照这样下去，今后还怎么依法治国？"范仲淹当时并没有说什么，只是到了私底下才对他说："自从我朝开国以来，还不曾轻易诛杀过下臣，这是积盛德的事情，为何要轻易破坏了这一德行呢？如果动不动就杀人，以后皇帝杀惯了，恐怕我们这些人的性命也难保了。"富弼听了这些话，却不以为然。

后来，富弼和范仲淹一起出京巡视边防，富弼从河北返回京都，京城的大门却紧关着，不放他进去。富弼无法猜测朝廷的意思，彷徨不安，一夜无眠，一直在床边踱来踱去，不禁感叹道："范仲淹真是个圣人呀！"

处置小人的妙招

宋高宗时，叛臣刘豫在山东张榜传言，说御药宦官冯益派人在山东等地收买飞鸽，常常发出对皇帝不恭敬的话来。泗州知州刘纲于是将这个情况上奏朝廷，枢密使张浚便奏请皇上，要求斩掉冯益，以消除那些流言蜚语。赵鼎接着又上奏："冯益这件事确实值得怀疑。此事关系到国家大体，朝廷如果忽略而不加处罚，外面的人必然认为是皇上派他去的，有损于圣德。不如先暂时解除他的职务，让他到地方上去任职，以消除众人的疑惑。"高宗听后，欣然应允，将冯益调往浙东。事后，张浚却认为赵鼎在与自己唱对台戏，十分生气。赵鼎解释说："自古以来，凡是要处置小人，把他们逼急了，他们的朋党会互相勾结起来，反而招致大祸；如果先缓一缓，那么他们之间自然就会互相倾轧，不攻自破。现在，冯益虽然犯了罪，但杀了他并不足以叫天下人拍手称快，反倒会使那些宦官们紧张起来，害怕皇上会一个接一个杀下去，必然会竭力争取减轻冯益的罪责。所以，不如先贬谪他，将他放到远离京师的地方去，这样既无损于皇上的威严，冯益自己看见受的处罚很轻，也不会花费心机去求人，争取回到原来受宠的地位。而他的同党见他被贬，必然会伺机窥求上进，哪里还肯让他再进宫呢？如果我们着力排挤他，他的同党必然会因此而畏惧我们，就会勾结得愈发紧密，使我们愈加无法攻破他们了。"张浚听了赵鼎的这番话，不得不叹服他的精明。

巧治乱权者

宋仁宗时，宰相富弼采纳了朝士李仲昌的计策，从澶州（今河南濮阳）商胡河开凿六漯（tà）渠，然后将水引入横陇的黄河故道。当时，大名府留守贾昌朝素来憎恶富弼，于是便私下与内侍武继隆勾结起来，命令两个司天官等到朝臣聚会时在殿廷上提出抗议，说不应当在京城之北开凿渠道，这样会破了龙脉，使皇上龙体欠安。没过几天，那两个人又听从武继隆的主意，向皇帝上书，请皇帝与皇后一起出来听政。

当时担任左骐骥使的史志聪知道他们的阴谋之后，便将他们的奏章拿给宰相文彦博。文彦博看后藏在怀中，然后不慌不忙地将那两个人召来问罪："日月星辰的变异才是你们应该说的事，因为这是你们的职责。为什么胡言乱语，干预国家的大事？你们知道自己所犯的罪有多严重吗？那是要灭族的。"那两个司天官一听，十分恐惧。文彦博又说："看你们两个真是狂妄至极，也是愚昧至极，今天我不忍治你们的罪，你们先走吧。"两人走后，文彦博又把他们的奏章拿给同僚们看，同僚们都十分愤怒地说："这些狗奴才，真是胆大包天，竟敢如此胡作非为，为什么不斩了他们？"文彦博说："如果斩了他们，事情就公开化了，这样一来，宫中就会闹得不安宁。"

不久之后，大臣们又决定派遣司天官测定六漯渠的方位，文彦博于是故意派那两个人去。这两个人因为害怕文彦博治他们的前罪，就改称六漯渠在京城的东北，而不是正北。

争座位是为了争口气

明武宗正德年间，王守仁（号阳明）巡抚南赣，正好碰上朱宸濠反叛，王守仁很快就将其生擒。这时，大同副总兵江彬等人也率军赶到。这些人想与王守仁争功，便开始散布流言蜚语，诬蔑王守仁。但对于这些，王守仁一点也不在意。几天之后，王守仁去拜会他们，江彬等人便设旁席让王守仁坐。但王守仁却装作什么也不知道，直接坐到了上席，将旁席让给江彬等人坐。江彬等人急了，于是破口大骂，王守仁却按照平常的交际礼节，心平气和地向他们解释。再加上有人从中帮忙，为他开脱，事情也就过去了。其实，王守仁并不是为了争一个座位，而是担心万一受了这些人的节制，那么自己接下来不管处理什么事情都得听从他们的，就不可能有所作为了。

委曲求全的妙计

东汉末年的陈寔（字仲弓），以才名和德行为世人所推崇。汉桓帝时期，发生了著名的党锢之祸，二百多人被捕，人们唯恐避之不及。陈寔却说："我要不进监狱，众人就无所依靠。"于是便自动来到监狱中，请求将自己囚禁，直到后来遇到大赦才获得释放。

汉灵帝刚继位时，中常侍张让权倾朝野。张让的父亲死时，灵柩要送回颍川安葬。虽然颍川郡的官吏乡绅都前往送葬，但名士却谁也不愿参加，只有陈寔一个人单独前往吊唁。后来宦官得势，再次诛杀党人，而张让却看在陈寔的面上，对许多党人手下留情。

菩萨曾经舍弃自己的身躯，以有利于世人，但即使这样，也不能比陈寔所做的这些事更加高明。狄梁公（狄仁杰）之所以愿意效力武则天的周朝，龟兹（qiū cí）高僧鸠摩罗什之所以愿意效力后秦，其实都是出于这样的心理。

用眼泪来保全自己

唐中宗神龙元年，一代女皇武则天身患重病，宰相张柬之等人趁机发动政变，诛杀了武则天的宠臣张易之、张昌宗。当时，姚崇任灵武道行军大总管，正好从屯兵之处返回京城，也参与了这次密谋，后来因为有功，被封为梁县侯。政变成功后，武则天被迫退位，迁回上阳宫。唐中宗率领百官去向武后请安，并关心其饮食起居。张柬之、桓彦范、崔玄暐、袁恕己、敬晖五公都相互道喜，而姚崇却痛哭流涕。张柬之等人于是问他："现在哪里是哭的时候？你就不怕会因此招祸吗？"姚崇说："我参与了讨伐叛逆，算不上功劳。然而想到我曾长期侍奉武后，如今这样做，是违背旧主啊！所以我才会哭泣。为人臣应当保持始终如一的节操，即使因此获罪，我也心甘情愿。"后来，武三思与韦后专权，"五公"皆被害，只有姚崇幸免。

武后被迫退位，"五公"欢天喜地，姚崇却独自流涕；董卓被诛杀，百姓欢呼庆贺，只有蔡邕（yōng）独自叹息。姚崇、蔡邕行事相同，但祸福却相反。是因为武则天是君主，董卓是臣子；姚崇是为公，而蔡邕是为私。然而，蔡邕的叹息，是他平日感恩之情的真实流露；姚崇的痛哭流涕，却是为免遭祸殃的智慧。姚崇知道，虽然武则天退位了，但武三思还在，所以事情并未结束，总有一天还会闹出事来。可惜的是，"五公"不听劝告，这又有什么办法呢？而姚崇则用智慧保住了自己，他是真够聪明的啊！

天下大事，必作于细

宋神宗驾崩时，程颢正因为公事身在大名留守府。吊唁祭祀之后，大名府留守韩绛的儿子韩宗师便问程颢朝廷的事情以后会如何发展。程颢说："司马光和吕公著将会做丞相。"韩宗师又问："如果他们两个真的当了丞相，他们又会怎么处理问题呢？"程颢说："应当对神宗元丰年间的大臣一视同仁，如果先论党派和亲疏，那么日后就会有许多忧患。"韩宗师接着问："会有什么忧患？"程颢回答："元丰时的大臣都是一些热衷利禄的人，让他们自己去改变那些对老百姓危害比较重的法令就好了，不然祸殃不会完结。司马光忠诚正直，但很难与他议事。吕公著虽然通达世事，但仅靠他一人，力量是远远不够的。"程颢所说的这些话，后来果然都应验了。

宋徽宗建中初年（1101 年），江公望担任左司谏，向皇上进言说："先帝和元祐年间那些臣子并没有什么仇恨，但先帝却认为他们是仇人，所以将他们统统罢黜。现在，如果陛下将元祐年间的那些臣子扶持起来，必然有神宗元丰年间和哲宗绍圣年间的官吏们与之相对立。有了对立面，就会发生争斗；争斗一起，朋党就会重新形成。"

司马光执政时，反王安石变法之道而行之。当时，毕仲游任河东路刑狱提点，写了封信给司马光，信中这样写道："过去王安石以兴作之论说动了先帝，但忧虑财力不足，所以凡是可以得到民间钱财的政策，没有不用的。发放青苗贷款，设置'市易务'，收敛'助役钱'，变革盐法等等，都是具体措施；而想振兴宋室，忧虑财力不足，才是他们的出发点。不去杜绝他们做事的出发点，只想禁绝他们变法的具体措施，这是行不通的。现在废除了'青苗法'，取缔了'市易务'，免掉了'助役钱'，废弃了盐法，凡只是为了获利而伤害老百姓的事，都一概取消。那些过去实行新法时被重用的人，心里一定很不高兴。那些心怀不满的人不仅会说'青苗法'不可废除，'市易务'不可取缔，'助役钱'不可免掉，盐法不可废弃，还会以财政不足来打动皇上。他们的话就是让石头人听了，也会动心。如果这样，那么被废除的还可以再启动，被取缔的还可以再设置，被免掉的还可以再征收，被废弃的也会再次存在。现在治理国家，应当让天下有识之士献计献策，深入了解国家的财政收支情况，将各地所积蓄的钱粮一并归于地方官府，使他们的经费可以支付二十年之所需。几年之后，又将会是今天的十倍，使天子清楚地知道国家在钱财上的剩余。那么所谓的'不足'之论，皇上就不会听信，这样新法才可以永远被废弃而不再实行。当初王安石位高权重，朝廷内外到处都是他的人，所以他的变法才能够实行。今天你想消除以前的弊病，但你身边担任各种职务的官吏，十有七八都是王安石的门徒。虽然也起用了两三个旧臣，用了六七个正人君子，然而，上百人中才占十几个，这种形势怎么可能有所作为呢？不具备可以做事的条件而想去做，那么'青苗法'即使废除，又会再实行，何况还没有废除呢？'市易务'、'助役钱'、盐法等也无不如此。用这样的办法去消除以前的弊病，就好比一个人久病稍愈，使他的父亲、儿子、兄弟都面有喜色，却不敢贸然祝贺，因为他的病根还没有消除。"司马光读完这封信，内心十分震动，因为毕仲游在信中所说，正与自己所担心的一样。

头脑冷静才能料事如神

宋哲宗绍圣时，谏官陈瓘（guàn）刚奉旨赶到宫中，就听说皇上传下圣旨，命令中书省、尚书省、门下省把过去那些因为上书而遭到降职或贬谪的臣僚的奏章送缴上来。陈瓘一听，便对给事中谢圣藻说："这一定是有奸臣妄图掩盖自己的罪行而给皇上出的计策。如果将臣僚的奏章全都送进宫中，那么以后的是非曲直，三省的长官又根据什么来判断呢？"陈瓘于是列举了户部尚书蔡京上书请求治侍御使刘挚等人灭族之罪，并在奏疏中捏造刘挚携剑入宫想杀尚书左仆射兼门下侍郎王珪等事告诫谢圣藻。谢圣藻听后十分害怕，于是将这件事告诉了当时的宰相，并将臣下的上书都录下副本保存在三省中。从此，蔡京一党欺瞒、诬告、掩盖、抹杀的言行便逐渐少了，都是因为这些真实的记录消除不掉。

还是在哲宗时期，邹浩因上书章惇独揽大权、对上不忠被贬到新州（今广东云浮新兴县）。徽宗即位后，重新起用他为右正言。邹浩回到朝廷后，宋徽宗一见到他，首先提到的就是他进谏拥立皇后的事情，赞叹再三，又询问谏书在哪里。邹浩回答："已经烧了。"退朝后邹浩将这件事告诉了陈瓘，陈瓘说："灾祸恐怕就要从这里开始了。以后如果有好事人胡乱出示一封，那是无法辨别真伪的。"

当初哲宗有一个儿子献愍太子茂，是昭怀刘氏做妃子时生的。哲宗皇帝没有儿子，当时孟皇后被废，中宫虚位以待，因有了这个儿子，刘氏就被立为皇后。然而，这个孩子才三个月就夭折了。邹浩共三次上书进谏，请求立刘氏为皇后。进谏的奏章随即就毁掉了，并不为外人所知。此时，蔡京执掌政事，长期以来，他一直忌恨邹浩，便趁机让自己的党羽假造了一封邹浩的奏疏，奏疏中说："刘后杀了卓氏，夺走了她的儿子。这事可以骗人，难道也可以欺天吗？"宋徽宗看后，立即下诏调查这件事，并将邹浩贬谪到衡州（今湖南衡阳一带）做别驾。后来改派到昭州，果然像陈瓘所说的一样。

这两件事很相似，只是谢圣藻听从了陈瓘的意见，所以免于被谗言所害；而邹浩不听劝告，所以最终遭到诬陷。人无远虑，必有近忧，确实是这样的。

宋徽宗刚即位时，想革除哲宗绍圣年间所留下的弊端，以安定国家局面，于是广开言路。众人都认为，像司马光那样品行高洁的旧臣，应当优先恢复地位。当时正在谏省任职的陈瓘认为前朝废黜孟皇后，追贬已死去的丞相，都师出有名，并不是无缘无故的。现在要给他们恢复名誉，就应该先弄清哪些是受了冤枉，哪些是罪有应得，给无辜蒙冤的人平反昭雪，并惩罚那些制造冤案的人，然后发诏书公诸于世，按照礼仪的规定进行，这样才不会留下后患，不要只求快而留下无穷的隐患。但是，朝臣们却认为公众的意见已经被压抑得太久了，希望尽快做出决断以博取世人的欢心，于是就仓促地将这些事处理了。到了崇宁年间，蔡京当政，又把徽宗建中靖国年间的施政措施全部推翻。这时，人们才不得不佩服陈瓘的远见卓识。

陈瓘在通州（今江苏南通）的时候，张商英当了宰相，很想让陈瓘来辅佐他。当时朝廷设置了政典局，于是张商英便从政典局发公文，要取陈瓘所著的《尊尧集》，准备实施书中所论述的治国方略，并且由政典局启用陈瓘。但是陈瓘料定张商英干不成什么事，所以书虽然已缮写好了，却迟迟没有上缴。后来，通州郡又拿着政典局的公文来催促。陈瓘没有办法，就将书用奏折的形式进献，外面用黄帕封好，送到政典局，并要求他们在皇帝面前拆开。这时，有人说直接将书送到政典局就可以了，没有必要进献皇上。陈瓘说："我恨不得将书直接送到皇上手中，请皇上批阅，怎么能把书给他们呢？张商英身为宰相，办什么事情都不通过三省去公办，却增设机构，任用官员。如果什么事都通过私人的途径去办理，人们必然会怀疑嫉妒。恐怕《尊尧集》

到了他那里时，他的地位就已经动摇了。远远地离开他，恐怕还难于免祸，更何况将书送去呢？"不久之后，事情的发展果然如陈瓘所说的那样，张商英被罢黜，陈瓘则被羁管于台州（今浙江台州临海县）。当时对他的指责就是私自送书给张商英，想让张商英实行他的政见。于是大家更佩服陈公的远见。

对占卜者要置而不用

从前，晋阳有个叫周玄豹的算命先生，曾经预言后唐明宗李嗣源（称帝后改名李亶）今后必成大业。后来，明宗果然建立了新朝，于是就想把周玄豹召进皇宫做官。这时，赵凤却劝阻说："周玄豹的话已经应验，如果把他放在京师，那些轻佻浮躁、不知深浅的人就会聚集在他的门下。自古以来，由于占卜算命人的胡言乱语而导致遭受灭族之祸的大有人在。"于是明宗就改任周玄豹为光禄卿，做了个专管膳食的官，干到退休。

宋高宗时，同安郡王杨沂中赋闲在家。有一天，他到郊外散步，遇到一个算命先生。杨沂中于是用手上的拐杖作笔，在地上画了一幅画。算命先生一看，马上连连向他磕头，说："王爷为什么微服出行来到这里？要多多保重自己呀！"杨沂中一听，非常惊讶，责问他是怎么知道的。算命先生说："土上加一画（划），就是'王'字啊！"杨沂中听他这么一说，很高兴，就写了一张条子，批给他五百万贯钱，并签上平常签署公文所画的押，然后命令算命先生第二天到钱库去取。

第二天，算命先生到了钱库，钱库司帑（tǎng）拿着那张条子看了很久，厉声问道："你是什么人？竟敢伪造我王的签押骗取钱财。我要把你抓起来送到衙门去!"算命先生于是说出了事情的来龙去脉,并大喊冤枉,希望杨沂中能听到。司帑和司谒于是一起打发了五千贯钱给他,他边哭边骂着走了。

过了些日子,司帑寻了个机会将情况告诉了杨沂中,杨沂中奇怪地问他为什么要这样做。司帑说:"他今天说您是王,明天再胡乱给您添加些什么,那恩王所受的诽谤就太多了。况且恩王已经为自己立了王社,以祭祀天地祖先,再用算命的做什么呢?"杨沂中听后站起来,抚着他的背说:"你说得很对。"随即就将原来要赏给算命先生的五百万贯钱赏给了他。

姑息养奸,终成祸患

唐中宗神龙元年(705年),宰相张柬之等人已经诛杀了武则天的宠臣张易之、张昌宗兄弟,将武则天迁至上阳宫。户部侍郎薛季昶(chǎng)对张柬之、桓彦范等人说:"两个元凶虽然已经除掉,但武后的侄子武三思等人还在,斩草不除根,以后肯定会惹出麻烦的。"桓彦范却说:"武三思不过是桌案上的肉罢了,留着他为太子垫手好了。"薛季昶于是叹息道:"我将死无葬身之地了!"后来,武三思果然乱政,桓彦范这才追悔莫及。

宋宁宗庆元元年(1195年),赵汝愚凭借韩侂(tuō)胄的力量说服宪圣太后(韩侂胄为宪圣太后的外甥),拥立了宁宗。事成之后,工部侍郎徐谊就对赵汝愚说:"韩侂胄以后必然会成为国家的祸患,最好是充分满足他的欲望,而将他放置到远离京城的地方。"宝文阁待制叶适对赵汝愚说:"韩侂胄所希望的,不过是个节度使罢了,最好让他当去。"焕章阁待制朱熹也说："应当用厚赏酬谢韩侂胄，不要让他干预朝政。"但是，赵汝愚却认为韩侂胄容易节制，于是对这些忠言全都听而不闻，只给了韩侂胄一个防御使的官职。韩侂胄对此怀恨在心，后来诬陷赵汝愚图谋造反。赵汝愚被贬谪，死在了边疆。

其实，武三思和韩侂胄都是小人。只是武三思有罪，所以应当立即除掉他；韩侂胄有功，所以应当奖赏他、远放他。除掉武三思的最好时机，应当在武后被迁走之时；而远放韩侂胄，应当在他还没有得志的时候。过了这个时候就无法有所作为了。

桓彦范和赵汝愚都自恃他们的权势、声望和才智足以驾驭三思、侂胄，却不知道恶人的手段往往更加胜于豪杰。为什么呢？因为君子往往有所顾虑，而小人却无所不用其极；君子宽厚，而小人狠毒。没有采纳明智的谋略，结果给自己留下了祸患，真是悲哀啊！

别看人一时

唐代的裴宽在润州（今江苏镇江）做参军时，润州刺史韦诜（shēn）正在为自己的女儿找夫婿，但找了很久都没有找到合适的。有一天，韦诜登楼远望，忽然看见一个人在花园中埋东西，就去打听这个人是谁。别人告诉他："这就是裴参军，非常仁义，从不愿接受贿赂，害怕玷污了家门。那天恰好有人送给他一块鹿肉干，交给他就走了，他不敢自欺，所以就将那块鹿肉埋了。"韦诜十分惊异，嗟叹再三，于是将自己的女儿许配给了裴宽。

结婚那天，韦诜用帐子遮住女儿，让她看看裴宽。裴宽长得又高又瘦，穿着碧色衣服。韦诜族中的亲戚都笑话他，戏称他为"碧鹤"。

韦诜说："既然爱自己的女儿，就要将她许配给贤良的公侯做妻子，怎么可以以貌取人呢？"后来，裴宽官至礼部尚书，而且很有声望。

唐代的右龙武军统军李祐有一个女儿，被许多公卿看上，都想让她做自己的儿媳，但都被李祐拒绝了。一天，李祐将所有幕僚都请来赴宴，声称他要在宴会上选女婿。众人议论纷纷，猜测他必然会选一个名门贵戚的子弟。但等人了宴席，却许久仍不见动静。酒喝到一半时，李祐拉着最末尾座位上的一个军官，对他说："知道你还没有结婚，请允许我将小女的终身托付给你。"并即席举行了婚礼。

后来有人询问李祐这样做的原因。他说："我常见权贵之家与名门望族缔结婚姻，其实他们的子弟长期沉溺于奢侈淫靡，大多没有善终。我凭借自己的军功得到爵位，所以选择女婿，何必非要去攀附高门而博取虚假的名望呢？"听到这话的人，都认为这是真知灼见。

司马光说："媳妇一定要娶那些家境不如我家的，女儿一定要嫁给家境胜过我家的。媳妇的家境不如我家，才知道勤俭朴素；把女儿嫁到胜过我家的人家，她才知道谦虚谨慎。"这些话在当时可谓是至理名言。但看看韦诜、李祐二公选择女婿的标准，司马光的话就值得推敲了！

吃亏是福

东海有一位姓钱的老翁，原本是小户人家，后来经过自己的努力发财致富。有了钱之后，就想在城中买一套房子。这时，有人告诉他："某处有一套好房，现在已经有人出价到七百金，房主马上就要出售，你赶快去看看吧！"结果，这位姓钱的老翁去看了那套房子之后，竟然用千金买了下来。他的子弟说："这套房的价钱本来已经定下了，你现在却无缘无故加了三百，这不是便宜了那位房主吗？"老翁笑着说："这里面的道理你们怎么能明白呢？要知道，我们原本只是小老百姓，而房主不顾众人反对将房屋卖给我，如果我不多出些钱，他拿什么话去堵住那些人的嘴巴？我用千金买下这套房子。这样一来，房主的愿望得到充分满足，也使那些打这套房子主意的人死心。从此以后，这座房子就是我们钱氏的世代家业，不会有什么隐患了。"

后来，其他的房子大多以售价太低吃了亏，要求买主补贴，有的又转手赎回，结果经常惹出官司，只有钱家买的这套房子没有任何纠纷。

叛主者的下场

元惠宗至正年间，广东的王成和陈仲玉作乱。东莞人何真时任广东行省右丞，于是向行省长官请缨，领义兵很快拿下了陈仲玉。而王成却修筑防御工事，顽抗到底，何真围困了很久都无法攻克。无奈之下，何真心生一计，悬赏十千文捉拿王成。没过多久，王成的奴仆就将王成捆绑起来，送到何真那里。何真一看，笑着对王成说："王公真是养虎为患呀！"王成听了十分惭愧，连忙认罪。这个将王成捆来的奴仆请求领赏，何真于是将赏银如数给了他，同时让人准备一口熬汤的大锅，安放在转轮车上。王成一看这架势，以为何真要烹煮自己，十分害怕。但是，何真却没有烹煮王成，而是命人将那个奴仆绑到车上，催促人将其烹了。接着，何真又派人敲着鼓推着车，边走边喊："如果再有敢绑主子的奴仆，就是他这样的下场！"人们都十分佩服何真赏罚分明，从此岭南地区全部归顺了朝廷。

楚将丁公和项伯对汉高祖都有救命之恩，但汉高祖最后却将丁公杀掉，而封项伯为列侯，这种赏罚是不公平的。汉光武帝刘秀将彭宠的家奴子密封为不义侯（东汉初，渔阳太守彭宠被迫造反，其家奴子密砍掉彭宠及其妻子的头颅献给刘秀），尤其不可引为效法的榜样。所以，何真的做法才是对的。

尊重读书人

元朝的廉希宪是一个礼贤下士的人，而且经常反省自己的不足。元世祖至元年间，廉希宪出任荆南平章行省。刚上任时，江南有个名叫刘整的高官前来拜谒，但廉公却毫不客气，连座都不给他让。刘整走后，又有南宋一些寒酸的士子，袖中揣着自己写的诗词，前来请见，廉公马上请他们进来入座，并高兴地与他们交谈，纵横经史，并询问他们的生活情况，如同会见自己的好朋友一般。

这些士子离开后，廉公的弟弟廉希贡感到很疑惑，于是问他："刘整是个高官，哥哥您却对他简慢无礼；而那些贫寒的士子，哥哥却对他们优礼有加，为什么呢？"廉公说："这里面的是非曲直你又怎么会知道呢？作为大臣，他的言语举止、亲疏贵贱，都关系着天下大事。刘整的地位虽然很高，但他是背叛了国家和君主而归顺过来的人；而宋朝的这些士子并没有什么罪，又何必要将他们囚禁呢？现在我们的国家刚刚从北方的荒漠中崛起，我如果对这些读书人不加以优待，那么儒家学说就会从此衰微下去了。"

不见龙颜不跪拜

宋仁宗时，宫中发生大火灾，里面的宫室几乎被烧尽。天亮时，大臣们还是像往常一样前来上朝，但等了很久，宫门还是没有打开。大臣们不知道仁宗现在的情况，于是中书、枢密二府请求进宫面见皇上，但门禁却不报。又过了很久，皇上才驾临拱宸门城楼，司仪官于是喝令朝拜。楼下的文武百官全都跪拜于地上，只有吕夷简一个人仍然站着不动。皇上于是派人去问他到底怎么回事。吕夷简说："昨夜宫中发生了事变，群臣希望能一睹皇上的龙颜。"皇上于是走出帘门，在栏杆上俯身下视。吕夷简看见果然是仁宗，才匍匐跪拜。

司马光退麒麟

交趾国向宋朝进贡了一只奇异的野兽，并说这就是麒麟。皇上命令宰相司马光负责处理。司马光心想：当今谁也没有见过麒麟，所以这只麒麟到底是真是假，谁也不知道。如果真是麒麟，不是它自己出来的，也不能算作祥瑞之兆；如果是假的，而我们却当真的留下来，就会被那些蛮夷所耻笑。于是，司马光便建议朝廷厚赏使者之后，仍然将此怪兽带回。

做事要有胸怀

明代开国功臣大将军徐达奉命北伐，将元顺帝赶到开平府（元朝上都，在今内蒙古锡林郭勒盟正蓝旗以北）后，却故意网开一面，使元顺帝得以向北逃走。副将常遇春对此极为不满，认为失去了立大功的机会。徐达却说："这个人虽然是北方种族中的一员，却曾多年君临天下。如果真的把他给抓住了，你让我们的皇上怎么处置他呢？割一块地封给他？或者满足他的心愿，按他的要求去做？既然这样做都不行，那么让他跑掉应该是最好的选择。"常遇春听了，还是不以为然。后来，二人将这事汇报给太祖朱元璋，太祖并没有怪罪徐达。

徐达这样做，确实省却了太祖皇帝的许多麻烦。然而，徐达之所以敢这样做，也是因为他深知太祖圣德宏大。那么，徐达又是从哪里看出这一点的呢？因为太祖曾经遥封元顺帝，并赦免陈友谅之子陈理，封他归命侯。从这些事中就可以知道了。

以百姓之心为心

鲁国的法律规定，如果鲁国的人做了其他诸侯国的臣子或妾仆，只要有人能够将他们赎回，就可以到国家的府库去领取赎金。有一次，子贡在一个诸侯那里赎回了鲁国人，却没有到府库去领取赎金。孔子说："子贡这样做是不对的，圣人做事，可以凭借它移风易俗。他的教导可以在老百姓当中实行，而不是只适合于自己的行为。如今鲁国富裕的人少而贫困的人多，有几个人能拿自己的钱去赎回鲁国人呢？领取了府库里的赎金，无损于他自己的行为，而不去取赎金，就不会再有人将鲁国人赎回了。"有一次，子路将一个落水的人救起来，那个人很感谢他，于是就给他送来一头牛，子路接受了这头牛。孔子知道后，十分高兴地说："鲁国今后一定会有更多愿意拯救落水者的人。"

袁黄（字了凡）说："用凡人的眼光来看子贡和子路所做的这两件事，子贡不领赏钱，似乎胜于子路接受别人的牛。而孔子却肯定了子路而否定了子贡。从这里可以看出，评价一个人所做的事是不是好事，不能只看眼前的行为，而是要看其流传开来的效果；不能只看一时，而应看到长远；不能以一个人为标准，而应该考虑到天下人能否做到。"

让利于民

明代时，黄河朝南边改道，老百姓就在黄河故道上开始耕种，并有所收获。于是朝中便有人建议丈量一下土地，好按亩数征税。但御史高明（字上达）却不同意这么做，他说："黄河的迁徙是没有规律的，而税收的数额一旦定下来就不可更改，如果这些土地忽然又被河流淹没，官府却每年仍然按照登记的田亩收税，老百姓怎么受得了呢？"于是，这件事就作罢了。

经常看到沿江的那些地方因为税收导致贫困的事。河沙淤积成田，主管官员往往喜欢增加税收去立一功，却不知道以后要减少税收的难处。四川的盐井也是这样。陈于陛认为，有一口井才有一份税收，因为旧井倒塌废弃，而上司却不肯免除税额，百姓的负担太重了，以致连新井也不敢开凿。所以，应该建立一种制度，凡是盐井废了的，税额也应随之免掉。并允许百姓开凿新井，从开成之日算起免税三年，三年后才能征税，那么老百姓的困难就可以得到缓解，这其中的好处是不必多说的。假如各种税目繁多，一时不能全部免除，就应当调查清楚，另外登记造册。因功而受到朝廷恩典的人先免除，或者缓征，或者互相抵偿。缓一点勘察新淤成的田，逐渐补扣。数年之后，也就差不多了。

最有远见的遗嘱

楚国大夫孙叔敖病重，看样子即将不行了。于是，他便将自己的儿子叫来，说："大王几次要赐给我封地，我都没有接受。我死了之后，大王一定会赐给你，你可以接受，但千万不要接受好的地方。楚国和越国之间有一个地方叫寝丘，那个地方不太好，前有妒谷，后有戾丘，名声很坏。楚人阴险诡诈，而越人机灵乖巧，他们都不会来占领这块地方。你可以长期拥有的只有这个寝丘啊！"孙叔敖死了，楚庄王果然将一块好地赐封给他的儿子。他的儿子谨记父亲的遗嘱，一再推辞，并说如果大王一定要给他封地的话，只要将寝丘县赐给他就可以了。

宋代的范祖禹（字淳夫，北宋政治家、文学家范镇的从孙）说："从前家族里有个子弟去做官，求蜀公（范镇，宋哲宗时累封蜀郡公）给他写一封介绍信，蜀公不同意，说：'做官的不应该到处求人关照自己，受的恩惠太多，就难以在朝廷立住脚跟了。'"

本朝刘大夏曾说过："做官的不要广交朋友，受人知遇只应像朋友一样，只要有几个得力的人，就可以了却一生了。"呜呼！这些才真正是老成练达的话呀！

对小人要避而远之

唐代郭子仪每次会见客人时，姬妾们都不回避，而是在跟前侍候。有一天，门外来报说卢杞来了，郭子仪马上就让姬妾们全部回避。卢杞走后，他的儿子们很不理解父亲为什么这样做。郭子仪说："你们有所不知，卢杞是个小人，而且他相貌丑陋，姬妾们见了难免会笑话他。以后万一卢杞得志了，我们这家人可就都活不成了。"

春秋时期，晋国的郤（xì）克出使齐国，齐桓公的孙子齐顷公让自己的母亲在门帷后观看。郤克是个跛子，齐顷公的母亲看到他走路的样子，觉得很好笑，忍不住笑出声来。这让郤克觉得十分愤怒，回去后便会同鲁、卫、曹的军队讨伐齐国，并大败齐军，使齐国几乎到了亡国的地步。

相比于齐顷公，郭子仪要聪明多了，考虑问题也很深远。宋朝人王勉夫说："《宁成传》的结尾记载，周阳由做郡守的时候，虽然汲黯、司马安都在二千石之列，却不敢与他用同样的车席平起平坐。司马安当然不值一提，但汲长孺（汲黯的字）与大将军平等，与丞相见面时也只拱手作揖而不下跪，并敢当面驳斥九卿。这样伟岸勇毅、不肯居于人下的人，却到了被周阳由压制的地步，这是为什么呢？因为周阳由是无赖小人，虽然他也在二千石之列，却肆无忌惮、骄横残暴、虐害同事、旁若无人。汲黯是远离他，而不是畏惧他。后来，河东太守申屠公不能忍受周阳由越权，就与他互相争斗，结果一同被杀，玉石俱碎，实在可叹可恨！士大夫不幸与这类小人共事，退让回避他，不失为宽厚。何必与他计较，而自取其辱呢？"

团结才能生力量

晋朝时，吐谷浑国的首领阿豺有二十个儿子。有一次，他得了重病，于是就把自己的弟弟慕利延和儿子们叫到跟前。他对慕利延说："你取一支箭来，然后将它折断。"慕利延一下子就将那支箭折断了。他又说："你再取十九支箭来，把它们一齐折断。"慕利延把十九支箭抓在手里,却未能将这些箭折断。阿豺于是就对儿子们说:"你们知道为什么单箭容易折断,而许多箭合在一起就无法折断吗?因为将许多箭合在一起,它们的力量就大了。所以,你们一定要同心协力,我们的江山社稷才会稳固。"

周朝取得了天下之后,大封同姓的人,枝叶扶疏,互相依傍,所以维系了那么久;六朝时,同姓之间互相猜忌,为了权力明争暗斗,所以他们的统治都不长久。没想到在北狄却有如此明白的人。

通达事理，化繁为简

世本无事，庸人自扰。唯通则简，冰消日皎。

大意是：世上本来没有那么多事，都是那些庸人自己制造出来的烦恼。只要通情达理，事情也就简单了，就像太阳一出来冰雪就融化一样。

学会装糊涂

宋太宗时，孔守正官拜殿前都虞候。一天，太宗皇帝让他到北陪园侍奉酒宴。孔守正喝多了点，就和王荣在皇帝面前争论起守边的功劳来，二人越吵越气愤，完全不顾下臣的礼节。旁边的侍臣一看，觉得太不像话了，于是奏请太宗马上将这两个人抓起来，送到史部去治罪。太宗没有同意，让人送他们回家了。第二天，两人酒都醒了，于是一齐到御前请罪。太宗说："我当时也喝多了，都不知道发生了什么事。"

酒本来就是使人狂放不羁之物，请人喝酒，又要苛求别人不要酒后失态，这就太难了。在这件事上，太宗装糊涂说自己也喝多了，这样一来既没有丢失朝廷的体面，而下臣也从此知道警醒自己，这不是两全其美的事吗？

无为而治

曹参当上汉朝的宰相之后，就一直遵循萧何当初定下来的制度，只是日夜痛饮美酒，无所事事。凡是有宾客来见他，说有话要给他讲，都是一到相府，曹参就拿美酒给他们喝。饮酒之间，一说有话要讲，他又马上说："喝酒，喝酒。"一直到大醉方休，所以来人始终找不到机会给他说什么。

汉惠帝也开始埋怨曹参不理政事，于是嘱咐曹参的儿子中大夫曹窋（zhú）私下里叩问一下究竟是怎么回事。曹窋回到家后，便按皇上的意思向曹参劝谏，曹参一听就火了，二话不说先打了曹窋两百鞭。惠帝知道后，斥责曹参说："这和曹窋有什么关系呢？他是我派去劝你的。"曹参脱去官帽，向皇上认罪，并说："请问陛下，您和高帝相比，谁更圣明一些呢？"皇上说："这还用问，朕怎么敢和高帝相比呢？"曹参又问："再请问陛下，那您看我和萧相国相比，谁更有能力呢？"惠帝说："我看你好像不及萧相国。"曹参说："陛下说得很对。高帝和萧相国平定天下，一切法令都已经制定好了，而今陛下垂衣拱手，我辈恪守职责，遵循高帝和萧何所定下的规矩，不就可以了吗？"惠帝说："曹君，算你对吧！"

销毁"罪证"，安定人心

更始初年（23年），占卜者王郎被赵缪王的儿子刘林拥立为天子。不久之后，时任更始帝大司马的刘秀便诛杀了王郎，并收缴了王郎的很多信件。这些信件中，有一部分是刘秀的部属们与王郎互相来往的信件。这一下，那些曾经与王郎有过信件往来的人顿时坐立不安。但是，刘秀对这些信件并没有追查，他甚至连看都不看，就一把火将它们全部烧掉了。并说："让那些怀有二心的人安心吧。"

南北朝时期，宋宗室桂阳王刘休范在浔阳起兵作乱。萧道成统帅禁军前去平叛，很快就将刘休范抓住，并立即将其斩首。其他的叛军不知道刘休范已经兵败身亡，仍继续冲破官军的防线，往都城建康进军。而此时的官中更是传言刘休范已经到了新亭，人们都惶惑不安，到营垒中投递名片的有近千人。等到大军一到，才知道不是刘休范，而是萧道成。萧道成拿到那些名片，立刻将其全部烧掉，然后登上城楼对那些人说："我是萧道成，刘休范已被处死，尸首在南冈下面，你们的名片也已经全部烧掉了，所以也不要有任何的担心。"萧道成的这种做法，其实也是从光武帝那里学来的。

不贵难得之货

北宋时，薛奎镇守巴蜀。一天，他在大东门外举行酒宴，城里有士兵作乱，但很快就被抓住了。都监前来请示薛奎，薛奎命令就地处决，这事就此了结。事后，人们都认为这个决断十分英明。不然的话，刑讯逼供，胡乱牵连，十天半月也无法了结，也无法使那些有一样反心的同伙尽快安定下来。

当官的人，如果稍微有点要夸大自己功劳的意思，就不会像薛公这样选择直接就地处决了。

还有一次，巴蜀中有人得到一颗后蜀时的中书印，晚上带回城后，便用一个口袋装好挂在西门上。守门的士兵发现后，便拿着印袋去报告薛奎。这时，有上万个蜀人跟随在那个士兵的后面，而且吵吵闹闹，口出狂言，说着些怪异的话，就看薛奎如何动作。薛奎于是命令主吏将那个布袋收藏起来，根本不取出来看一下，那些人也就不闹了。

明代的兵部侍郎梅国桢镇守三镇时，有个胡人首领说在沙漠中得到一枚传国玉玺，并用黄绢印下宝玺上的印文，顶在头上，到辕门献宝，求梅公在奏折上署名。梅公说："我不知道你得到的玉玺到底是真是假，等你取来，我先看一下，若是真的，一定会犒赏你。"胡人首领说："我所要的不只是什么犒赏！要知道这是数代受命的印符，现在为圣朝而出现，这是祥瑞之兆。如果禀奏朝廷，将它献给皇上，皇上一定会给我封官晋爵的。"梅公笑着说："我们国家有的是国宝，即使这枚玉玺是真的，也没有什么用处，我也不敢轻率地亵渎皇上视听。看在你好意献宝的份上，给你一锭金子作为犒赏，连同黄绢一起还给你吧。"胡人首领大失所望，号啕大哭而去。

事后，有人问梅公为什么不向朝廷禀奏，梅公说："周定王的大夫王孙满曾说：'国家的命运在德行的修正，而不在鼎的大小轻重。'何况胡人认为奇货可居，如果轻率地将此事禀奏皇上，胡人越发以此要挟。万一皇上传旨征求这枚玉玺，而玉玺不能准时送达，难道真的以封官晋爵来换取它吗？"人们听了这番话之后，都十分佩服梅公的远见卓识。

这个故事其实和薛奎藏印的用意有异曲同工之妙。

明英宗天顺初年（1457年），胡人又来侵扰我朝边境，而且传闻将玉玺也带过来了。镇朔大将军石亨上奏英宗皇帝，想借带兵巡边之机，夺取玉玺。英宗便向吏部尚书李贤征求意见，李贤说："胡人虽然靠近我国边境，但不曾侵犯我国，而我们却无故出兵，肯定说不过去。况且那宝玺是秦始皇所造，李斯书写印文，本是亡国之物，并不值得珍视。"英宗听了之后，肯定了他的见解。梅公的看法与李贤的见解是相同的。

让逃犯"自杀"

北宋初年（960年），张咏出任益州知府。不久之后，招讨使王继恩率军打败了李顺的军队，屯兵益州。王继恩的部下居功自傲，在益州横行霸道，欺压百姓。一天，有百姓向张咏控告王继恩帐下的士兵仗势欺人，勒取百姓财物。那个士兵知道后，趁着夜里用一根长绳从城墙上下到城外逃走。张咏于是派衙役前去追捕。临行前，他对衙役说："等把他抓住之后，将他衣冠整齐地推进井里，然后来报告我，就说此人逃走后投井自杀了。"当时，王继恩帐下的官军听说张咏派出衙役追捕自己的战友，都很气愤，议论纷纷，并想借机闹事。后来，听到回来的衙役说那个士兵是自己投井而死，这才平息下来。而张咏也因此避免了与主帅王继恩不和。

凡事最难的是妥当

三国时期，蜀国的丞相诸葛亮平定了南中的叛乱之后，在当地人中任用了一批官吏。这时，有人来向他进谏说："丞相，您得到上天的帮助，顺利地征服了南蛮。但是南蛮之人，人心叵测，今天降了，明天又反叛，所以最好是乘他们降服之机，委派汉人做官，统领南蛮的百姓，使他们服从汉人的约束，并不断对他们进行教化。十年之内，蛮人就可以成为蜀国的百姓，这才是上策啊。"诸葛亮回答说："如果委任汉人来管理这个地区，那么就要留下军队，军队留下了，粮草又从哪里来呢？这是困难之一；南中刚刚经过战争的破坏，许多人家破人亡，对汉人十分仇恨，如果让汉人来管理，而不留下军队，必然酿成祸患，这是困难之二；还有，当地的这些官吏中，许多人都犯有重罪，依法这些人要么罢官，要么杀头，他们自知罪恶深重，若委任汉人做官，他们绝不会信任这些汉人的，这是困难之三。现在我不留下军队，不运送粮草，而各项制度初具规模，社会秩序也初步安定，这样使南中百姓和汉人相安无事，不是很好吗？"

从此到诸葛亮去世为止，夷人不曾再反叛。

《晋史》记载，桓温讨伐蜀地时，遇到诸葛孔明当年的小史官。此时，小史官已经是一位一百七十岁的老人了。桓温问他："诸葛公有哪些过人之处呢？"老人回答说："也没有什么过人之处。"桓温一听，脸上便露出几分得意之色，以为自己可与诸葛孔明相比。过了一会，老人又说："只是自从诸葛公去世之后，就再也没有见到像他那样办事妥当的人了。"桓温于是面有愧色，对诸葛孔明十分佩服。

凡事最难得的是办得妥当！老人用"妥当"这两个字来概括诸葛公，真可谓是诸葛孔明的知己啊！

置之死地而后生

汉代的朱博原本是一位武官，没有当过文官，后来调任冀州刺史。他上任后便开始巡视部属。当他走到一个县里时，遇到数百个官吏和老百姓聚众拦道、吵吵嚷嚷，说是要告状。官署里挤满了人。一个从事将情况告诉了朱博，并请他暂且停留在此县，召见那些告状的人，把事情处理完毕之后再出发。其实，那个人只是想以此来试探一下朱博的本事。朱博心中当时也很明白，于是他告诉仆人准备好车马。不一会儿，仆人禀报车马已经准备好，朱博出门上了车，便去见那些拦道告状的人。他让从事明文告知官吏和百姓：想告县丞、县尉的人，因为刺史不监察那一级的官，所以各自到自己的郡里去告；想告郡守、县令、长史的人，因现在本刺史正在巡视部属，等本刺史回到治所后再来告；其他那些受了官吏冤枉，以及检举盗贼、民事纠纷等，就到各个管辖部门找从事告状。朱博停车，一一做了安排，四五百人全部停止了吵闹，马上散去，其神速令官吏和百姓都大吃一惊，没有想到朱博的应变能力如此了得。后来，朱博一打听，才知道是那个从事教唆百姓聚众闹事，便将那个从事给杀了。

朱博当左冯（píng）翊时，长陵大姓中有个叫尚方禁的人，年轻时由于强奸别人妻子，被人用刀砍伤了面颊。官府的功曹受了贿赂，没有革除尚方禁，反调他做守尉。朱博听到此事后，找了一个借口召见尚方禁，一看他的脸，果然有疤痕。朱博让左右退下，然后问尚方禁："这是什么伤啊？"尚方禁自知朱博已了解实情，便连忙叩头，将事情经过如实述说。朱博笑着说："大丈夫本难免有这种事，我想为你洗刷耻辱，你能效力吗？"尚方禁又喜又怕，回答道："万死不辞。"朱博于是命令尚方禁不得向任何人泄露谈话的内容，有机会就记录言论。并将他视为亲信，作为自己的耳目。尚方禁经常破获盗贼、通奸等犯罪活动，很见成效，朱博于是提升他为连守县县令。

很久之后，朱博才召见功曹，把门关上，一一列举尚方禁等人的事情，对他痛加斥责，然后给了他纸笔，要他将自己受贿的事情全部写下来，不得有丝毫隐瞒，若有半句谎话，就砍他的脑袋。功曹惶恐万分，将自己昧着良心做的那些事全部写了出来，一点也不敢隐瞒。朱博知道他说的是实话，于是命令他就地听候裁决，要他改过自新。然后拔出刀来，将他所写的那些罪状全部裁成纸屑，打发他回去后仍然就任原职。后来，这个功曹时常战战兢兢、如履薄冰、尽职尽责，不敢有丝毫差错，并最终得到朱博的重用。

以其人之道，还治其人之身

北宋时期，广济渠、蔡河流经扶沟县。沿岸有些刁民不务正业，专干拦河抢劫钱物的勾当，每年都要烧毁十几只船，以显示他们的威风。

宋神宗时，程颢出任扶沟知县，刚刚上任，就抓到其中一个刁民。让其交代出同伙后，一共逮捕了数十人。但程颢却没有追究他们过去所干的坏事，而是让他们分开居住，以拉船为生，并侦察、检举在河上作恶的人。从此以后，县境内再也没有发生过烧船的事件。

让抢船的人去以拉船为生，使他们将心比心，推己及人，深悟自己过去所犯下的罪行，改邪归正，从而使天下太平。大程先生是真正的道学家啊！

猝然临之而不惊

三国时，曹操命令中郎将张辽屯兵长社。临出发时，军中有人谋反。夜里，忽然听见惊呼："起火了！"全军顿时骚乱起来。张辽对左右的人说："不要慌，这不是全军造反，而是有人在里面制造混乱，想以此扰乱军心罢了。"然后对军中宣布将令："没有谋反的人就安静下来。"张辽率领亲兵数十人，在军营正中端立不动。没过多久，就将谋反的首犯抓起来并就地处决。

汉景帝时，太尉周亚夫率军平定"七国之乱"。彼时，军中也曾在夜里发生骚乱，但周亚夫却睡在床上根本不起来。过了一会儿，军中就平定下来了。

汉光武帝时，吴汉做大司马。有一次，敌军在夜里进攻军营，军中骚乱不安，吴汉也是照样睡觉，一点也没有动。军中听说吴汉没有动静，都回到各自营帐，按部就班。当夜，吴汉就挑选精兵袭击敌寇，大败了敌军。

这些都是以静制动的策略。但是，如果军中平常没有严明的纪律，事到临头，即便想不动也是不可能的。

君子坦荡荡，小人长戚戚

郭子仪被封为汾阳王后，他的王府每天总是门户大开，任人出入，不闻不问。他部下有个将军离京赴职，前来告辞，看见他正在侍候自己的夫人和爱女梳洗，叫他拿什么东西，他就拿什么东西，和仆人没什么两样。后来，他的儿子们前来劝谏，但他根本不听，儿子们于是就哭着说："父亲大人功业显赫，却不自己尊重自己，不论亲疏贵贱都可以随便进入您的卧室。我们认为，即使是伊尹那样的大圣人、霍光那样的权臣也不会这样的。"郭公听了，微微一笑，说："你们哪里知道呢？我有五百匹马在吃国家的草料，有一千多位部属、仆人在吃国家的粮食。再往前，我没有什么可追求的；往后退，我也没有什么可仗恃的。如果我修筑高墙、关闭门户，和外面不相往来，一旦有一个人与我结下怨仇，诬陷我怀有二心，再加上那些贪图功利、妒贤嫉能之辈在中间添油加醋，弄得跟真的一样，那么我们就会被灭九族了，到那时再后悔可就晚啦！而现在，我坦坦荡荡，四门洞开，虽然有人想用谗言诋毁我，却也找不到借口加罪于我。"几个儿子听了，都拜倒在地，佩服父亲的深谋远虑。

唐德宗因为离代宗入葬的日子渐近，于是禁止屠宰。郭子仪的仆人却违犯禁令，宰了羊，右金吾将军裴谞（xū）将此事禀奏给皇上。有人说："你为什么不庇护一下郭公呢？难道你不知道郭公的地位吗？"裴谞回答说："我就是因为庇护他才这样做的啊！郭公声望很高，权势很重。皇上刚刚即位，必然以为有许多人依附于郭公，对郭公不好驾御。所以我揭发他的小过失，以此证明郭公是不值得畏惧的。这样不是很好吗？"像裴谞这样的人，真可以算得上是郭公的益友啊！

看看汾阳王郭子仪，便发现王翦、萧何的学问和行为都是带有小家子气的。

擅权宦官鱼朝恩暗地里指使人去打开郭子仪的祖坟，想盗点财物出来，却没有什么收获。郭子仪从泾阳进京朝见皇上时，皇上为此对他表示安慰。郭子仪痛哭说："下臣长期领兵作战，没能够禁止将士摧毁别人的墓地，现在人家也挖了我的祖坟，这是上天对我的谴责，并不是有人为患啊！"有一次，鱼朝恩邀请郭公到家里赴宴。这时，有人对郭公说，鱼朝恩恐怕将对他不利，他的部下于是披上盔甲想跟随他前往。郭子仪不同意，只带了几个家僮就去了。鱼朝恩问他："为什么随从这么少呢？"郭子仪便将自己听到的话告诉了鱼朝恩，鱼朝恩很惶恐地说："如果不是您这样的长者，恐怕真要对我产生怀疑了。"

郭子仪精通于黄老之术，像鱼朝恩这样的奸诈之人也不得不被其崇高的德行所感化。所以，君子如果不幸遇到了小人，切不可与他一般见识。

冤家宜解不宜结

逆贼朱宸濠被拿获之后，皇上忽然又巡游四方，而皇上身边的那帮奸臣用心叵测，让王守仁觉得十分忧虑。恰好有两个宦官来到浙江省，王守仁在镇海楼摆下宴席招待他们。酒饮到一半时，王守仁打发走仆人，取掉上楼的梯子，拿出一箱书简给两位宦官看，原来都是他们勾结叛逆者的来往书信。王守仁将这些书信全部交还他们，两个宦官感动不已。王守仁后来遭人陷害而能够免于遭祸，也多亏了这两个宦官从中斡旋。如果当时王守仁抓住他们的把柄，对他们进行要挟制约，那么他和那些人之间的仇恨和隔阂将会更深，灾祸也就不可避免了。

不战而屈人之兵

明代永乐年间，河南人王璋出任右都御史。当时，有人告发周王府将图谋叛乱。皇上想趁周王府还没有起事就派兵去讨伐，并就此事询问王璋。王璋说："事情还没有什么迹象，现在我们该以什么名义去讨伐他呢？"皇上说："兵贵神速，等他出了城，那就不好办了呀！"王璋说："以臣的愚见，暂且不用出兵，臣请求前去处理此事。"皇上问："你需要带多少人一起去？"王璋回答："只要三四个御史就足够了。当然，还需要皇上的一道圣旨，指派我巡抚那个地方。"皇上于是让学士草拟了敕文。王璋接到圣旨后，当天就启程了。第二天早上，王璋直达周王府。周王十分惊愕，不知王璋为何而来。只好赶忙将王璋引到厢房，并问他为何事而来。王璋说："有人告发您图谋叛乱，臣就是为这个来的。"周王惊恐地连忙跪下。王璋说："朝廷已经派出十万精兵前来讨伐，马上就到了。臣因为知道你并未谋反，所以先来告知您，您考虑一下这事该怎么办呢？"周王一听，大惊失色，随即痛哭不止。王璋说："王爷，现在不是哭的时候，关键是拿出实际行动来消除皇上的怀疑。"周王说："我十分愚驽，不知道该怎么办好，请王公指教。"王璋说："只要将您的护卫军献给朝廷，就没有事了。"周王当即便答应了。王璋于是派人飞马将此事禀告皇上。皇上接报后大喜。王璋于是向周王出示了朝廷的敕令："限三天之内将护卫军迁移，否则处以斩首之刑。"很快，周王府的护卫军就解散了。

明代还有一个叫罗通的人，曾以御史的身份出任四川巡按。当时，蜀王十分富裕，不管是财力还是物力，都远在其他郡王之上，而且还经常使用国君所乘的车马仪仗。罗通心里很想制止他。一天，蜀王带人经过御史台，罗通突然派人收缴了蜀王的车马仪仗，蜀王很生气。事后，按察使、布政使都前来打听情况，并且告诉罗通："听说蜀王会有意外之举，现在该怎么办呢？"罗通说："如果是这样，你们都考虑一下吧。"第二天，众官员又都来了。罗通说："这件事好办，最好是悄悄告诉蜀王，只说黄屋左纛〔黄屋，古代皇帝车上用黄缯做里子的车盖；左纛（dào），古代皇帝车上用牦牛尾做的装饰物，设在车衡的左边。旧指帝王的车辆〕是过去玄元皇帝（指老子，玄宗皇帝逃难到四川时，奉老子为始祖，尊封其为玄元皇帝）庙中的器物，应该把它们送回去。"手下官员依计而行，事情果然很快平息下来。从此，蜀王的行为也有所收敛。

大事化小，小事化了

明代初年（1368年），吴履担任南康县丞。当时，有个叫王琼辉的百姓和名叫罗玉成的富翁结下了仇怨，于是王琼辉抓住罗的家人鞭打、侮辱了一顿。罗玉成的哥哥罗玉汝和他的儿子得知这件事后，十分愤怒，集合一千多人，包围了王琼辉的家，夺回被抓走的家人，然后将王琼辉给绑了。一顿乱棍之后，王琼辉早已奄奄一息。王琼辉兄弟五人把罗玉成一家告到县里。公堂之上，王琼辉一家人断指出血，发誓要与罗玉成全家死在一起。吴履一看，觉得此案一旦成立，将会牵连上千人，形势不好。于是他便召来王琼辉，问："只有罗氏一家人来包围你们家吗？"王琼辉回答："有一千多人呢。"吴履又问："那一千多人都打你了吗？"王回答："没有，只有几个人。"吴履再问："你因为恨这几个人就连累一千多人，这样合适吗？再说众怒难犯，倘若这些人都不怕死，一怒之下把你全家都斩尽杀绝，虽然我可以把他们都抓来伏法，但对你又有什么好处呢？"王琼辉听完这番话，顿时醒悟过来，向吴履叩头，表示听从他的意见。于是吴履就将用棍棒打王琼辉的那四个人抓来，当着王琼辉的面，各打几十大板，打得他们皮开肉绽。然后又命罗玉成兄弟向王琼辉道歉，纠纷才算了结。

叶南岩做蒲州刺史时，一伙打群架的人到州里告状，其中有一个人受了重伤，血流满面，胸膛有几处开裂，生命危在旦夕。叶公看到这个情景，十分同情，当时他家正有刀疮药，于是立即起身进入府内，亲自捣药，命令手下人赶快将那人抬进州府。治疗之后，将他委托给一个谨慎忠厚的看门人和一个州府的官员，并对两人说："你们要好好照顾他，不要让他伤了风。如果这个人死了，我拿你俩问罪。"而且还不准这个伤员的家人靠近他。接下来，叶南岩将案情略加审理，就将那些打人的凶手关进监狱，其余人则全部释放。事后，叶南岩的友人问他为什么要这样做。叶南岩说："凡是打架斗殴的人都没有好气，这个人当时如果不立即抢救，就会死去；而这个人死了，就必然要有另外一个人来偿命，他的妻子会守寡，他的孩子会成为孤儿，而且还可能牵连其他人，那就不止是一个家庭被闹得家破人亡了。如果把这个人治好了，那就只是一桩斗殴罪而已。再加上有一些老百姓，只想打赢官司，即使牺牲自家的骨肉也心甘情愿。所以我不准他的家人靠近他。"不久，那个受伤者终于康复，而诉讼也就停止了。

只是略微加以调停，就保全了数千家、数千人，这难道不是大智慧吗？

坚守信念，所向无敌

宋孝宗时期，云南的孟密宣抚思叠不服教化，从中作乱。当时，驻守云南的官员主张派兵平叛。司马光却上书说："如今内外疲劳困乏，灾难一个连一个，怎么还能用兵呢？应该从朝廷派出官员前去安抚他们。"倪文毅（倪岳，弘治中为礼部尚书，谥号"文毅"）说："用兵之道，在于即使软弱也要向人显示强大。像你这样说，不是将软弱显示给天下吗？这样一来，思叠听到后就会更加轻视我们了。派遣朝中官员去安抚他们，固然不错，但如果安抚了，他们还不服从，那么就再无计可施。所以，不妨先派遣有威望的藩臣前往，他们自己就会臣服，如果他们还不服，再来谈征剿也还不算晚啊！"于是，朝廷便派参议郭绪和按察副使曹玉二人前往。十多天后，二人到达金齿。

参将卢和带领军队驻扎在离他所据守的千崖约二里路的地方，他曾派人手拿檄文前往告谕，但使者在半路上被夷人给扣下。卢和只好又领兵回到千崖，恰好遇到郭绪，于是便将情况告诉郭绪，并告诫他不要急于到夷人那里去。郭绪说："我奉朝廷之命，做这些事正是为了报答国家，如果要按你的意思去做，那么为臣的节操又在哪里呢？过去苏武被困匈奴十九年，最后还是回到故国。何况云南这个地方不比匈奴，万一回不去了，也是我的分内之事。"这时，有人对郭绪说："当年苏武到匈奴的时候，还是满头青丝，后来头发都白了才回归故里，你现在头发已经白了，还能带着满头青丝回来吗？"郭绪听了并没有理会，依然正气凛然。

这一天，按察副使曹玉患病，郭绪于是一个人骑着马，带着几个随从继续前行。十天之后，他们到了南甸，由于道路崎岖，无法骑马，所以只好下马步行。郭绪就一路披荆斩棘，遇到十分险峻的地方，便用绳子捆在腰上，上下攀登。又过了十天，终于来到了一条大河边。这时，戛都的土司牵来了一头大象，让郭绪骑在上面，继续前行。接下来的路上，他们头上是雾障，脚下是流沙，天昏地暗，而且还会经常迷路，但郭绪始终没有退缩之意，而是愈加奋勇前进。十多天之后，他们来到了孟濑，此地离金沙江只有一个驿站的路程。郭绪于是派遣一位官员手拿檄文，渡过金沙江，将朝廷的旨意送给夷人的首领。夷人一看，惊得面面相觑，说："朝廷的官员来到这里了吗？"等回过神来之后，他们便立即发兵，乘着大象、战马数万匹连夜过江，来到郭绪所住的驿站。这些夷人一个个手持长矛强弓，一层层地将驿站给团团包围住。看到这个阵势，郭绪身边的一些人都被吓坏了，有个翻译边哭边告诉郭绪："这些夷人限定了时日，要来烧杀我们。"郭绪一听，大喝道："你敢当间谍吗？"然后拔出剑指着那个翻译说："明天过江，你要是还说这些话，定斩不饶！"

当时，思叠已经看到了檄文，也不知道是祸是福，又听说郭绪意志十分坚定，于是就派遣酋长戮人前来接受敕令，并向郭绪馈赠土产，郭绪全都推辞了，只是邀请思叠前来面谈。二人一见面，郭绪先是叙说他的劳苦，再申诉他的冤屈，然后斥责他叛乱的罪行。旁边听着的人都俯伏在地，痛哭流涕，许诺归还他们侵犯的土地。郭绪同意了他们的求和，众人都向他叩头，连呼"万岁"，欢声雷动。郭绪于是又向思叠询问卢参将先前所派遣的人在哪里，思叠便将他们带出来，交还给郭绪。卢和得到郭绪报告，飞马来到，思叠已经撤了兵，并归还了土地。

威望是这样建立起来的

吴柔胜出任蔡州知州时，正是蔡州强盗横行的时候，于是他想了个办法，为老百姓建立了五家相保的组织，却不急于用刑法。但没过多久，不仅老百姓得到了安宁，那些强盗也渐渐平息了。

一次，有人到京师告状，说蔡州有妖逆聚集在确山，皇上于是派遣宦官飞马到蔡州，点名捉拿十个人。使者到了蔡州后，想让吴柔胜派兵和他一起到确山去捉拿那十个人。吴柔胜一听，便问道："你此行的目的，到底是想凭借兵力来树立威风，还是想捉拿妖逆来回报朝廷？"使者说："当然是想捉拿妖逆了。"吴柔胜说："我在这里任知州，虽然不聪敏，但如果在这里聚集上千人闹事，我哪有不知道的呢？如果我们今天带兵前往，实际上是逼着他们作乱啊。确山的事，不过是乡下的百姓想发财致富，所以相聚在一起求神拜佛罢了。你要捉拿的人，我一招手他们就会到来，何必还要派兵呢？"说罢，便安排使者在驿馆住下，连日与他饮酒，并暗中派人去将那十个人召来。那十个人到齐之后，使者便将他们带到京师进行审讯。结果，事情的真相确实像吴柔胜所说的那样，而告状的人则以诬告罪被判刑。

不要轻易变法

北宋初年（960年），赵普曾历任两朝丞相。他在担任丞相期间，曾在座椅的屏风后面放置了两口大瓮。当时，凡是有人上书，事关重大利害的，都挑出来放在瓮中，等到将大瓮装满后，就拿到大街当中去烧掉。

后来的丞相李沆曾说："我虽高居相位，但实际上对国事没有大的补益，只是宫廷内外牵涉到利害关系的条陈、奏折一律不予上报，姑且用这个办法处理国事罢了。因为如今国家的设施制度已经非常细致完备，如果还轻率地将宫廷内外所提的这些建议都一一实行，那损失就太大了。提建议的人大多只是图一时的进取，哪里会想到老百姓的处境呢？"

宋代的大学者陆九渊说："过去，繁多的官员遍布朝廷各个机构。这些人当中，很多人因为自己是多余的食客而感到惭愧，于是只能通过各种途径上奏折，朝廷的官员们也互相争斗，希望能够新建一些机构，改变一些制度。但是，这些书生和王公子弟根本就不了解老百姓的事情，只是轻率地出谋划策，如果照他们的办法去实施，那就坏了。他们只是浪费了一张纸，而老百姓却要蒙受许多实际的损害。因此，我每每与同僚们对那些奏折都要仔细考虑。圣上清明，常常采纳我们的意见而将这些献计作罢。我们所做的，只是编辑、考查之类的事，怎能领取大官的俸禄呢？大约只值得万分之一而已。"

南宋的学者罗大经曾说："古话说'没有十分的利就不要变法'，意思是说，不要轻率地改变建制、法规。有人认为这样不对，觉得如果这样做的话，就像坐看天下的弊端而不去改变它一样。但是，他们并不知道，革除弊端以保存法规是可行的，但如果因袭弊端而改变法规是不可行的。所有的弊端，往往是因为不遵守法规而造成的，哪里是从法规中产生出来的呢？宋仁宗庆历年间，韩琦和范仲淹的改革是革除弊端以保存法规；宋神宗熙宁年间，王安石的变法则是因袭弊端而改变法规。这其中的一得一失，是十分明了的。"

勇者无畏

唐高宗时，瑶人经常发生叛乱，而州里每次发兵前往平叛都失利。于是，朝廷便派徐敬业到该州去做刺史。州里的官员听说来了新的刺史，特意派兵到郊外去迎接，但徐敬业却命令他们全都回去，自己单独一人骑马到了州府。

叛乱者听说新刺史来了，便都集合起来等待迎接新的战斗。但是，徐敬业到任之后，根本就没有打听叛匪的事，等到把其他事情都处理完了，才问道："叛匪们都在哪里呢？"身边的人马上回答说："就在南岸。"于是，徐敬业就带了几个助手乘船前往南岸。四周围观的人莫不惊骇愕然。叛匪们看到了，也马上拿起武器，严阵以待，后来发现船中既没有武器，也没有士兵，于是就改变了主意，干脆关上营门，全部躲起来。

徐敬业上岸后，径直进入叛军大营，并告诉他们说："朝廷已经知道了，你们之所以叛乱，是被贪官污吏所迫，不得已才走上了歧途，并没有什么大不了的罪恶。今天我就是来告诉你们，你们可以各自回家了。谁如果过了限定的时间还没有离开这里，就是叛匪了！"叛军们一听，都赶忙离开，各自回家去了。徐敬业于是召来叛军的几个首领，斥责他们不早早归降，并各打几十大板，然后遣送回乡。州里的人知道这件事后，都对徐敬业肃然起敬。

徐敬业的祖父徐英公（即徐绩，亦名李勣，被唐高祖封为英国公，赐姓李）得知此事后，对徐敬业的胆略大为赞赏，他说："我没有做过这样的事，但使我家破败的也一定是这个孩儿啊！"

将计就计

北宋时，枢密使王子纯（王韶，北宋名将）在熙河驻守。当时西戎正企图入侵，于是派出探子刺探宋军的虚实，这个探子很快就被宋军抓获，并被带到王子纯的帐前。王子纯命人对这个探子进行搜身，并在他身上搜出一张情报图，上面详细地记载着宋朝防守熙河军队的人马粮草数量。官兵们越看越来气，都想将此人肢解。但王子纯却命令先打他二十大板，然后在其背刺上"番贼决讫放归"（意思是说"番贼审判完毕放他回家"）六个字，然后将他放了。

西戎得到密探带回的情报，知道宋朝兵马粮草都很充足，而且早有准备，于是只好放弃了入侵的企图。

智杀恶兵

苏轼任密州通判时，有一次，州里有强盗生事却没有被抓获，安抚使于是派遣三批使臣带领剽悍的士兵数十人，到密州境内来抓捕。这些士兵十分凶恶，而且很残暴，横行无忌。他们诬蔑老百姓在家中私藏禁物，强行闯入老百姓的家中，抢夺财物，甚至杀人，然后逃之夭夭。老百姓过不下去了，只好到苏轼那里告状，但苏轼却将那些状子扔到一边，看也不看，并说："安抚使带来的兵都是好兵，肯定不会做出这样的事来。"那些凶残的士兵听到苏轼的话，就放下心来，不加防备。而苏轼却暗地里派人将他们招引出来，并一一处死。

遇到事情，确实需要有这种镇定的能力，但是如果见识不够，那么这种能力就不足。

恩威并济

元代的廉希宪出任京兆尹兼四川宣抚使时，正巧遇上浑都海造反（指元睿宗拖雷第七子阿里不哥为与忽必烈争夺汗位，在和林称帝一事），此时西川的将领纽邻（亦作纽璘，元代著名将领）及奥鲁官（指纽邻的副将拜延八都鲁，奥鲁官为其官职名）也打算举兵响应，但很快就被蒙古将领八春抓获，并将其党羽五十人逮捕，一起关在乾州（今陕西乾县、武功、周至、礼泉等县）监狱里。八春将纽邻和奥鲁官押送到京城，请求朝廷将他们二人处死。朝廷在讨论此事时，廉希宪发言说："如果浑都海不乘势朝东打，肯定没有别的忧虑。但如今西川的部队怀有反策之心，如果看见他们的将校被囚禁起来，可能会生出别的心思，到时带来的祸害就大了。所以，我们可以利用纽邻、奥鲁官和他们的党羽怕死的心理，将他们一并释放，然后将他们的兵丁调往八春的部队，由八春来统领，这或许才是上策！"

再说纽邻的士兵得知八春抓获了自己的将领，都十分惧怕，很多人都逃跑了。后来，他们又得知自己的将领都保全了性命，校官们也被释放，都大喜过望，个个感恩戴德。八春也因此得到了数千名精锐骑兵，于是统帅着他们向西出征，讨伐浑都海。

廉希宪之所以将纽邻的部队划归于八春统领，是因为他知道八春有能力带好他们，而不是放虎归山，遗患无穷。八春能叫叛逆者死，廉希宪能让他们生，使他们既存畏惧之心，又怀感激之情，这样恩威并济，就不怕他们不为其所用了。

巧用缓兵之计

元代时，林兴祖曾担任黄岩州（今浙江台州市黄岩区）同知，后擢升调任铅山（今江西上饶市铅山县）知州。铅山这个地方历来就有很多造假钞票的人，而乡豪吴友文就是这伙罪犯的头目。从这里制造出来的假钞票流传甚广，江淮、燕蓟一带都流通这种假币。

吴友文是一个十分奸诈狡猾、残暴凶狠的人，他靠制造假钞票发了大财，并在官府衙门安插了四五十位恶少做吏卒。一旦有人想告发吴友文，他们就先发制人，将告发者置于死地。就这样，他先后杀害了不少人，并霸占别人的妻子、女儿等十一人，让她们做自己的小老婆。铅山的百姓虽然深受其害，但十多年来，大家都是敢怒不敢言，有冤不敢诉。

林兴祖到任后，很快就了解了这种情况，并说："这种恶人如果不除掉，怎么拯救老百姓，还当什么父母官？"随即贴出告示，严禁制造伪币，并且悬赏第一个检举伪造者的人。不久之后，果然有一个人前来告发，林兴祖心里虽然有数，却假装说这个人告发的情况不属实，于是将他赶了出去。后来又有人前来告发，而且还是人赃俱获。林兴祖于是马上升堂审讯，二人一一招供服罪。吴友文得知后，便亲自到官府来营救这两个人，林兴祖便命令将他也抓起来受审。老百姓听到这个消息，一眨眼的工夫就有一百多人来到官府，纷纷控诉吴友文的罪行。林兴祖于是从中选择了一两件重要罪状加以审讯，案子很快就有了进展。随后，林兴祖又下令逮捕吴友文的党羽，将他们全部依法处置。铅山的百姓从此结束了噩梦，得到了安宁。

　　刚开始时，用缓兵之计使吴友文自投罗网，最后快刀斩乱麻，立即将其绳之以法。要除掉奸恶，必须有这样细致的用心和高明的手段才行。

能容小人才是真君子

　　耿楚侗（耿定向，字楚侗，明嘉靖进士，官至户部尚书）上任南京右都御史后，有一个书生因为受到恶和尚的侮辱，前来向他告状。耿公说："这件事不归我管，应当由管辖的部门去处理。"后来，那个和尚自己逃跑了。耿公的意思也只是将他赶走了事，不让他在当地那个寺庙待着。但那个书生却不解气，要求一定要将那个和尚逮捕关进监狱去不可。耿公于是告诉他说："人的良知是多么的广大，为什么要让一个恶和尚老是待在其中呢？"

　　那个书生从耿公那里出来后，就对别人说："惩治恶和尚，不能仅仅靠良知啊！"后来，又有人将这些话告诉了耿公，耿公说："话固然可以这样说。但我之所以如此慎重，主要还有三点需要考虑。第一是考虑到有志于学问的人，应当在受到侵犯时不要斤斤计较，处在逆境时不畏艰难，不然就会落入乡人的窠臼了，这可以叫作谊心；第二是考虑到官府依法办事，自然有条例规定，像这种事情，从法律上讲不至于将其逮捕入狱，这叫作格式心；第三是我听说这个和尚十分凶恶，担心会有意外的情况发生，所以不想做得太过分，这叫作利害心。我的良知，就是这样思虑再三的。"

后来，姜宗伯（古礼称礼部尚书为"大宗伯"。此处疑指姜宝。此人为嘉靖进士，官至礼部尚书）庇护他所器重的人，所以处理事情有欠公平，引起众人的讥笑和议论。又有承恩寺的一个和尚，被礼部逮捕入狱而死，竟然引起一场大官司。耿公听到这些事，对李士龙说："我以前的三点考虑，用心岂不是很绝妙吗？"凡是惩治小人，不可以做得太过分。天地间有阳必有阴，有君子必然就会有小人，这也是自然的道理。所以，能够容忍小人，才能成为真正的君子。

抓住关键，游刃有余

危峦前厄，洪波后沸。人皆棘手，我独掉臂。动于万
全，出于不意。游刃有余，庖丁之技。

大意是：前面有高山堵往，后面有波涛涌来。面对这样的局势，
人们都束手无策，而我却能奋起。行动起来万无一失，出其不意。游
刃有余，就像庖丁解牛一样娴熟。

劝导的艺术

西汉时，梁孝王指使自己的手下刺杀了梁国的前宰相袁盎，汉景
帝于是命令田叔前去查处这个案子。调查完之后，田叔却把全部的供
词烧毁，然后空着手回来向景帝禀报。景帝问："这事属实吗？"田叔
答："是的！""那供词呢？"田叔答："都让我给烧了。"景帝大怒。田
叔从容地说："请皇上不要再追究梁王的事了。"景帝问："为什么？"
田叔说："调查出来以后，如果梁王不被处死，是大汉的法令不能推
行；如果梁王被处死，那么太后就会吃饭没有味道，觉也睡得不好，
这也是陛下的忧愁啊！"景帝听完了这番话，对田叔大为赞赏，并提拔
他为鲁国的宰相。

　　田叔到鲁国当上宰相后，有一百多名老百姓前来告状，说鲁王攫取他们的财物。田叔却把率众告状的人抓来，各打二十大板，其余的人各打手心二十下，然后对他们说："鲁王就是你们的君主，你们为什么还要告他？"鲁王知道了这件事之后，大感惭愧。于是又将自己剥削来的钱财拿出来，让田叔偿还给老百姓。田叔对鲁王说："大王，还是让您的手下拿去给老百姓吧！要不然，百姓会以为您是坏人，而我却是好人。"

　　鲁王很喜欢外出打猎，田叔也经常跟随前往。在打猎的过程中，每当鲁王休息时，田叔就走出馆舍，在外面的太阳底下等着鲁王。鲁王几次请田叔回屋里休息，他总是不肯，说："您身为土上，都不怕太阳晒，经常外出打猎，我怎么能到屋里休息呢？"从此，鲁王外出打猎的次数就渐渐少了。

　　洛阳城里有一些人互相仇视，城里的贤达人士从中相劝了十多次，但这些人始终不听。后来，有人去见郭解，请他去劝说一下。郭解于是连夜去见互相仇视的人家，那些人很快就听从了郭解的劝告。郭解又对他们说："洛阳的很多贤达人士前来劝你们和好，你们都不听。现在你们听从我的劝告，我实在感到很荣幸。可是我怎么能因此而剥夺了那些贤达人士的声望呢？"于是赶紧回去了，并对他们说："等我走了之后，你们再找那些贤达人士来相劝吧。"

　　这件事与田叔劝鲁王亲自将钱财发还给老百姓相类似。

　　有一个叫王祥的人，对他的继母十分孝顺，但继母却只对自己的亲生儿子王览好，并处处虐待王祥。王览看不下去，经常劝母亲，但母亲总是不听。后来，他母亲每次要虐待王祥时，王览就和王祥一起领受，平时的饮食起居也必定和王祥共享。最后，母亲终于被王览的行为所打动，对两个儿子都很好。

这件事，与田叔坐在太阳地里等待鲁王也是一样的。

以和为贵

唐玄宗时，中书令张说知道皇帝要在泰山举行封禅大典，担心突厥会乘机入侵，于是建议增加边境的兵力，并找到兵部郎中裴光庭商量这件事。裴光庭说："皇帝封禅，是向天下表明国家的兴盛，现在我们国家正如日中天，如果对突厥都这么害怕，就不能显示我们大唐王朝的强盛和功德了。"张说于是问道："那该怎么办呢？"裴光庭说："在那些外族之中，突厥的势力最强大，多次要求和我们大唐通婚，但朝廷始终犹豫不决，没有答应。现在，我们不如派遣使者，邀请他们的首领跟随皇帝去泰山封禅，他们必然会很高兴地从命。突厥一来，其他民族的首领也一定会来，这样边境也就可以高枕无忧了。"张说说："这个主意真好，我确实不如你呀。"随即奏明皇上，派使者前去邀请突厥人。突厥人接到邀请后，当即派遣大臣阿史德颉利发带着贡品来朝拜。接着，其他各民族的首领，也都派遣使臣前来跟随大唐皇帝封禅。

四两拨千斤

唐德宗李适即位时，淄青节度使李正己上书祝贺，并送来三十万缗（mín，古代货币计量单位，指一串铜钱。一般一串一千文）钱作为贺礼。德宗很想接受，又怕其中有什么阴谋；想拒绝，又找不到恰当的理由。这时，宰相崔祐甫给德宗出了一个主意：派遣使者以皇帝的名义到淄青去慰问将士，并把节度使李正己送来的三十万缗钱分发给那些将士。这样一来，将士们就会感激皇帝的恩德，各地的官吏也都知道皇帝重仁政而轻财物。德宗采纳了崔祐甫的建议，而李正己感到既惭愧又佩服。

神策军使王驾鹤，由于长期统帅禁军，所以权力之大，在国内外都出了名。德宗皇帝对此很忧虑，想找人取代他，但又怕他因此发动兵变，于是就问崔祐甫怎么处理这件事。崔祐甫说："这件事很好办。"他把王驾鹤召到府中"议事"，并故意延长谈话的时间。而在他们谈话的过程中，接替王驾鹤的白志贞已经到达军中，接管了统帅禁军的权力。

处理事情要有风度

宋真宗时，骑兵副指挥长张旻（mín）奉皇上之命去挑选训练骑兵。由于张旻的军令非常严厉，士兵们都很害怕他，所以有人便阴谋反叛。皇帝知道后，便召集驻军所在地的官员商量对策。宰相王旦说："如果怪罪于张旻，那以后统帅还怎么指挥军队呢？如果立刻逮捕带头谋反的人，这样军中就会为之震惊不安。陛下几次想让张旻担任枢密使，不如现在就提拔他，这样既解除了他的兵权，又使那些想反叛的人安定下来。"皇帝听了，对身边的人说："王旦真是个好宰相，很善于处理大事啊！"

契丹国奏表宋廷，请求在每年除了给他们俸禄之外，另增一些钱。宋真宗没有主意，便去请教王旦。王旦说："皇上东巡封禅的日子已近，车驾即将出发，这件事只不过是他们用来探听我们的意向罢了。我们可以这样做，今年在给他们的三十万钱物之外，再各借给三万，然后告诉他们，所借的这些钱会在下一年的俸禄中扣除。"

契丹得到钱后，觉得很惭愧。到下一年时，王旦找来主管发放钱财的人，对他们说："契丹上一年所借的六万钱物，对我们国家来说是微不足道的，所以咱们给他们的俸禄还是跟往年一样，不必扣除，但今后永不为例。"

不借给他们，就不合他们的意，会导致两国之间的关系不稳；白白送给他们，又师出无名。借了之后又不要他们还，无法杜绝契丹人的贪婪；借了一定要他们还，又无法显示出大国的风度。而像王旦这样处理，就比较妥当了。

西夏首领赵德明无故向宋朝借一万斛粮食，王旦向皇帝建议，让管财务的人准备一百万斛粮食放在京城，然后通知赵德明来取。皇帝采纳了这个建议，而赵德明看到这种情况后，感到非常惭愧，说："大宋朝廷里有能人呀。"于是停止了挑衅活动。

有远虑才无近忧

燕王卢绾反叛，汉高祖刘邦于是派樊哙率兵前去平叛。樊哙发兵之后，朝中有人到刘邦那里打樊哙的小报告，刘邦听后非常生气，说："樊哙这小子见我生病，就盼我早死。"于是便找来陈平和周勃，对他们说："你们去把樊哙给我斩了，然后由周勃代替樊哙统帅军队。"

两人领了皇帝的圣旨后便上路了，他们一边走一边商量："樊哙是皇帝的故人，而且还立下许多功劳，又是皇后的妹夫。可以说既是皇帝的亲戚，又是贵族，皇帝现在因为一时恼怒，所以想杀他。万一皇帝日后后悔起来，咱俩就倒霉了。所以我们还是先把樊哙抓起来，然后押到京城，让皇帝自己杀他吧。"

陈平到了军队驻地后，便以皇帝使节的身份，叫樊哙来接圣旨。樊哙过来接诏书时，陈平便命人将其捆起来，然后装入囚车，押往京城长安。周勃代替樊哙，率兵平定燕地之乱。陈平在回京城的路上，听说刘邦已经死了，他怕吕后和吕媭（xū，樊哙的妻子）发怒，就命人先回去报告消息。这时，正巧遇到朝中的使者来通知，要陈平和灌婴先驻扎在荥阳。之后，陈平又接到命令，要他立即骑快马回京。陈平回到京城后，在吕后面前一边哭，一边把逮捕樊哙的事报告给吕后，吕后听了也很悲哀，说："你先回去休息吧。"但陈平并没有回去，而是坚决请求在皇帝灵前守夜，吕后于是任命陈平为郎中令，对他说："你做皇帝（指汉惠帝刘盈）的老师吧。"这样一来，吕媭虽然对陈平有怨，但她的谗言就行不通了。

谗言和灾祸一样，对眼前的事考虑得周到一些，就能避免被别人所害，陈平就是这么做的；对事情考虑得深远一些，就能消除别人的忌恨，刘琦是这么做的。由近谋到远虑，又由远虑到近谋，这是消除灾祸的办法。刘表喜欢他的幼子刘琮，刘琦怕因此招来杀身之祸，便向诸葛亮请求对策，诸葛亮却不答话。有一天，二人一起登楼，刘琦拿掉梯子，对诸葛亮说："现在没有别的人在场，话出你的口，进我的耳朵，你还不指教我一下吗？"诸葛亮这才说道："你没听说晋国太子申生在国内有危险，而公子重耳在国外反倒平安吗？"刘琦一听，马上明白了，于是请求离开荆州，去镇守江夏。

勇于担当，为上司着想

北宋时期，高丽国有个叫寿介的僧人来到宋廷，自我介绍说："我出发时，皇后命令我赠送一座金塔给大宋皇帝祝寿。"苏东坡看了他的介绍信后，报告皇帝说："高丽人既小气又没有礼貌，如果我们接受他们的礼物而不回赠他们，或者回赠的礼物少了，那他们就会以此为借口诬蔑我们。如果接受礼物而给他们丰厚的报酬，就是用重礼答谢他们无礼的馈赠，也是不行。我已当面叫人退还他的礼物和介绍信，并告诉他：'大宋朝廷清正廉明，不经允许，底下的官员不能擅自去报告皇帝知道。'我估计这个僧人不会就此罢休，必定说：'我是高丽国派来拜寿的，现在你们连禀报一声都不肯，我回国后皇后一定会怪罪于我的。'我想在这个僧人的介绍信上写上这样一段话：'州里的地方官没有得到朝廷的指示，而高丽国又没有正式的国书，因此很难报告皇帝，你就拿着这封介绍信，回国说明情况吧。'这样处理，只是我自己的主意，并不是朝廷拒绝他们的献礼，这样做应该比较妥当。"

范仲淹在延州（今陕西延安）做官时，曾写信劝说西夏的首领元昊，但元昊的回复却很不礼貌。范仲淹当即就把元昊的回信给烧了，只是向朝廷报告了西夏的情况。后来，大臣吕夷简知道这件事后，便对宋庠（xiáng）等人说："地方官没有权力直接与外国联系，范仲淹怎么能这样做呢？"宋庠知道吕夷简怪罪范仲淹，就上书说范仲淹应该斩首。范仲淹申辩道："刚开始时，我听说西夏元昊有悔过的表示，所以才写信劝导他。没想到却正赶上任福将军打了败仗，西夏的气焰于是又嚣张起来，所以他们的回信才显得很不礼貌。如果朝廷见到他们的无理，又不能惩罚他们，则有辱于朝廷；如果朝廷根本就不知道这件事，那么受辱的只在我自己而已。所以我才当着下属的面，把他们的回信给烧了。"再加上当时的枢密院副使杜衍也极力为范仲淹说情。

于是皇帝最终决定免去宋庠扬州知州的官职，对范仲淹则不予追究。

出其不意

刘坦（南朝齐、梁间人）担任长沙太守时，兼管湘州（今湖北武汉黄陂区及大悟、红安二县）。当时，王僧粲（càn）阴谋反叛，湘州的一些郡县也纷纷起来响应。前任湘州镇军钟玄绍则潜伏在长沙，做王僧粲的内应，准备在王僧粲打进来时起事。这事很快就被太守刘坦察觉，但他却假装不知道，跟平常一样，只是处理一些公文和百姓的诉讼之事。到了夜间，刘坦故意大开城门，以迷惑对方。这样一来，钟玄绍倒是不敢轻举妄动。到了第二天早上，刘坦又借故把钟玄绍叫来，且有意把谈话时间延长，并暗中派士兵到钟家去搜查。钟玄绍与刘坦的谈话还没有结束，搜查的士兵就已经回来了，并带来了钟玄绍和王僧粲的全部来往书信。于是刘坦拿出这些书信，当面质问钟玄绍，钟玄绍低头认罪。刘坦当场就把钟玄绍给斩首了，并把他和王僧粲的书信全部烧掉，以稳定人心。很快，湘州的局势就安定了下来。

变通之法

宋太宗时期，亳州有一个判官叫王钦若，主要负责监督会亭仓库。当时，因为那个地方长时间阴雨不断，于是管仓库的人以米湿为由不收新粮，这让那些从远地赶来交租税的百姓叫苦不迭。此时，王钦若又接到命令，要他从会亭仓库往别处调米。王钦若想了想，便奏请朝廷不要按年次长短，先往外调运那些湿米。宋太宗对他的这种做法非常赞赏，也因此记住了王钦若这个名字，并开始重用他。

以退为进

明武宗时，宁王朱宸濠叛乱，王阳明很快将其平定，并生擒了朱宸濠，把他关在浙江的一个监狱里。当时，正赶上皇帝南巡，驻在留都南京。宦官张忠想让王阳明将朱宸濠放回江西，等皇帝亲征时再把他擒获，于是派了两个宦官到浙江传达他的命令。王阳明便要求张忠在提领囚犯的书面文书上签字画押。张忠担心将来获罪，只好放弃了这个想法。

江彬等人妒忌王阳明的功劳，便散布流言，说王阳明开始时与朱宸濠同谋，听说朝廷的大军出征后，才把朱宸濠逮捕以开脱自己。他们想把王阳明也逮捕起来，把功劳归自己。王阳明与张永商量说，如果顺应皇帝的旨意，也许还可能挽回局面。假如不听朝廷的旨意只会白白引起那些小人的怨怒。于是就把朱宸濠交给了张永，再上表告捷。王阳明把捉朱宸濠的功劳归于总督军门，借以阻止皇帝到江西去，自己也称病在净慈寺休养。

张永回到京城，在皇帝面前极力称赞王阳明的忠诚，以及他让功避免灾祸的做法。皇帝悟清了是非，于是制止了江彬等人对王阳明的指控。

不拒而绝

宋高宗赵构时期，苗傅和刘正彦叛乱，逼迫高宗允许隆祐太后垂帘听政。叛乱爆发后，援救皇帝的军队便向京城进发，朱胜非为了保护皇帝，说服苗、刘投降。宋高宗下诏书封苗、刘为淮南两路制置使，给他们统帅军队的权力，并希望他们赶快去上任。这时，苗、刘的部属张逵又为他们献策，要皇帝给他们立铁契为证。

退朝后，苗、刘二人便带着书信到朱胜非的府上去要求办理此事。朱胜非叫他的助手拿笔来，奏请皇上允许赐给铁契，并命令属下的官吏详细查一下过去有关此事的案卷，以按照过去的方法办理，苗、刘见朱胜非这样做，心里十分高兴。

第二天快上朝的时候，郎官傅宿去敲朱胜非府上的门，说有急事要见朱胜非，朱让他进去。傅宿进去后便说："昨天得到批准的通知，赐给苗、刘二将以铁契，这是一个不寻常的恩典，用在二人身上合适吗？"朱胜非接过傅宿拿来的通知，协助办事的官吏也都过来看这个通知。朱胜非忽然环顾了一下这些官吏，问道："昨天我叫你们查一下过去的做法，你们查到了吗？"众官吏答道："回大人，没有先例可查。"朱又问："那按照过去的方法，你们知道怎么做吗？"众官吏回道："不知道。"朱胜非于是故意问道："既然是这样，那我们能给他们铁契吗？"官吏们都笑了，傅宿也笑了，说："我知道该怎么做了。"于是就回去了。

碰到一些棘手的问题时，处理的奥妙就在于不拒绝对方而让对方自己说出不要了。如果让那些迂腐之人来处理这些事，必定会说出一番大道理来与对方辩论。这样一来，往往会把小人给激怒。而一旦激怒了小人，可能就会陷入被动的局势，那时就只好破例成全他，而没有回旋的余地。

授人以鱼，不如授人以渔

唐代中期，河西、陇右一带均被吐蕃所占领。自玄宗天宝年间以来，安西、北庭一带的通道就已被阻断，从西域来长安的使者回去的路也就被断绝了。这样，西域使者的人马便由鸿胪司（管礼宾的机构）统一管理。鸿胪司又委托各府县供养，这导致政府开支经常超出预算，长安市场也非常凋敝。

到唐德宗时，时任宰相李泌得知外国留在长安的宾客很多，有的已经住了四十多年，并成家立业，有了妻子儿女，购置了土地房产，都很富有。李泌于是就下令调查在长安有田产的外国客人，结果共查出有四千人。随后，他又下令停止朝廷对这些人的供养。那些外国客人于是纷纷到政府去申诉，李泌便对他们说："这些都是过去宰相的过错，哪有外国来朝贡的使者，留在京城数十年，而不回国的呢？现在应该让他们取道回纥或从海道遣送他们回国。有不愿回国者，就让他们到鸿胪司去说明理由，授给他们职位，给他们俸禄，成为唐朝的官吏。人的一生应当及时施展自己的才能，哪有一辈子都做宾客的呢？"

结果，那些外国客人没有一个愿意回国的。于是，李泌就把他们安排在保卫京城的神策军中。原先是王子的使者，让他们去当散兵马使或押衙，其余的都当士兵。这样一来，京城的警备力量就大大地增强了。而鸿胪司所供养的那些外国客人，也只剩下十余人，每年可为国家节省不少开支。

遇事要沉着冷静

明世宗准备到楚地巡视，如果走水路的话，那么南京就得准备楼船供皇帝使用。但如果准备好了楼船，而皇帝却改变路线，那就会白白浪费官府的银钱；如果不准备，等皇上突然到了南京，那就犯了大罪。尚书周用于是问工部主事沈启（qǐ）有什么好办法，沈启说："这事不难办。我们可以先把船商们召集起来，让他们准备好木材在龙江关等候，然后派出送急件的驿卒出去探听皇上所行的路线，算出到达的日子，然后把船造好。如果乘船，那么造船的钱归官府出；如果不乘船，就不造船了，把木材退还给商人。"后来，皇上选择了走陆路，而南京方面也没有造船，这份水运的银钱自然也就省下了。

宦官请求修缮皇陵，并派锦衣卫的朱指挥到南京视察皇陵。沈启乘机对朱指挥说："高皇帝曾有诏命，不准动皇陵寸土，违者处死罪。现在要修皇陵，那就违背了高皇帝的诏命，这可是死罪啊！"朱指挥一听也很害怕，便回去告诉宦官，修皇陵的事也就停止了。

当面谈话的效果

北宋英宗赵曙初即位时，慈寿太后将一封密信送给宰相韩琦，诉说皇上和高皇后都对她不敬重，其中有"为孀妇做主"这样的话，并密令宦官就地等待韩琦的回复。韩琦见信后只说"领旨"二字。

有一天，韩琦上奏章，又借口帝陵之事，请求稍晚回复。过后，韩琦上殿单独见皇上，他说："我不敢惊动皇上，但有一封信必须请皇上看一看，要当面说清楚，只是不要泄露出去。皇上能有今日，慈寿太后功不可没，这个大恩是不能忘的。虽然她不是您的亲生母亲，但只要多尊重她、奉养她，自然就平安无事了。"皇上说："请你指教。"韩琦又说："这封信上所说的话，我可是担当不起，希望皇上看后马上把它烧掉，如果泄露出去，那些挑拨离间的人就会乘虚而入。"皇上认为这样做很对。从此以后，太后与皇上、皇后关系很融洽，没有人看出他们原先曾有过矛盾。

宋朝鼎盛时期，都有贤德的宰相为国尽力，而且都是当面谈问题。因为宰相和皇上当面讨论问题，消除了畏忌，感情很融洽才能讲出肺腑之言。所以，即使皇宫内部有一些不好公开的矛盾，但也能得到及时的调停。这样的效果是奏章所不能达到的。

巧捕叛将

宋朝时，叛将范琼占据洪州（今江西南昌），朝廷召他也不肯来。后来倒是来了，却又不肯交出兵权，使得朝廷内外形势十分紧张。于是，张忠献（张浚，谥号忠献，当时正拥兵"勤王"至杭州）与刘子羽秘密策划制裁范琼。

一天，张忠献假装派遣张俊率领一千兵卒渡江，好像要去捕捉强盗。临行前，张忠献还召集范琼、张俊以及刘光世到都堂（指高级官员的官署）商量捕盗之事，而且还设了酒菜。宴饮结束后，大家相对坐着还没离席，刘子羽坐在门外廊下。张忠献恐范琼察觉，发生变故，就急忙拿出一张黄纸，假作诏书，快步走到范琼面前说："跪下！有人告发将军您了，皇上命您到大理寺（掌管刑狱）那里去回答问题。"范琼一听，大为震惊，不知怎么办才好。这时，刘子羽马上示意左右，大家一拥而上，把范琼推到车里，由张俊的兵士押着送到监狱。接着，张忠献又叫刘光世去安抚范琼的军队，告诉他们："皇上要杀的只是范琼一个人，你们自然是天子统帅的兵士。"众兵士听了，都放下刀回答："是！"于是范琼的军队全部分散到其他的军队里。没过多久乱事就被平定，范琼也被处死。

与小人斗智

明武宗年间，叛贼朱宸濠从江西起兵，声势十分浩大。有强壮士兵五百多人，横行乡里，烧杀抢掠，弄得百姓人人自危。而被朝廷派到江西监视朱宸濠的宦官毕真是朱宸濠的党羽。当时，杭州知府留志淑得知毕真的行为很诡秘，就跟台察监司的官吏商量，要暗中调查他。

没过多久，毕真一伙果然设计危害百姓。他们在一天夜里放火烧房，大火蔓延，烧掉了二十多家住户。留志淑害怕他们聚众挑衅闹事，就闭门不出，并且通知各衙门的人都不要出去救火。

又过了几天，毕真果然联络上朱宸濠。就在毕真将要响应朱宸濠时，台察监司召留志淑商定计策。两人决定留志淑先率领士兵埋伏在毕真的门外，而监司以常礼去拜见毕真。等监司出来，留志淑再进去见毕真。见到留志淑后，毕真怒气冲冲地说："知府认为我要造反吗？"留志淑说："你府中的差役侍从太多了，所以你的存心和行事不清楚。"说着，就命令手下的人到门外去报告。监司立即入内，到了堂屋，拉着毕真的手劝他要讲清楚自己的情况，大家也都让他打发走那些来路不明的人，以解除众人的疑虑。毕真被这突如其来的事态弄得措手不及，急忙呼喊他手下的人。毕真手下的人一跑来，就全部被抓获投入了监狱。监司和留志淑带着毕真搜查他的家，发现他藏有各种兵器。便问他："这些是准备干什么的？"毕真无言以对。于是，监司就把他看管起来，奏明朝廷后就把他给斩首了。

让问题由难变易

　　明世宗的第四子景王朱载圳出游的时候，兴师动众，还有很多夫役随从侍候。他所乘坐的船队，沿淮河航行，从彭城到达宝应。沿途千里有船万余艘，护卫的兵士布满途中，为景王的船队拉纤的有五万人。还要求在淮河两岸各修一条五丈宽的道路，通道上的民房要全部拆除。当时的淮安太守范槚（jiǎ）极力设法把民房遮挡住，同时让船只紧靠岸边排列，在船石上覆盖泥土，远远望去如同平地。这样，百姓的这些房子就保住了，百姓也因此安居。

　　当时各郡县都为征集服劳役的壮丁而犯难，但范槚却一点也不在意，根本就没有准备夫役。负责水路运输的官吏很是担忧，就找范槚商谈此事。范槚漫不经心地说："有你明公在此，有什么可担忧的呢！"漕抚都御史很生气地说："你这是想推罪于我，我一个老头子能顶什么用呢？"范槚说："我不敢推罪于你，只要仰仗着你明公，就能召到夫役了。"漕抚都御史问："你有什么办法呢？"范槚说："现在景王的船队刚刚出发，民间运粮的船一定不敢进入淮河航道，他们就这样在粮船上坐等，那么每月的耗费就会给他们造成困扰。如果让士兵替他们看守着粮船，那么每条运粮的船上可征集十名夫役，他们可以得到运输费，应征的人一定很高兴。所以说，只需一纸告示，这事就办成了。"漕抚都御史说："那如果人员不够怎么办呢？"范槚说："现在有数万民夫从凤阳沿淮河往徐州运输物资。运完物资必从淮河返回凤阳，如果让他们趁归途之便，用金钱雇佣他，那他们肯定愿意干。这样，你所需要的人就能如数招到了。"漕抚都御史听后大喜，并表示对范槚的智慧很佩服。

　　接着，范槚又说："但是，这些恐怕也不管用呀！"漕抚都御史一听，惊得站起来，忙问："为什么？"范槚说："现在淮河上游都关闸蓄水，以渡景王的大船，等到景王的大船进入黄河，各闸又一齐开闸放水，大水急流而下，势不可当，还用这么多民夫干什么呢?"漕抚都御史说:"当然是这样了，可是景王一行这么多人，他们怎么肯相安无事离去呢?"范槚说:"我们再另想办法，你不必担忧。"漕抚都御史不好意思地说:"好的，还是你有办法，我确实不如你。"

原先，光禄寺（管膳食的机关）通知沿途郡县给景王一行的伙食，都是山珍海味，每顿饭价值几千两。范槚根据明朝的总法典，与抚院的官员争辩说:"景王大船所经过的州县，都尽自己的所能供应鸡鹅和柴炭，这证明百姓的生活实际情况就是这样。光禄寺要求全国各地备办美味佳肴，可这里是穷乡僻壤，靠什么来满足景王呢?"抚院的官员认为他说的有道理，就报告礼部，礼部采纳了范槚的意见，改变了原来的命令，把每顿膳食费降为二十两，王妃为十两。这样，总共节省的费用就有上万两之多。

等到景王的船队到来时，范槚就派人拿着金钱在路上来回走动，把金钱赠送给景王的随从，说:"水流太急很难停泊，请收下这点金钱，聊表心意。"于是，景王的船队整日地航行，而且走得像箭一样快。在淮安境内仅仅停泊了三次，才花费了一千三百两。而船队刚进入仪真境内，一夜之间就耗费了五万两之多。

所有的难题，一旦到了这位先生之手，便成为一篇绝好的文章。

第二部 思维的智慧

总 序

自从有了宇宙，世上所有的事物只用明暗两个字就可以概括。创世之前一团黑暗，盘古开辟天地之后阴阳分明；乱世昏暗而治朝清明，小人狡诈阴暗而君子磊落光明；水不清澈意味着腐臭，明镜不亮则近似铁石。而人的思维如果不明，就会像坠入云雾一样难以辨清方向。有的人思维好像蜡烛，照得再远也不会超过半个砖石；有的人思维好比九霄上的太阳，普照四方；更有的人思维好比黑夜，却把它当作白昼，做事如同盲人骑瞎马，要想侥幸避免坠于深水之中，怎么可能呢？

所以说，人与人之间思维的差距是非常大的，愚昧的人还不明白是怎么回事，聪慧的人就已经把事情办妥了；糊涂的人还在胡思乱想，明白人已生发坚定的意念。过人的思维能够知道一般人不知道的事物，能够预料普通人无法预料的事情，所以能用来躲避灾害，赢得名声，获取利益，成就事业。无穷的思维智慧就是如此。我把本部的目录分为知微、亿中、剖疑、经务等若干卷。呵！人的思维明澈到可以用来治理国事，这是对智慧最好的应用。

见微知著，预知吉凶

圣无死地，贤无败局。缝祸于渺，迎祥于独。彼昏是违，伏机自触。

大意是：圣人没有绝对的死地，贤人没有绝对的败局。智者能在细微之中预见祸害的兆头。他善于彼处昏暗在此处躲避，同时还善于触发生机以挽救局势。

见微知著的箕子

商朝末期，殷纣王即位不久，就命工匠为他制作一副象牙筷子。纣王的叔父、贤臣箕（jī）子知道后，感叹地说："象牙筷子肯定不能配土瓦器，而是要配犀角雕的碗、白玉琢的杯；有了玉杯，其中肯定不能盛野菜汤和粗粮做的饭，而要盛山珍海味才能相配；吃了山珍海味就不愿再穿粗葛布衣，也不愿再住茅草陋室，而要穿锦绣的衣服，乘华贵的车子，住高楼广室……这样下去，我们商国境内的物品肯定不能满足他的欲望，还要到远方的各国去征收那些珍奇之物。从这双象牙筷子中，我已经看到了以后发展的结果，真是为他担心啊！"

果然不出箕子所料，纣王后来的贪欲果真是越来越大。他抓了上千万的劳工修建了占地多达三里的鹿台和以白玉为门的琼室，并大肆搜罗狗马珍宝，奇禽怪兽充塞其中。同时，在鹿台旁还以酒为池，悬肉为林，然后让裸体的男女在里面做游戏，自己则在一旁，一边观看，一边狂笑。这时，不仅宫中开始有人反对他，全国百姓也纷纷造反，他的士兵则在周武王伐商的时候倒戈。最后，纣王死在自己所建造的鹿台中。

无言的答案

周武王打败商纣王后，来到殷（商朝的首都）朝歌。听说殷有个德高望重的长者，于是前往探访，向他请教商朝灭亡的原因。那长者答："大王想知道，那就约定一下，今日中午我去告诉您吧！"然而，到了中午，长者却没有来，武王感到很奇怪。周公却说："哦，我明白了，这个人真是一位君子！他议政而不愿非难其主，不愿明言直说。有约不遵守，言而不守信，这就是殷朝灭亡的原因，这位长者已经通过不来践约的方式，将答案告诉大王您了。"

周公和姜太公的预见

姜太公被分封在齐国，才过了五个月就来向周公报告施政的情况。周公问："怎么这么快就回来了呀？"太公说："我把君臣之间的规矩简化，礼仪随俗，所以事务很快就处理完了。"

周公的儿子伯禽被分封到鲁国，伯禽去了三年之后才回来向周公报告国政。周公问："怎么这么晚呀？"伯禽回答："改变当地的陈俗，革新当地的礼仪，有丧事要守丧三年才能免除，这都需要时间啊！"周公说："鲁国以后要向北边的齐国臣服了，政治不精简、不变革，百姓就不能靠近它。国家政治平易近民，民心才能归顺啊！"

周公问姜太公如何治理齐国。太公回答："尊重贤德之士，推崇有功之人。"周公听后说："齐国以后一定会出现弑君篡权的乱臣啊！"太公反问周公如何治理鲁国，周公说："尊崇贤德之士，崇尚皇亲贵族。"太公说："鲁国的后代将会越来越软弱了。"

周公和姜太公能判断齐国和鲁国百年后的弊病，却不能预先想出挽救的办法。不是不想挽救，而是治国方法有限。即使是圣明帝王的治国措施，也不能使一个国家长久不衰。衰落再振兴，这些事只能等待后人来做。因此，孔子提出变革齐鲁的学说。陆葵日说："若孔夫子的方法能够贯彻，那么两公的预言就不会灵验了。"其实，即使孔子真能实现他的治国理念，也不过是将现今衰落的齐鲁变为昔日兴盛的齐鲁，但未必会超出两公治理的水平。两公的子孙若能每天用祖宗的预告来警戒自己，孔子又怎么会出来议论变革之事呢？

从过分的好中看到隐患

春秋时期，齐桓公在贤相管仲的辅佐下称霸于中原。后来，管仲病危，齐桓公去看望他，并请教说："仲父，您现在病得很重，请问您有什么话要告诉我吗？"管仲说："我希望你离易牙、竖刁、常之巫、启方这伙人远一些，不要再接近他们。"齐桓公说："易牙将自己的儿子煮了，然后拿来孝敬我，说明他爱我胜过爱他的儿子。难道这还不值得信任吗？"管仲说："人没有不爱自己孩子的，他对自己的孩子尚且如此残忍，更何况是对别人呢？"齐桓公接着说："竖刁为了侍奉我，干脆把自己都阉割了，说明他爱我胜过爱他自己呀，难道我还能怀疑他吗？"管仲说："人没有不爱惜自己身体的，他对自己的身体都能这样狠心，对君主怎么能好呢？"齐桓公又说："常之巫能断定人的死期，并治好我的顽固病症，难道不能信任他吗？"管仲说："死生是由命决定的，顽症是身体上的毛病，你不能掌握自己的命数，守住自己的根本，却依靠常之巫来维系健康，他就会因此而为所欲为了！"齐桓公又说："卫公子启方，侍奉我已经十五年了，为了我，他甚至连自己的父亲死了也没有去奔丧，说明他爱我胜过爱自己的父母呀，这样的人还不应该信任吗？"管仲说："人最亲近的人，莫过于自己的父母，对父母尚且如此无情，更何况对他人呢！"齐桓公说："好吧，我听您的，一切照您的话去办。"

管仲死后，齐桓公便将这四个人给驱逐了。但是，这四个人一走，齐桓公就觉得食不甘味，没有心思治理国家，同时旧病也犯了，宫廷为之骚乱。三年之后，桓公便给自己找个借口，说："仲父的话说得太过，那四个人实际上有益于我，对国家也无害呀！"于是，又把那四个人召回朝廷。次年，桓公病了，常之巫于是造谣说："国君将在某日死去。"于是，易牙、竖刁、常之巫和启方便勾结起来作乱，他们把桓公的宫门堵住，不准任何人进去，并在宫外筑起高墙，断绝桓公的食物，要把他给活活饿死。卫公子启方以四十个社（古代二十五家为一社，四十社就是一千户）的名籍归降卫国。齐桓公听说暴乱之事，流着泪叹息道："唉！这都怪我太糊涂，没有听仲父的话。仲父真是个圣人啊，而圣人看问题都是很长远的。"

以前，吴起为了取得鲁国国君的信任，让自己当上鲁国的将军，竟然杀了自己的妻子，结果受到鲁人的谴责。乐羊子任魏国将军时，有一次去讨伐中山国，他为了表示自己对魏文侯的忠诚，甚至当着中山使者的面，吃掉中山国送来的自己儿子的肉。魏文侯知道后，虽然对他的功劳给予了奖赏，但从此不再信任他，并罢了他的兵权。能做出不近人情之事之人，其心不可测。

明朝天顺年间，都指挥马良很得皇上的宠爱。后来，马良的妻子死了，皇上去安慰他，知道他已数日不出家门，皇帝便问其原因，左右人说："马良正在办喜事呢，他刚刚新娶了老婆！"皇上一听，不高兴地说："这家伙对自己的妻子尚且如此薄情，怎么会忠诚于我呢？"于是把马良招来打了一顿，从此以后就渐渐疏远了他。明宣德年间，金吾卫指挥使傅广阉割自己，然后请求到宫中当太监。皇上一听，觉得很奇怪，就问："傅广已经是三品大官了，他还想做什么？残害自己的身体想再升官吗？"说完便命令司法部门将其拿来治罪。噫！这些皇帝都是很有远见而且善于识人的。

相由心生

齐桓公上朝时与管仲谋划讨伐卫国之事，退朝之后便回到后宫。这时，一个从卫国嫁过来的妃子前来见他，下堂拜了两拜，替卫国国君请罪。齐桓公问她为什么要这样，卫国妃子答道："我看到国君进来的时候，趾高气扬，看样子好像要去讨伐一个国家，但见到我时，您的面色却变了，所以我猜想你可能要攻打卫国了。"第二天，齐桓公上朝时，见到管仲后先作了个揖，然后请他进来。管仲问："大王要放弃攻打卫国的打算吗？"齐桓公问："仲父，您怎么知道的？"管仲说："大王的拱手礼很恭敬，说话缓慢，见到我时好像面有愧色，我于是就猜到了。"

又有一次，齐桓公与管仲谋划讨伐莒（jǔ）国。但是，计划刚定下来，国内就开始流传，齐桓公觉得很奇怪，便问管仲是怎么回事，管仲说："咱们国中一定有圣人。"桓公感叹道："白天雇来干活的人中，有一个拿柘杵（柘木做成的杵，版筑城墙时用来夯土）但眼睛向上看的人，我想就是他吧！"说罢便让主管将那个人再召进来干活，不一会儿，那人便低着头走进来。管仲一看，便说："一定是他了。"于是，便按一定的礼仪将他引进朝中。管仲问："你说齐国要讨伐莒国了吗？"那人回答："是的。"管仲又问："我又没有宣布说要攻打莒国，你为什么擅自说齐国要攻打莒国？"那人回答："君子善于谋划，小人善于揣测，这是我自己猜的。"管仲问："我又没说要攻打莒国，你怎么能臆断？"那人回答："我听说君子主要有三种表情：一是悠然欣喜的样子，这是庆典的表情；二是忧郁清冷的样子，这是服丧的表情；三是红光满面的样子，这是打仗的表情。白天我在这里干活时，看见大王在台上坐着，红光满面、精神焕发，这显然是打仗的表情。大王唏吁长出气，却没有声，看口型应该说的是莒国，大王举起手远指，也应是指莒国。我又私下认为，在那些小诸侯国中，不服大王的也只有莒国。所以，我才这样猜的。"

齐桓公的一举一动，连一般人和妇女都能看得出来，看样子是个浅薄之人了。所以，管仲也是用浅显的方法来辅助齐桓公的。

智伯之死

战国时期，赵国的谋士张孟谈拜见晋国的智伯后，出来时在军营门外碰上智果，智果进入军营后，对智伯说："韩、魏二主恐怕要改变主意了。"智伯问："为什么？"智果答："我在军营门外遇见孟谈，看他表情矜持，行为高傲。"智伯说："不会的，我和魏桓子和韩康子秘密约定攻下赵国，然后瓜分赵国的国土，他们一定不会欺骗我，你不要将此话说出去。"智果不放心，又去拜见了韩、魏二主，回来后再一次私下劝智伯说："二主表情不对，心思已经变了，一定会背叛您的，不如我们今天就杀掉他们。"智伯说："他们的军队驻扎在晋阳已经三年了，一旦行动，即能得利，哪里会有别的企图呢？绝对不可能，你就不要再说这些了。"智果说："如果不杀二主，那您就更亲近他们吧！"智伯问："怎么个亲近法？"智果说："魏桓子的谋臣叫赵葭（jiā），韩康子的谋臣叫段规，二人都能改变他们君王的主意。您可以与这二位先生约定，如果攻下赵国就封他们二位每人拥有万户的城池。这样韩、魏二主就不会变心，您也能得到您想要的土地。"智伯说："攻下赵国后要将赵国的土地分成三份，现在再分给这两个人各万户的城池，那我所得的土地就太少了，这怎么能行呢？"智果见智伯既不采纳他的计策，也不听从他的劝告，于是离开军营，改姓辅氏，隐居起来，后来又不知去向。张孟谈听说后，拜见赵襄子说："我在军营门外碰到智果，看来他怀疑我，所以他从那里出来后就更改了姓氏。现在如果我们不动手，必留后患。"赵襄子说："对！"于是，便派张孟谈去见韩、魏二主，约定当天夜里动手。夜间，他们杀掉守堤的官吏，决堤淹了智伯的军营。智伯的军队在水中一片混乱，韩、魏两国军队从侧面袭击，赵襄子率军队从正面进攻，大败智伯的军队，活捉了智伯。后来，智伯被处死，他的国家灭亡，土地被瓜分，智伯家族全部被杀，只有辅氏存活了下来。

　　史书《资治通鉴纲目》记载了智果改姓一事，当智宣子立智瑶（智伯）为嗣时，智果对智宣子说，智瑶虽然多才智，却不讲仁义，将来一定会导致智氏的覆灭。这个预见是更早的。

智伯去查看晋阳的水情，魏桓子、韩康子陪着智伯坐在兵车上，智伯说："我今日才知道，水可以灭掉一个国家。"听到这话，魏桓子用手肘碰了一下韩康子，而韩康子也用脚轻踩了一下魏桓子，因为他们想到汾水可以灌入魏都安邑，绛水可以灌入韩都平阳，他俩命运相连呀。絺疵曾经对智伯说："韩、魏二人一定会背叛您。"智伯问："你怎么知道？"答说："凭关系分析情况。如果您同韩、魏一起攻赵，赵国灭亡，灾难就要殃及韩、魏，如今约好战胜赵国后，三分国土，取胜的日子没有几天了，他二人却没有欢喜的样子，只有忧虑的表情，难道不是想背叛您吗！"第二天，智伯把这话告诉韩、魏二主，二主说："这是听信谗言的人为赵国来劝说您，使您怀疑我们，而放弃攻赵。别说他们，我们两国难道不朝夕盼望瓜分赵国国土，却要做不能成功的危险之事吗？"两国国君出来之后，絺疵觐见智伯说："您为什么把我的话告诉他们两个呢？"智伯问："你怎么知道？"答："他们两个人一见我就加快步子走掉，可见他们已经知道我的想法了。"

魏先生的高识卓见

隋朝末年，战争连年不断。当时，有个姓魏的先生隐居于梁宋之间（指今日河南开封、商丘一带）。不久之后，杨玄感所率领的反隋军战败，军师李密只身逃到雁门一带。为了躲避隋军的追捕，李密改名换姓，摇身一变，成为一位老师，并与魏先生经常来往。

有一次，魏先生半开玩笑地对李密说："我观察先生很久了，发现先生您面色沮丧，目光涣散，心神不定，说话也支支吾吾，现在朝廷正在抓蒲山党（李密的党羽。李密的曾祖李弼在北周时被封为蒲山郡公，李密承袭此爵），难道您是其中一员吗？"李密一听，惊慌地站起来，拉住魏先生手不放，说："您既然知道我底细，那就救我一回吧！"先生说："我看先生您没有称帝的气魄，也不具备将帅的谋略，您只是乱世的英雄而已。"接着，魏先生向李密详细地讲了帝王、将帅及乱世英雄各自成败的因素。最后，魏先生又说："我最近观望天象，发现汾河、晋阳一带有圣贤出现的迹象，如果你能去辅助他，那么富贵是唾手可得的。"没想到李密听完了这番话拂衣而立，傲然说道："迂腐的儒生，我才不屑与他们共事呢！"不久之后，李密借故西行，并在沿途招兵买马，再次起兵，结果还是一败涂地，无奈之下只好投降了李渊的唐王朝。但没过多长时间，他又起来闹叛乱，最后全部被消灭。

魏先生的高识卓见，应该说胜过东汉的严子陵（名严光）一筹。

财物的迷惑

晋国的智伯想要攻打卫国，就先给卫国的国君送去四百匹野马和一块玉璧。卫王接到智伯的礼物后，十分欢喜，大臣们也纷纷祝贺，但有一个叫南文子的大臣，不但没有去祝贺，反而面露忧愁之色。卫王不解，便向他问道："晋国作为大国，能够给我们这个小国赠送礼品，大家都很高兴，为什么你却偏偏面露忧郁之色呢？"南文子说："君上，我们无功而受赏，没有出力而得到礼遇，不能不弄清对方的意图呀！四百匹野马和一块玉璧，这是小国给大国送礼的规模，如今是大国送给小国，所以君上一定要警惕啊！"卫王觉得南文子的话很有道理，于是加强了边境的军力。后来，智伯果然派兵前来袭卫，结果一到边境，发现卫国早有准备，只好退兵了。事后，智伯感慨地说："看来卫国确有贤能之人，能事先察觉我的计谋。"

韩、魏二主不爱拥有万户的城池，把它赠给智伯，使他自满不前，这个目的其实与智伯赠璧、马给卫国一样。智伯用这种方式去迷惑卫王，他自己却又受韩、魏的迷惑，为什么会这样呢？

忍小才不会乱大

江阴地区有一大户望族夏翁。有一次，夏翁乘船过市桥时，正好有人挑着大粪从桥上往下面的船中倒，结果溅了夏翁一身。倒粪的这个人与夏家是旧相识，夏家的仆人一看，怒不可遏地要去揍他，夏翁一看，急忙说道："不要这样，他不知道是我们在这里，要是他知道了，怎么还会来触犯呢？"于是好言好语将大家劝住。回到家后，夏翁翻阅账本，查出这个人原来欠了自己三十两银钱没还。夏翁这才想到，那个人可能是因为还不起债，所以借机寻衅，想一死了之，于是便有意为他减轻了债务。

长州有个开典当铺的尤翁。快到年底时，有一天突然听到门外传来一片喧闹声，尤翁出门一看，原来是一位邻舍在那里和自己的伙计吵闹。伙计看到尤翁出来，急忙走过去对他说："不久前他将衣服押了钱，今天空手来取，我不给，他就破口大骂，有这样不讲理的吗？"那人看到尤翁出来之后，仍然气势汹汹，不肯认错。尤翁从容地对他说："我知道你的意思了，不过是为了度年关，这种小事，不值得一争啦！"说完便让伙计找出典物，共有衣物蚊帐等四五件。尤翁指着棉袄说：

"这件棉袄抗寒不能少。"又指着道袍说:"这件给你拜年用,其他东西现在不急用,可以暂时留在这儿。"那个人拿到两件衣服后,无话可说,立刻离去。当天夜里,他竟死在别人家里。结果,他的家属跟那家人打了一年多的官司。原来,此人因为负债过多,想一死了之,来尤家之前,他已经服毒,想从尤家这里敲一笔钱,结果一无所获,就转移到另外一家。

事后有人问尤翁:"为什么您能够容忍他的无理取闹,难道您已经预先知情吗?"尤翁回答:"凡是无理取闹的人,一定会有原因。如果我们在小事上不忍让,那么灾祸立刻就会来了。"人们听了这话,都很佩服尤翁的见识。

盛时做好衰时的准备

明代的奸臣严嵩是江西分宜人,他的生日是正月二十八。亭州人刘巨塘是宜春县令,来京城拜见皇帝时,正好碰到严嵩过生日,就随同众人前往严府为严嵩祝寿。寿礼结束后,严嵩觉得有些疲倦,于是他的儿子严世蕃让人把大门关上,防止有人出入。刘巨塘因为来不及出门,被关在严府内。到了中午,肚子开始饿起来。这时,有个叫严辛的人,自称是严府的管家,然后领着刘巨塘从一条小路来到自己的住所,并且请刘巨塘吃了饭。吃完饭后,严辛说:"以后还希望您多多关照我。"刘巨塘说:"你家主人正当显赫昌隆之时,我能帮上你什么呢?"严辛说:"太阳不能总是日当午,所以希望您不要忘了今日我的托付呀!"

结果,没过几年,严嵩家族就破败了,当时刘巨塘恰好在袁州(下辖今江西宜春、分宜、万载等地)当政,严辛则因为窝赃两万两银子被押在狱中。刘巨塘想起当年的话，为他减轻了罪行，改判为发配边疆。

严嵩父子的智慧不如仆人，赵文华、鄢（yān）懋（mào）卿辈的聪明也不如这仆人，即使满朝文武官员，聪明也都赶不上他呀！

从诗风看人品

北宋时期，有一个叫丁谓的作了首诗，其中有这样的句子："天门九重开，终当掉臂人。"（皇宫中的九道门打开了，我最终挥着双臂大摇大摆地进去）当时，诗人王禹偁（chēng）读到这两句诗后，说："进上级的衙门尚且应该弯着腰恭恭敬敬地走，进皇宫的门怎么能够挥着双臂大摇大摆地走呢？作这首诗的人，不但骄傲自大，对皇帝也没有忠心。"后来，事情的发展果然如王禹偁所说的那样。

韩侂胄之死

宋宁宗时期，丞相韩侂胄做南海尉时，曾请一位很贤德的儒生来做他的宾客。后来，两人因为某种原因分开了，而且很长一段时间没有彼此的音信。这期间，韩侂胄当了丞相。韩侂胄掌握国家大权后，非常思念那位儒生。有一天，那位儒生忽然来找韩侂胄，韩侂胄见了他非常高兴。从交谈中知道他已改名换姓，中进士好几年了。于是，韩侂胄便给他优厚的待遇，请他留在馆内，仍然做韩家的宾客。

一天，夜深人静时，韩侂胄同儒生喝完酒，便屏退了左右，与他促膝谈心。韩问道："我才疏学浅，却掌握了国家大权，外面怎么议论我呢？"儒生叹息道："您和您家族的危险，就像是堆叠在一起的鸡蛋一样，还有什么可说的呢？"韩侂胄一听，惊奇地问为什么。儒生答道："这不难理解。宫中立皇后，如果您不同意，皇后将怨恨您；宫中立太子，如果您不同意，太子将怨恨您；您当政后，贤人君子，从朱熹、彭龟年、赵汝愚以下，被斥贬放逐的不计其数，士大夫们也一定因此而怨恨您；现在同金人打仗，军队伤亡很大，将士的尸骨暴露在原野中，城乡中经常能听到孤儿寡妇的哭声，这样三军也会怨恨您；再说边境的百姓死于敌人的掠夺和杀害，内地的百姓死于征调劳役，所以四海之内的百姓都怨恨您。您激起如此众怨，怎么能承担得了呢？"韩侂胄沉默了许久，说："那你能告诉我一下，我该怎么办吗？"儒生再三推辞。在韩侂胄的坚持追问下，儒生最后才说："只有一个办法，只怕您不愿采纳。现在皇上患有重病，无意于国家政事，如果趁机让他立太子，摆出尧、舜禅让的家法，请皇上让位给太子，那么太子对您就会由怨恨而转为感谢；这时皇后退而为皇太后，即使怨恨您，也拿您没办法了。以后，您可以辅佐新皇帝，一切从头开始。对于以前被贬的那些贤士，如果已经死去了，那就增加抚恤；如果还活着，那就召回给予任用，同时派遣使者去聘请贤德的人来执政。对外也要消除积怨，请求和解，使边境平安无事。您还可以优厚地犒劳军人，抚恤牺牲的将士；免去各种无名的赋税，解决好各种矛盾，使全国百姓拥有新生的快乐。然后在此基础上，您再选择一位知名的儒士，把丞相之位让给他，自己请求告老还乡，遨游于青山绿水之间。如此，您就能转危为安，变祸为福了。如果您同意我的建议，那么这个办法或许可以奏效吧！"

韩侂胄听了这番话，觉得很有道理，但仍然犹豫不决，想让儒生做自己的顾问。可儒生却坚决地离开了他。儒生走后不久，韩侂胄果然大祸临头，最后落了个身首异处的下场。

祸与福的关系

　　陈良谟进士是安吉州（今浙江湖州吴兴）人，在某村居住。正德二年（1507年），该州遭遇大旱灾，各乡的田地颗粒未收，只有这个村凭借着堰库的水获得大丰收。由于全州遭灾一律免去租税，该村也未交租。第二年吉安州又遭遇水灾，各乡的庄稼全被淹了，唯有这个村因地势高又得到丰收，同时此村也与该州的其他乡一起又被免去了租税。这个村的居民于是趁机买了遭灾各乡百姓出卖的生产、生活用品等，而且由于买的时候价格比较低，所以再卖出去时，获得了三倍的利润。自此，该村不管是大户，还是小户，均大吃大喝起来，每天都有摆酒庆贺的人家。

　　陈良谟看到这种情况后，便对本族的人说："我们村看来要有大祸降临了。"族人问其原因，陈公回答说："无福消受啊！我们家与郁家、张家根基稍厚，也许会好一些。俞家、费家、芮家、李家这四家恐怕难以避免了！"但对于陈公的这番话，他的叔伯兄弟却颇不以为然。没过多久，村里开始传染瘟疫，四家男女死得没留下子孙，只有费家还留下五六个男人。这时，陈公的叔伯兄弟想起陈公的话，就请他再谈谈另三家最终的情况如何。陈公说："这三家虽没有那四家结局那么惨，但损失总会是有的。"过了一年，这三家果然陆续遭了火灾。

　　突然得到不义之财，为天地所不容，为鬼神所忌恨。更何况，祸福根本就是互相依存、互相转化的。何况又不爱惜物力，肆意浪费，所以才会大祸临头。

追本溯源，料事如神

　　镜物之情，揆事之本。福始祸先，验不回瞬。藏钩射覆，莫予能隐。

　　大意是：体察事物的内情，度量事物的本源。这样，在福祸还没有发生以前，就能迅速地做出预测。即使如藏钩射覆之类的事，也都能够预料到。

礼仪是存亡的标志

　　鲁定公十五年正月，邾（zhū）隐公来到鲁国拜见鲁定公。孔子的弟子子贡在一旁观礼，发现邾隐公在给鲁定公献玉时，手持玉佩，仰头向上，而鲁定公接玉时表情谦卑，低头向下。事后，子贡说："从这次礼仪来看，两位君王都有灭亡的征兆。礼仪是生死存亡的标志，左右周旋、进退俯仰都需要按着一定的礼仪来做。朝拜、祭祀、治丧、打仗，从这些场合都能够观察礼仪的存在。如果，正月朝见这种正规的场合，尚且达不到礼仪的要求，可见守礼的思想已经消失了。重大的国事都不能合乎礼仪规则，国家又怎能长久呢？高仰头是骄横的表现，低着头是衰落的表现；骄横离作乱不远了，衰败离疾病不远了。

我们的国君是主人，会是他先出事吗？"果然，当年的五月，鲁定公就死了。孔子说："事情不幸被子贡说中了，但子贡这次说得也太多了。"

范蠡的预见

范蠡住在陶地时，生了一个小儿子。小儿子长大后，范蠡的二儿子由于在楚国杀了人，被楚王抓了起来。范蠡说："杀人偿命是应该的，但我听说家有千金财产的孩子，可以不在集市中被处死。"于是准备了千金，让小儿子带到楚国去探视。这时，大儿子争着一定要去，而且谁也说服不了。他说："父亲不让我这个做长子的去，而让小弟去，一定是父亲认为我是不肖之子。"说着就要自杀。范蠡的夫人一看，急忙劝范蠡答应他的要求，范蠡不得已，只有派长子去，并写了一封信，叫他交给自己的好友庄生，并再三对大儿子说："到楚国以后，将这千金全部留在庄生家，一切都听他的安排，千万不要与他争辩。"长子到楚国后照父亲的话去做，拜见庄生并送上千金。庄生说："我知道怎么做了，你赶快走吧，不要留在这里。即使你弟弟放出来了，也不要问是什么原因。"

然而，范蠡的大儿子从庄生家出来之后，并没有真的回去，而是偷偷住在楚贵人的家中。其实，庄生虽然很贫穷，却以廉洁耿直为美德，所以楚王和大臣们都把他视为老师一样尊重。所以，范蠡的长子送来的千金，庄生并没有收下的意思，只是想着把事情办成之后，再还给范蠡，以作为信守的凭据。但是，范蠡的长子并没有明白这个意思，也不懂得庄生有更深的考虑。

不久之后，庄生便找了个空隙面见楚王，说有个星象不利于楚国，只能用做好事的方法才能消除祸事。楚王一贯对庄生十分信任，就命人封闭了三钱之府。楚贵人知道后，高兴地告诉范蠡的长子："楚王封住了三钱之府，看来要大赦犯人了。"范蠡长子一听，也十分高兴，因为自己的弟弟有救了。随即又想，自己送给庄生的千金，要白白丢掉了。于是，他又回去见庄生。庄生吃惊地问："你怎么还没离开这里？"范蠡的长子说："是的，楚王要大赦，我弟弟有救了，所以我来向您告辞来了。"庄生一听，就明白他话里的意思，于是就让他自己进屋里去取金子。

庄生觉得自己被范蠡的长子戏弄，感到十分羞辱，于是又面见楚王，说："大王大赦犯人，是为了修德去凶象，可是外面有许多人传言说陶地的大富翁范蠡，有个儿子因为杀了人，被大王给关起来了，他们家拿了许多金钱贿赂大王左右的人，说大王大赦犯人，并不是为楚国百姓，只是为范蠡的儿子着想。"楚王一听，顿时大怒，便下令先杀掉范蠡的二儿子，第二天才下大赦令。

结果，范蠡的长子拿着弟弟亡命的通知回到家。他父亲冷静又悲痛地跟他说："我早就知道你会害死你的二弟，这不是说你不爱你二弟，而是因为你小时候与我一同创业，知道生活艰难，所以很看重财产，不愿随意抛弃。至于你的小弟，他生来就在富裕家中，出门乘车、骑马，怎知财产是从哪里来的！我之所以派他去，只是因为他能抛弃财产，而你却不能。所以我说是你害了你二弟，事情的道理就是这样。"

范蠡既然早有预见，就不应因妇人的话而改变主意。临行前教诲长子听庄生安排，明明已道破天机，奈何长子不受教。庄生也是通晓天文地理的奇才，不在范蠡之下，控制生杀予夺，易如反掌，然而宁肯有负于好友，也要在晚辈面前出气以保尊严。他的道德境界也是不够宽宏吧！噢，这难道就是纵横家的才气吗？

死姚崇能算活张说

唐玄宗时期，姚崇与张说一起当丞相，但二人一直不和。姚崇病危时，告诉自己的几个儿子："张丞相与我不和，这个人向来喜欢奢侈，尤其嗜好服饰、玩物之类。我死了之后，他会来吊唁。你们就把我一生所有的服饰、玩物都拿出来，把那些宝贵的、值钱的东西都放在床帐前。张说来了之后，如果他连看都不看，那你们就没什么希望了；如果他注意这些东西，就记下他喜欢的这些玩物，然后给他送去，并趁机请他为我写篇神道碑。如果他答应了，就马上准备好石碑，等拿到文章就镌刻，并把它送给皇帝过目。张丞相考虑问题向来比我慢半拍，几天后他一定要反悔。假如他要收回碑文，就告诉他皇帝已经同意，并让他看刻好的石碑。"

不久，姚崇就死了，张说果然前来吊唁。见到姚崇家陈列的那些服饰、玩物，连看了三四遍。姚崇家人一看就明白了，于是便将这些东西送给张说，然后趁机请张说写祭文。张说很快就同意了，他在祭文中叙述了姚崇的生平，既生动而且详尽，人们称赞它是杰作。几天后，张说果然反悔，并派人来索要稿本，借口说文辞不够周密，想要重新修改。姚崇的儿子们于是领着来人看碑文，并告诉他已奏请皇帝过目。来人回去后，如实告诉了张说，张说一听，非常悔恨，抚着胸说："死去的姚崇还能算计活着的张说，我今天才知道我的才能不如他呀！"

强与弱的关系

东晋大将军王敦死后，他的哥哥王舍打算前去投奔王舒，但王舍的儿子王应却在旁边劝父亲投奔王彬。王舍说："王敦大将军生前和王彬有什么交往吗？你还要投奔他！"王应说："这正是我要投奔他的原因呀！江州的王彬在别人强盛的时候，能够不屈从豪强而另立门户，这是具有不凡见识的人才能做到的。现在他看见我们衰败了，一定会生慈悲怜悯之心。而荆州的王舒一贯守旧，怎么会破格优待我们、接纳我们呢？"王舍不听，径直投奔王舒。

后来，王舒果然把王舍父子沉入江中。而江州的王彬当初听说王应要来投奔自己，就秘密准备好船只在江边等候，结果没有等到，为此深感遗憾。

欺弱者必附属于强者，能抑强者必扶助弱者。作为后辈，王应背叛叔叔王敦，本不是好侄儿，但他的一番话却深明世故人情，已经超过老管家（王敦生前常叫他的兄长王舍为老管家）了。

春秋时，晋国的中行文子在逃亡的路上路过一个县城，身边的随从对他说："这地方有个小官，是您的老相识，为什么不在这里歇歇脚，等等后面的车呢？"中行文子说："我曾经喜欢音乐，这人就送给我鸣琴；后来听说我喜欢佩玉，他就赠我玉环。这是为了讨好我才这样做，现在他恐怕要出卖我，而去讨好别人了。"于是加快速度离开了这个县城。果然，这个"老相识"扣下了中行文子后面的两辆车，并献给了晋王。

蔺相如曾经是宦官缪贤的门下食客。有一次，缪贤犯了罪，并想逃到燕国去。蔺相如便问他："您怎么知道燕王可靠呢？"缪贤说："我以前随赵王在边境上与燕王会见时，燕王曾私下握着我的手说：'我愿与你结为朋友。'所以，我觉得他比较可靠。"蔺相如听了，劝说道：

"您知道燕王当时为什么这样对您吗？那是因为赵国强、燕国弱，而且您又受到赵王的重用，所以他当然想结识您，为的是保住赵王对他的宠幸。而现在，你是从赵国逃到燕国去的，燕国一向害怕赵国，一定不敢收留您，而是会把您押送回赵国。所以，您不如脱掉上衣，躺在斧锧（古代的一种刑具，行刑时置人于锧上，以斧砍之）上到赵王那里去请罪，那样才会幸免。"缪贤听了，便采纳了蔺相如的计策，果然幸免于难。

从这两件事来看，这些人可以说已洞彻到了人情的细微隐蔽处。

辛弃疾的胸怀

辛弃疾流落在江南一带时，豪侠气概还是和从前一样，一点没改。有一天，陈同甫来拜访他，走到附近的小桥时，陈同甫三次催马跳跃，那匹马却三次退避。陈同甫大怒，于是拔剑砍了马头，徒步前行。辛弃疾在楼上看到这一幕时，惊呆了，于是叫人去探问原因。但是，探问的人还没有出去，陈同甫就已经来到了他门前。结果，两人一见如故，结成好友。

十几年后，辛弃疾在淮南重镇滁州当知州，陈同甫却还是不得志。一天，陈同甫去拜访辛弃疾。他们共同谈论天下事，辛弃疾喝多了点，便谈起南北布局、军事要略，比如南边可以这样吞并北边，北部也可以那样吞并南部，钱塘一带不是帝王居住的地方，如截断牛头山的道路，国内无援兵，决西湖堤坝，满城都被淹，等等。喝完酒，辛弃疾便留陈同甫在房内过夜。陈同甫一直没有睡着，他反复思虑，觉得辛弃疾平时稳重少言，今晚却酒后失言，担心辛弃疾醒来之后反悔，可能要杀他灭口。他越想越害怕，于是赶紧起来偷了辛弃疾的骏马跑掉了。辛弃疾第二天醒来后，发现陈同甫已经不在，顿时大惊。后来，陈同甫来了一封信，把那晚的话稍微泄露一些，并要求借十万钱以解贫窘，辛弃疾连想都没想，便把钱如数送给了他。

胜利容易，稳定最难

明武宗时，彭泽率军西征鄢本恕等流寇。临行前，他向杨廷和问计。杨廷和说："以您的才干，哪里还怕不能平定叛贼呢？只是不要过早撤兵。"后来，彭泽打败了鄢本恕，并把他杀掉，然后上书请求班师回朝。但是，鄢本恕的余党很快又聚在一起，继续叛乱，没人能够制止。而此时彭泽已经在班师回朝的路上，于是不得不半道再返回去。在回去的路上，彭泽不禁感叹道："杨公的先见之明，我实在是比不上啊！"

张英国（张辅，朱棣大将张玉之子，因平安南有功，被封为英国公）三次平定交州（今越南北部红河流域），但最终还是没能保住交州，因为张英国一离开，交州又发生了叛乱。如果张英国能像黔国公镇守云南那样镇守交州，那么即使到今天也能留下交州这个郡县。所以说，平定叛乱取得胜利，并不是一件很难的事，难就难在把局势稳定住。因此，平定叛乱之后，不要过早班师回朝，而是在战后进行一番安抚、整治等善后工作。这些事，绝对不是倚仗兵力的威胁就能够达到的。

曹操的神算

东汉末年，大将军何进与诸侯袁绍谋划诛杀宦官，何太后不同意。何进于是想召董卓带兵进京，以兵力胁迫太后就范。曹操听到这个计划后，笑着说："宦官历朝历代都有，但当今天子不应该给他们权力和宠幸，使他们到这个地步。而治他们罪，诛杀元凶，只需要一个狱吏就够了，何必把外将招来呢？要想杀尽宦官是不可能的，首先事情一定会泄露出去，失败也就是必然的了。"果然，董卓还未到京，何进就被宦官所杀。

袁绍在官渡之战中被曹操打得大败后，没过多久就死了。袁绍的两个儿子袁尚、袁熙逃到乌桓，曹操于是后发乌桓，把乌桓给灭掉。袁尚、袁熙又逃往辽东，投奔辽东太守公孙康，这时还有几千人马。而公孙康倚仗他的地盘远离京城而不服朝廷管辖。这时，有人劝曹操征讨辽东，擒拿袁氏兄弟。曹操说："不用出兵，公孙康自然会把二袁的人头给我送来的。"

没过多久，公孙康果然斩了袁尚、袁熙，并将首级送到曹操那里。众将很疑惑，便问曹操原因，曹操说："公孙康素来害怕袁尚等人，我如果急于征讨他，他就会同袁尚、袁熙联合起来抵抗我们，缓一段时间，他们自会产生矛盾，这种矛盾会促使公孙康杀了二袁。"

曹操当初东征刘备时，也有人担心出师后，袁绍会从后方袭击，使得进不能战，退又失去了依据的地盘。曹操说："袁绍的性情迟钝而又多疑，不会迅速来袭击我们的。刘备是新起来的，人心还未完全归附他，我们抓紧攻打他，他必败。这是生死存亡的关键时刻，不可失掉战机。"于是，决心出师东征刘备。

曹操出师后，袁绍的谋士田丰果然劝袁绍说："虎正在捕鹿，熊进入了虎窝而吃掉了虎子。老虎进不得鹿，退得不到虎子。现在曹操征伐刘备，许昌空虚，主公有长戟百万，骑兵千群，率军直指许昌，捣毁曹操的老窝。百万雄师，自天而降，好像举烈火去烧茅草，好像倾沧海之水浇漂浮的炭火，能消灭不了他吗？兵机的变化在须臾之间，战鼓一响，胜利在望，曹操听到我们攻下许昌，必然会丢掉刘备而返回许昌。我们占据了城内，刘备在外面攻打，反贼曹操的脑袋，一定会悬挂在主公的战旗杆上。如果失去了这个机会，等曹操回来之后，休养生息，积存粮食，招揽人才，就会是另外一种情况了。现在大汉国运衰败，纲纪松弛，曹操本性凶横，飞扬跋扈，放纵他虎狼的欲望，酿成篡逆的阴谋，那时，即使有百万大兵攻打他，也不会成功。"袁绍听后，以儿子有病推辞此事，不肯发兵。田丰听后，急得用拐杖敲着地叹道："遇到这样好的机会，却因为小孩而失去了，可惜呀可惜！"

曹操善于判断刘备，在汉中之役时，曹操志满意得地得到了陇，放纵刘备得了蜀。他不采用司马懿、刘晔的计策，这是为什么？也许是有天意吧！

安定郡（东汉属凉州，治所在今甘肃镇原东南）同羌胡离得很近，与羌胡的关系也十分密切，太守毌（guàn）丘兴将到安定当官，曹操告诫他说："胡人想和大汉来往，应当自己派人来，你千万不要派人前往。好人不容易当，一定要让胡人有求于我们，认为同我们交往对自己有利。如果派人前往，就会很为难，因为如果不顺从胡人，就会失去当地的民心；如果顺从了他们，则对我们无益。"毌丘兴满口答应，但到了安定后，便派遣了校尉范陵到羌，范陵果然教羌使自己请求做大汉的属国都尉。曹操知道后，笑着说："我预知你一定会这样做，我不是圣人，只是经历的事情太多罢了！"

死于匹夫之手的孙策

　　江东小霸王孙策继承了父亲的事业后，转战千里，很快就完全占有了江东。当时，他听说曹操与袁绍在官渡交战，相持不下，就想去偷袭许昌。曹操的部下听说后，都很惊恐。只有郭嘉说："孙策新近吞并了江东，他所杀的都是当地的英杰，而这些英杰的部下却能为他们拼死效力。但是孙策轻敌而无防备，虽有百万大军，却无异于单枪匹马。如果有埋伏的刺客突然出现，一个人就可以对付他。我看，他一定会死在匹夫的手里。"

　　孙策的谋士虞翻也因孙策好骑马游猎而劝谏他："您善于使用乌合之众，指挥零散归附的士兵，使他们为您拼死效力，这是因为您有汉高祖的雄才大略！但您轻易私下外出，大家都很忧虑，尊贵的白龙化作大鱼在海中邀游，被渔夫豫且捉住；白蛇自己出来，被刘邦杀死。希望您稍微留意一些吧！"孙策听后说："先生说得对。"但仍然我行我素。他本来决定袭击许昌，但还没有过长江，就被许贡的门客刺伤，不久后便死了。

　　孙策不死，曹操不能安睡。这也是天意要三分天下吧。世上的事，哪里能一一预料得到呢？

借道伐虢

　　晋献公想攻打虞国，便向晋国大夫荀息问计说："我想把虞国拿过来，但我们一出兵去攻打虞国，虢国就会援救虞国；如果攻打虢国，虞国也会援救虢国，应该怎么办呢？"荀息回答说："虞国的国君性情贪婪，而且喜爱宝物，您可以把屈地（今山西吉县东北）产的好马和垂棘（今山西潞城县北）产的璧玉赠给他，然后向他借路去攻打虢国。"献公说："虞国的宫之奇还在，他一定会向虞国国君提意见，阻拦这件事的。"荀息说："宫之奇虽然很聪明，但性格懦弱，而且年岁只比虞君稍稍大一点。内心聪明却含而不露的人，言语一定简略；性格懦弱的人，一定不会坚持己见；仅比国君大一点，国君一定轻视他。况且喜好的玩物摆在眼前，而祸患在他国之后，只有具有中等智慧以上的人，才能考虑得远一些。我估计虞国的国君智力应该在中等以下。"

晋献公听从了荀息的建议，马上派出使者带着宝物来到虞国游说。宫之奇果然向虞君进谏："俗话说唇亡则齿寒，虞国和虢国是互相依赖、互为屏障的，不是互相取得赏赐。晋国今天可以从我们这里借道攻打虢国，那么明天就可以从虢国借道攻打我们，如果虢国灭亡了，我们也就跟着灭亡了。"但是，财迷心窍的虞君根本不听，坚持把道路借给晋国。晋国灭掉虢国后，果然反过来攻打虞国。最后，虞君只好抱着璧玉、牵着骏马向晋国投降。

班超的告诫

班超因在西域待了很久，便上书给朝廷，说希望自己能活着回到玉门关内。于是朝廷召回班超，派校尉任尚去接替班超的职位。

在交接工作时，任尚对班超说："您在西域干了三十多年，现在我来接替您的职务。我担当这样的重任，但思考问题却很肤浅，请您多多指教。"班超说："塞外的官吏士兵，本来就不是孝子贤孙，都是因为犯罪才来边疆屯田戍守的，而那些蛮人又常常怀着侵占边疆的野心，对他们更是难以安抚和团结。我看您的性情过于严厉和急躁，水太清澈，鱼就难以生存，政事上要想明察，处理问题就要平和。希望您开明简易，尽量宽恕别人的小过错，只要掌握大原则就可以了。"

班超离去后，任尚私下对身边的人说："我以为班超有什么奇策呢，今天他讲的这些，都是一些再平常不过的道理。"后来，任尚在西域任职没有几年，那里就发生了叛乱，正如班超所告诫的那样。

骄傲是止步的开始

宋真宗时期，盛度（字文肃）任尚书右丞，他为人稳重寡言，很少赞许人和事。他在扬州做知州时，夏有章从建州司户参军任上，调往郑州做推官，路过扬州。盛度见到夏有章，十分称赞他的才能，并设酒宴招待他。夏有章非常感动，并作了首诗作为感谢。哪知盛度看到那首诗后，先是不说话，态度极为冷淡，后来竟然派人将诗作退还夏有章，并且闭门谢客，不愿再见到夏有章。

夏有章感到十分意外，也觉得很尴尬，就去拜见通判刁绎，把事情的前前后后都告诉了他。刁绎估计是诗的内容引起了盛度的反感。这时，有人问盛度为何对夏有章先热后冷。盛度说："没有其他原因，我开始接触他时，看他气质及风韵都很清秀，认为他会成大器。现在见他在诗中居然称自己为'新圃田从事'（圃田代指郑州，从事为汉时官名，用古地名古官名自称，有骄矜之嫌），这太让我失望了。仅仅做了一个幕官，就变得这样轻率！你们往后看吧，他的官阶到这里就此止步了，不会再得到提升，因为他已经开始骄傲了。"

又过了一年，夏有章被任命为馆阁校勘，接着因旧事牵连，改任国子监主簿（bù），仍保留着原官职。没有多久，竟在京城过世了。

惩罚一定要适度

宋哲宗元祐年间，王安石变法失败以后，朝廷完全恢复了旧政（史称"元祐复制"）。这时，吕大防、梁焘、刘安世等旧党判处王安石的亲信吕惠卿、章惇等三十人，以及蔡确的亲信安惇、曾布等十人有罪，并把他们的名单做成榜文公布于世。

范祖禹为此上书皇帝，认为镇压罪魁就可以了，对胁从者应不予追究。范纯仁（范仲淹次子）叹息着对同僚们说："这样下去，我们这些人也免不了要遭到报复的。"后来，形势发生了改变，革新派又掌了权，果然如范纯仁所预料的那样，革新派对守旧派的打击也很严酷。这些都是士大夫出于私愤所做的报复行为，但最终导致整个国家为其错误承受灾难，真是可悲啊！

宋朝王楙（mào）在《野客丛谈》中说，君子治服小人不能做得太过分，如果无节制地打击他们，将来他们的报复也一定很残酷。例如，北魏神龟年间，张仲瑀因挑选官员时排斥武官，不把他们列在清品以上，结果惹出大祸：武官们卷起袖子，握着拳头要打他；羽林军等到尚书省大闹大骂；有的人一直冲到张家，杀了他的家人，烧毁了他的房屋，把他全家大小都投入火中，以致尸体都无法辨认，最后只有靠其头上、身上戴的各种首饰来辨别性别与身份。

张家之所以遭到灭门之祸，在我看来主要是因为张仲瑀激化矛盾造成的。庄子说，如果苛刻太过，则对方也会用恶德恶行来对付你。现在的人，往往只知道图一时之痛快，对别人进行凶猛的攻击。而那些有见识的人，是深知其中危害的。

听其言，观其行

　　北宋初年（960 年），曹武惠王（曹彬，宋初名将。死后封济阳郡王，谥号"武惠"）率军攻克了金陵，南唐李后主只好向宋朝投降，武惠王于是要他回宫收拾行装，跟随宋军北上。潘美想制止李后主回宫，担心他不甘心活着做宋朝的俘虏，会自杀。武惠王说："他刚投降时，我看他到水塘边都吓得左顾右盼，最后让人扶着才过了桥。如果他有自杀之心，一定不会这样；如果他性情刚烈，一定会与自己的国家同归于尽，而不是投降。现在他既然投降了，又怎么会自杀呢？"

　　有人劝宋太祖杀掉那些投降的君王，担心他们再哗变。宋太祖笑着说："想当初他们守着千里之国，拥有十万之军，尚且被我们活捉，如今他们离开自己的国家，被我们看管着，成为孤身远客，怎么还有哗变的条件？"

　　武惠王与宋太祖都善于听其言和观其行，可以说是有同样的智慧啊！

去伪存真，明察秋毫

讹口如波，俗肠如锢。触目迷津，弥天毒雾。不有明眼，孰为先路？太阳当空，妖魑匿步。

大意是：世上的谎言像波涛一样多，人们的心肠像铁石一样硬。满眼所见都是迷茫的路，满天都是毒雾。如果没有一双明亮的眼睛，怎么知道何去何从呢？太阳如当空，妖魔自然会止步。

明察秋毫的汉昭帝

汉昭帝刚即位不久，燕王刘旦就因为心中怀恨而企图谋反。而上官桀对司马大将军霍光又十分妒忌，于是就与燕王刘旦暗中勾结，趁霍光休假时，暗中派人以燕王刘旦的名义给昭帝上书说："霍光在离开都城时，那些参加演习的羽林军官在路上用对待天子的礼仪来迎送他；他还擅自调动幕府校尉，专权放纵，可能会有图谋不轨之心。"但是，昭帝看到上书后，却迟迟不肯下令处理这事。霍光听说后，在上朝时就停留在殿前西阁之室，不入金殿。昭帝问道："大将军在哪里？"上官桀说："因为燕王告发了他的罪行，所以他不敢上殿。"于是，昭帝召见霍光，霍光摘下自己的帽冠，叩头谢罪。昭帝说："请将军把帽子戴上，朕知道有人诬陷你，你是无罪的。"霍光问："陛下是怎么知道的呢?"昭帝说："将军调幕府校尉还不到十天，燕王离这里那么远，他怎么会如此之快就知道呢?"当时，昭帝年仅十四岁。尚书及左右大臣都很惊奇，而那个上书的人则吓得赶紧跑掉了。

杜患于微的李泌

唐德宗贞元时期，张延赏在四川做官时，和东川节度使李叔明有矛盾。德宗进入骆谷时，正值阴雨连绵，道路险滑，导致大部分卫兵逃跑回家。朱泚（cǐ）和李叔明的儿子李升等六人担心坏人乘机对皇帝不利，于是互相刺臂发誓结盟，轮换着保护皇帝的车马直到梁州。回到长安之后，德宗因他们护驾有功，便把他们六人都封为禁卫将军，宠遇甚厚。张延赏得知李升经常出入郜国大长公主（唐肃宗之女）的府第，就暗地上书将此事报告给德宗。德宗问李泌："郜国大长公主已经一大把年纪了，而李升还很年轻，他们为什么要经常来往呢?"李泌说："这话肯定是有人要动摇东宫太子，是谁给陛下说的?"德宗说："你不要问，只要为朕调查一下就行。"李泌说："一定是张延赏说的。"德宗问道："你怎么知道?"李泌便详细陈述了张延赏和李叔明二人之间的矛盾，并说："李升承皇恩照顾，做了禁卫将军，张延赏有意中伤他，而郜国大长公主又是太子妃萧妃的母亲，所以用这种方法陷害他。"德宗笑着回道："是这样。"

不久，又有人上告大长公主在宫中淫乱，而且以巫术祈祷鬼神。德宗听后大怒，马上将大长公主幽禁在宫中，并狠狠地责备太子，太子因此请求与萧妃离婚。德宗召见李泌，把这件事告诉他，并且说：

"舒王近来已有很大的长进，孝敬、友爱、温良、仁义。"李泌说："陛下仅有一个儿子，为什么要将他废掉而另立一个侄儿呢？"德宗怒道："你为什么要离间我们父子关系？是谁告诉你舒王是我的侄儿呢？"李泌回答说："是陛下自己说的。大历年初（766 年），陛下告诉我，今日得数子，我请问是何缘故，您说：'昭靖诸子，主上要我以儿子对待。'您对自己所生的儿子尚且怀疑，哪里还能把侄子当儿子对待呢？舒王虽然孝顺，但陛下应该首先自己努力治国，不要寄希望于子侄的孝顺。"德宗说："你竟敢违背我的意志，为何不爱惜你的家族？"李泌说："我正是因为爱自己的家族，所以不敢不把话说完，如果怕陛下大怒而勉强屈从，陛下将来反悔，必定怨我：'我任你为宰相，竟不力谏，把事情弄到这个地步。'一定又要来杀害我的全家。我老了，残年不足惜，如果枉杀我儿子，立我侄子为后代，我死了也不会歆享他的祭祀。"说罢便痛哭流涕。德宗听了，也流着眼泪，叹道："唉！事已如此，我该怎么办呢？"李泌说："这是一件大事，愿陛下审慎行事，我始终认为陛下要树立自己的圣德，应当使海外蛮夷都能对您爱戴如父。怎么能无端地怀疑自己的儿子呢？自古以来，父子相疑，没有不亡国覆家的。陛下还记得过去在彭原时，建宁为何被杀吗？"德宗说："建宁王实在冤枉，肃宗性急，进谗言者实在太坏了！"李泌说："当初建宁被杀时，我就辞去官爵，发誓再不到天子左右当官，不幸得很，今日又当了陛下的宰相，又亲眼看到这些事。在彭原时，我深得皇恩，竟不敢说建宁之死是个冤案。直到辞去官职时才说这件事，当时肃宗也后悔流涕。代宗先帝自建宁死后，常怀危惧。我也曾为先帝诵《黄台瓜辞》，以防止有人用谗言制造事端。"德宗说："这些事我是知道的。"这时，德宗的脸色已经稍有缓解，过一会儿，又问道："贞观开元之时，全换了太子，为什么没灭亡？"李泌说："从前，承乾（太宗的太子）多次监督国事，依赖、巴结他的人很多。他藏了许多兵器，与宰相、侯君一起谋反。事情暴露后，太宗派他的舅舅长孙无忌与朝廷中的大臣调查几十次。真相大白后，召集百官讨论处理方案。当时有人求情：'愿陛下不失慈父之心，让太子寿命活到头。'太宗同意了，并废黜了魏王泰。现在陛下已经知道肃宗性急，建宁受冤，我感到不胜庆幸。愿陛下以此为前车之鉴，慎思三日，重新考察，一定会明白太子没有什么阴谋不轨。他如果真有不法行为，可召集深明大义的大臣二三人审实，陛下就照贞观之法来处理：废舒王，立皇孙。那么百代之后掌天下的，还是陛下的子孙。至于开元之时，武惠妃谗毁太子瑛兄弟，后来瑛被杀，海内外都很怨愤。这是今后帝王们应当引以为鉴的，又怎能效法呢？陛下从前曾命令太子在蓬莱池见我，我观察他的容颜仪表，绝非蜂目、豺声、商臣的样子，只怕他执政过于软弱仁慈。还有，太子自从贞元以来，一直居住在少阳院，在居所附近从没接待过外人、干预外事，怎么可能有异谋呢？那些进谗言的人百端巧诈，即使有像晋愍（mǐn）怀（晋惠帝太子司马遹，谥号"愍怀太子"）那样的亲笔信，有如太子瑛衣内穿甲那样的证据也不足信。怎能只因妻子的母亲有罪就受连累呢？幸亏有赖陛下告诉我，我敢用我的家族来保太子，他一定不知有什么计谋。假使让从前杨素、许敬宗、李林甫之流来承您的旨意，那他们就为舒王得到天下而立下定策之功了。"皇上说："您让我再考虑一天。"李泌抽回笏板叩拜，哭着说："这样的话，我就知道陛下父子将慈孝如初。可是陛下回后宫，要自己来审思，不要把这些意思露给左右侍者。表露出去，他们都会向舒王立功，那么太子就处于危险之中了。"皇上说："你的意思我全明白。"又过了一天，皇上来到延英殿，单独召见李泌，涕泪涟涟，抚着李泌的背说："要不是你一番恳切的劝说，我今天后悔也来不及了。太子仁孝，实在没别的企图。"李泌叩拜并贺喜，然后借此机会告老还乡。

邶侯（李泌，因封邶县侯，故名）保全广平以及劝德宗和亲回纥，都显示了回天之力。在郜国大长公主一事上，李泌能杜患于微，陈辞婉转激切，使猜疑的皇上不能不信，强悍的君主不得不柔，真是万世进忠的妙法。

有了证据再行动

楚王赵元佐是宋太宗的长子，被立为太子，由于搭救赵廷美（赵光美，宋太祖之弟，因避讳改名廷美）没能成功（指"赵廷美因被诬告作乱，被宋太宗下旨流放房州。赵元佐上书为其申辩"一事），就患了精神病，行为变得十分残忍。左右侍从只要稍有过错，就被他用箭射死。太宗曾多次教诲他，他仍改不掉。重阳节那天，太宗宴请诸王，赵元佐因刚巧犯病，没有参加。但到半夜时元佑却发了怒，他先是把姬妾们都关起来，然后放火烧宫。太宗知道后，十分生气，想把他给废了，然后另立太子。这时，寇准恰巧到郓州（今山东泰安市东平县）当通判，被太宗召见。太宗对他说："你试着替我决断一件事。东宫的行为破坏了王法，日后必然会做出像桀、纣那样的坏事来，我想把他给废了，但东宫也有军队，我怕因此招来乱子。"寇准说："请陛下在某月某日命令东宫到某处举行礼节仪式，并要他的左右侍从一同前往。到时再派人搜查他的宫中，如果真有违法的罪证，等太子回来再拿给他看，到时候想废掉他，只需一个黄门侍郎宣布一下就可以了。"太宗采纳了这个计谋，在太子外出后，从宫内搜出许多凶残的刑具，有剜肉、挑筋、摘舌等物。太子回来后，便拿给他看，他只好认罪，最终被废。

搜查太子东宫，如果没有违法的事情，东宫太子的地位不变，如果不是这样，也不能令他心服口服。而江充、李林甫这些人根本不懂这个道理，又怎能与他们商量这种事呢？

判断真假的办法

汉昭帝始元五年（公元前82年），有一个人来到皇宫前，自称是卫国的太子，皇帝下诏，请公卿以下的官员都来辨认。众官来之后，都只看却不敢说话。京兆尹隽（juàn）不疑来到后，马上喝令吏卒将这个人给捆起来，并说："卫国的蒯聩逃往国外，卫国的君臣不许他回来，这在史书《春秋》中是受到称赞的。太子得罪了先帝，逃亡出去，不立即自杀，如今还来到宫中，这是一个有罪的人。"说完就下令将他关进大牢。昭帝与霍光听说这件事后，称赞隽不疑，说："公卿大臣应当用那些懂得经书又深明大义的人来担任。"自此以后，隽不疑在朝中的名望越来越高。后来掌管刑狱的廷尉对这个自称太子的人进行审查、验证，最终认定他犯了欺骗朝廷的罪，并把他给斩了。

一国不能有两个君主，此时欲要统一人心，杜绝各种言论的流传，如此断决是正确的。有的说《春秋》这本史书有不足之处，然而当时推崇经书，不断章取义援引经书的说法，可能不足以取信于人。《公羊传》以卫辄拒父为尊祖，想必当时的儒生也是这种观点。

谣言止于智者

汉成帝建始时期，有一次关内连下了四十多天大雨，京城里的民众惊慌起来，都喊："大水来了！大水来了！"百姓们到处奔走，相互践踏，老弱呼号，长安城中顿时大乱。大将军王凤认为皇太后、皇帝和后宫里的人可以乘船，其他官吏和民众可以上城墙去避水。这时，群臣都听从王凤的意见，只有右将军王商说："自古以来，无道的国家，大水尚且不会冲进城郭，为什么今天会有大水在一日之内就暴涨进城呢？这必定是谣言。所以不应该让官吏百姓到城墙上去，那样会使百姓遭到更严重的惊扰。"汉成帝听了王商的话，采纳了他的建议。过了一会儿，等秩序稍微稳定下来，再派人去查问，果然是谣言。于是，汉成帝十分赞赏王商，说他遇事沉着冷静而且很有主见。

北宋仁宗天圣年间，有一次下大雨。传言说汴河水决口了，而且水势很大。所有的人都感到恐慌，想往东边逃。皇帝就此事问王曾。王曾回答说："如果汴河决口，地方官肯定上报，他们既然没有上报，那肯定是谣言，所以不必忧虑。"不久之后，事情很快就弄清了，果然是谣言。

明嘉靖年间，东南沿海经常受到倭寇的扰乱。苏州城于是实行戒严，忽然传说倭寇从西边打来，已过浒墅关。苏州太守立即率领官兵登城，并急命关闭城门。这时，附近乡村里逃避倭寇的百姓有几万人，都涌到城门外，号呼震天。同知任环见此情景，愤慨地说："还没有见到倭寇就先抛弃了百姓，这能算是州郡的长官吗？如果出了什么问题由我任环来担当。"于是便分头派遣县里的官吏把六处城门通道打开，放城外的百姓进来，而他自己则仗剑带兵，坐在接官亭内准备阻止来自西边的倭寇。乡民们都进入城内之后，过了好久，倭寇才到。任环的这一行动，救了许多百姓的命，所以吴地的民众至今还在祭祀他。

明神宗万历年间，无锡某乡搭台演戏。有人到戏台上打架，演员们来不及脱下身上的戏袍就仓皇逃掉，看戏的人也纷纷退场。这时，在场的观众中突然有人开玩笑说："倭寇来啦！"这句话很快就传播开来，还有的人说自己亲眼看见穿着锦衣的倭贼。所以，城门在白天就关闭了。城外的人要进城，互相拥挤、践踏，死了近百人，一直到天黑才安定下来。这件事虽然是附近一些人妖言惑众引起的，但从官府方面来看，也有办事不沉着不老练的过错。按照一般的要求，在战争时期应该派人员到较远的地方进行侦探。如果倭寇已经临城，那就更要冷静沉着，使人心不乱，然后才讨论是战是守的问题。如果是谣言，那就及时进行辟谣，绝不能放任不管。

唐开元初年（713年），在民间流传谣言，说皇宫要来挑选女子去当嫔妃。唐玄宗听说之后，就命令后宫选出多余的宫女，送她们还家，于是谣言也就平息了。俗话说"要阻止别人毁谤，最好的方法是修身"。可见，唐玄宗是一个很善于制止谣言的人。

明熹宗天启初年（1621年），吴中一带流传谣言，说皇宫要来挑选秀女。于是民间像发了疯一样嫁娶。一时间，差不多所有的姑娘都嫁出去了。实际上，这是那些因行为恶劣娶不到妻子的人所制造的谣言，而当地的一些官员却没有禁止和追查法办，结果造成了很多不幸的婚姻。

戚贤烧掉萧总管

戚贤在归安县任县令时，县里有一座萧总管（江南民间祭祀的水神，又称"萧公爷爷"）庙，庙宇十分壮丽，其设置却不合礼法。当地的豪门常在这里举行祭神仪式，威胁执法的官吏，同官府抗衡，扬言谁若不听豪门大族的话，鬼神就会加害于他。

有一天，戚贤从庙前经过，正赶上祭神的日子。于是他走进庙中，令祭神的人按顺序站在台阶下面，对他们说："老天久旱不雨，如果祭祀庙神能使老天下雨，就说明庙神有灵，如果还是不下雨，那我就要拆掉这座庙宇，惩治庙神的罪行，绝不轻饶！"说完，就让人把萧总管的木偶像抬到一座桥上。大家都跟着来祈祷，可是老天始终不下雨。于是戚贤令人把木偶像扔到河中，沉入河底。

几天之后，戚贤乘船从桥下经过，那个木偶像忽然从水里跳进船舱。侍从们大惊失色，边走边喊："萧总管来了！萧总管来了！"戚贤笑着说："这是因为没有把木偶像烧掉！"于是，命侍从把木偶像绑在船上。这时戚贤看到岸旁有一座小庙，就立即叫来一名机灵的役吏，要他换了便服，藏进庙内，并告诫他说："等水中有人出来，你立即将他绑到船上来。"过了一会儿，果然如戚贤所预料的那样。原来是那些祭神者事先用钱买通了一个会潜水的人，指使他在水底将木偶像扔进船里。

白虎和黑怪

宋朝时，张田出任广州知府。当时广州尚无外城，张田上任后开始从东部修建，计划征发五十万人力。工程开工后不久，筑城的民工们便纷纷传说夜间有白虎出现，弄得人心惶惶，很不安定。张田仔细想了想，知道一定是有人从中捣乱。于是便召集巡逻的官员，对他们说："今天如果看见有人穿着白色衣服出入树林，就将他抓来。"结果正如张田所预料的那样，巡逻的官员当天就抓获了这个捣乱的人，平息了民工的惊恐。

明朝嘉靖年间，京城某处夜间常有种黑怪物出现。它身上全是黑毛，爪子十分尖利，而且专找单独行走的人。行路人忽然在夜间碰上它，不知是什么怪物，往往吓得扔掉携带的东西就跑。负责巡夜的官员怀疑它是假动物，就暗中派了一个健壮的士兵扮作过路人，提着行李经过那个地方，同时还派了几个士兵隐藏在附近。果然，那怪物很快就出现了。士兵及其伙伴马上把它捉住。结果，这个怪物原来是个强盗，为了夜间谋财吓人，将黑羊皮披在身上，然后在手上安了金属做的利爪，装成一个黑怪物。

精通时务，真才实干

中流一壶（葫），千金争挈。宁为铅刀，毋为楮叶。错节盘根，利器斯别。识时务者，呼为俊杰。

大意是：到了渡程的中间要是有一个葫芦，即便价格千金人们也会争着要。做人宁愿像质软的铅刀，也不要做楮（chǔ）树的叶子，中看不中用。遇上盘根错节的障碍物时，它们中哪个是有用的器物也就辨别出来了。精通时务的人，才能称作俊杰。

理财高手刘晏

唐代宗时期，刘晏出任转运使。当时正处在乱战之后，国家的各种开支、各项费用都要靠他去筹办。刘晏是一个精力十分充沛的人，很机智而且善于随机应变，十分通晓其中的奥妙。他曾设置驿站，高价招募骑马骑得快的人在各地观望，专门负责打听和上报各地的物价，即便是很远的地方的物价，用不了几天就可以传到刘晏的耳朵里。这样，就使得国家财政经济的主动权，全部掌握在他的手里。当时，他采取了这样的政策：政府在丰收地区粮价偏低时，用较低的价格买进粮食；在歉收地区粮价偏高时，用较高的价格卖出粮食，以此来调节物价。这样做，不但使国家得到了好处，而且各地的物价也大体保持平稳，没有过高或过低的现象。

刘晏认为，能够统一天下并称王的人，他们用以爱护百姓的办法，不在于赏赐给百姓多少钱粮，而是使他们能够安心地从事农耕纺织。正常的年景，公平合理地向他们收税；遇到灾年，就免除租税徭役来援救他们。他在全国各道设置了知院官，他们每十天半个月就要把本道各州下雨、下雪、丰收、歉收的情况全都向中央报告。要是哪里有灾荒的苗头，知院官就向上申报，主管财物和出纳的官员就拿出国家的余利准备救灾，并下令免除当地上缴某样东西、宽缓多少户。由此，老百姓还没有达到困穷的地步，刘晏上报的救灾措施就已经过皇帝同意而施行了。

议论刘晏的人，有的讥讽他不用钱粮救济灾民，而是以贱价卖粮的方式来接济百姓。这种看法是不对的。善于治病的人，不会让病人到了危急的程度才去救治；善于救灾的人，不会使百姓沦落到只有靠救济供应才能活下去的地步。因为国家用来救灾的钱粮要是给得少了，就不够养活灾民；想要救活更多的灾民，就要调拨更多的钱粮，这样，国家的财政就会匮乏；国家财政匮乏，就又得向百姓收重税，这样就会形成恶性循环了。此外，各地在发放救济供应上常常发生不公平的事，官吏们往往勾结起来，乘机谋取私利。就这样，势力大的人得到国家的救济多，力量弱的人得到的救济少，这种弊病即使用斧砍刀锯这样的严刑也不能禁止。因此，这种办法是于国于民都有害的双重灾难。其实，受灾的地区，所缺少的只是粮食罢了，其他出产还是有的，国家用低价卖给他们粮食，来换取他们手中拥有的杂货，这些杂货通过人力转运到丰收地区去卖，或者官府留作自用，这样国家的财政也不会匮乏。国家多拿出一点粮食，听凭灾区的百姓来买、来运走，这些粮食就可以散入百姓家中，贫苦农民没有力量去集市上买的，就可以在买到粮食的人手中转手买到，而不必由国家把粮食运到各村去。这样，老百姓就自己出力解决了饥荒的灾难。所以说，这实际上是于国于民都有利的双重好事。

在刘晏当转运使之前，负责把江淮的粮食运到长安去的人，因为一路上河流湍急难行，运输又不得法，往往一斛（十斗）粮食运到关中时，能保住八斗就算是立了功劳，就要受优等赏赐。刘晏认为长江、汴水、黄河、渭水，这四条江河的水势情况不一样，各段河路应当根据本段的实际通航状况来相机行事。同时，他又制造了坚固的运船，分成几段路程向关中转运粮食，长江上的运船到扬州，汴水上的运船到黄河南岸，黄河的运船到渭水入河口，渭水上的运船到太仓。其间沿河设立了粮仓，一段段地递相转运。这样一来，每年沿河运送的粮食达到一百多万斛，却没有一斗一升沉到河里。此外，各州县原来选富人来监督漕运，称他们为船头；选富人来主管邮递，称之为捉驿；在税收之外又横征暴敛，称之为白著。老百姓不能忍受这样的政令，所以都逃走去当强盗了。刘晏于是让官员来主管船上的漕运，让小吏来主管驿站事务，免除了过去那些没有正当名目的赋税，老百姓从走投无路的处境中被解救了出来，入户籍的户数和人口也开始增多起来。

刘晏曾经说过："户数和人口增多了，国家所能征收到的赋税的数量自然就增加了。"所以，刘晏的理财方法常常把养民放在第一位，这可以说是抓住了根本。他的看法比桑弘羊强多了。王安石只知要理财，却没有理财的实际办法。他也自认为是在养民，但实际上反而多方面地损害了百姓的利益。

刘晏用官府食盐专卖法来增加国家的财政收入，用这笔收入满足军队和国家所需的费用。在实行食盐专卖法时，他认为官吏要是设得多，就会扰民，所以只在产盐地区设置盐官，负责收购盐户所煮出来的盐，然后加价转卖给商人，任凭商人转销各地。其余非产盐地区的州县就不再设置盐官。江岭地区离产盐地远，政府就把官盐转运到那里，贮存起来，陆续卖给大家。有的地方没有商人去，盐价上涨，刘晏就减价卖盐给那里的百姓，以降低盐价，他称这种买卖叫常平盐。这样做，官府得到了卖盐所得的利润，而百姓由于不受商人的盘剥，所以也不会因此而变穷。

　　刘晏所实行的用官卖来降低盐价的"常平盐"，这个办法之所以好，是因为它弥补了当时商业不发达地区缺少商人的不足，它的目的是给老百姓提供便利。如果在商业发达的今天，再来实行这种办法，那就是在与商人争利了。

取有余以补不足

　　李悝（kuī）对魏文侯说："实行平籴（dí）法（指在丰收年以平价购入粮食，以备灾荒时平价售出），必须小心地注意到年成有上中下三等。上等收成是农民自己留四成，剩余四百石粮食；中等收成的是自己留三成，剩余三百石；下等收成是自己留一成，余一百石。小的灾年就只能收一百石，中等的灾年收七十石，大的灾年只收三十石。所以，上等年成时，朝廷就用平价收购农民粮食的四分之三，给农民留四分之一；中等年时，就收购二分之一；下等年时，就收购四分之一。使得百姓正好够吃，粮价平稳，就不再收购了。小灾之年就发放下等年成时所收购的粮食，中等灾年就发放中等年成时所收购的粮食，大灾之年就发放上等年成时所收购的粮食，用平价卖给百姓。这样做，即便是遭受旱涝之灾或闹饥荒，粮价也不会上涨，百姓也不会流亡，因为有余之年的收成可以补上不足之年的收成。"李悝的主张在魏国实行之后，魏国很快就富强起来了。

李悝的办法，实际上是稳定粮价的义仓一类的税收法。然而，后代那些迂腐的儒生，竟然用"竭尽地力"这样的罪名来怪罪李悝。那么，不竭尽地力，难道要去竭尽民力吗？不要对这些迂腐的儒生闭口不谈如何使国家富强感到奇怪，因为他们实际上根本不能使国家富强呀！

救灾的办法

宋代的富弼在青州当知州时，河朔地区发大水，百姓四处流亡讨饭吃，富弼于是鼓励自己管辖地区的百姓拿出粮食来，增加官府的粮食储备。随后他又找到了公房私房十几处，让这些流民散住其中，还给他们柴和水，尽量提供生活上的便利。凡是滞留在青州境内的致仕官吏，以及等待补缺或寄居在此的官吏，富弼都给他们发薪俸，让他们到流民所住的地方，给年老体弱和有病的人发放赈粮。富弼会记下他们的功劳，约定以后替他们上奏请赏。此外，他还每五天就派人拿酒肉饭食，去慰问办理流民事务的官员，完全以至诚之心相待，所以官吏们人人为这件事尽力。凡是山林湖泽中生长的东西，只要是可以供人们活命的，都听凭流民们去拿。如果有流民死了，就为他们建大坟埋葬，建立丛冢。

第二年，麦子丰收，流民们又纷纷回到家乡。后来，这些人被招募去当兵的数以万计。皇上听说后，便派使者来褒奖慰问富弼。在这以前，所谓的救灾，都是把灾民聚集在城里，然后给他们煮粥，聚集的人多了就流行瘟疫。有的人嗷嗷待哺好几天，没有吃到粥就死在路上。这种办法名义上是救灾民，实际上是害灾民。富弼的办法虽然很简单，却很完备，所以天下传为楷模。

富弼能够使极其贫弱的州县富强起来，真是治理国家的高手。

虚心调查解难题

明孝宗弘治十年（1497 年），皇帝命令户部尚书刘大夏去清查边境地区的粮饷。有人说："北部边境上的粮草，一半归中贵人（皇帝宠幸的近臣）子弟经管，您一向与他们的上一辈不合，恐怕难免会因为刚直而惹祸。"刘大夏说："处理事情应当讲道理，不能只看势力，等到了那里之后再想办法吧。"

刘大夏到了边境后，就召集那里的父老日夜调查研究，拟定了解决这件事情的措施。有一天，他在通衢大道上张贴布告说："某粮仓缺少粮食若干石，每石官价若干，凡是境内外的官员、百姓、来往客商，只要愿意卖粮的，粮食从十石以上、秣草百捆以上，都准来卖。"这样一来，即便是官宦子弟也无法禁止人卖粮草了。不到两个月，粮仓、草场都满了。原来过去这里规定出售粮食要在一百石以上、秣草一千捆以上才能出卖。所以官宦子弟争相前来做买卖，并转买边境地区百姓的粮草，陆续运到这里，可以获得五成利。自从刘大夏的这个办法实行后，有粮草的人家自己就可以直接前来出售，官宦子弟即使想收购粮食，也无处可得。这样一来，公家有了更多的粮食，百姓家里有了余财。

　　刘大夏的这个办法的确很好，然而如果他不召集边境上的父老日夜研究，又怎么能掌握呢？一个人能这样虚心地调查研究、征求意见，实心实意想做好事，那么什么样的官职不能做好？什么样的事情不能办成？以前，唐代人把三公、宰相的坐席看成是"痴床"，意思是说只要一坐上这个位置，人就傲慢得像得了痴呆症。现在大官们处理公事时所坐的座位，都已成了痴床了。这样，百姓的利与害，又通过什么人才能让皇上知道呢？

善出奇谋的杨一清

　　西番地区（泛指青海、西藏等地，有藏、羌等少数民族）历来盛产马匹，那里的人们又仗着喝中原产的茶来治病。历来惯例是用蜀地产的茶来换取西番产的马，但时间一长，这种制度就渐渐松弛下来。到了明朝时，很多茶叶不经朝廷许可就运出去，让那些不法的人从中牟利，而西番的马却常常运不来。于是，大臣杨一清便请求朝廷重新设立掌管畜牧的太仆、宛马等官职，严格禁止私商交易，把茶叶买卖的专利权完全掌握在官府手中，并把这一决定通知西番。这样西番的马仍然可以大量运入，而屯牧的政策也得以整治。

　　杨一清在陕西任巡抚时，建立了平房、红古两处城堡，以援护固原；又沿着黄河修筑城墙用来保卫靖房。他与宦官张永一起去讨伐安化王朱寘鐇时，教给张永奇策除掉了皇帝身边的宦官刘瑾。他在外领兵时是将才，入朝议事时是相才，他提出的计策，没有一件不能实现。所以，当时人都把杨一清看成是智囊，又把他比作唐朝的名相姚崇，这些比喻可以说是非常恰当的。

变害为利

宋代时，赵开实行了全国通用的钱引（纸币）后，百姓们感到很方便。有一天，朝廷查获了伪造的钱引共三十万，参与伪造的盗贼有五十人，按法律规定，这些人都应判死刑，当时的宰相张浚也想这样处理。但赵开却对他说："宰相，我们先别急着杀人！您想一下，如果我们在这些伪造的钱引上加上宣抚使的大印，那么假币不就成真的了吗？此外，我们可以对这些人施以黥刑，然后让他们制造钱引，这样宰相您一天之内就可获得三十万钱引，同时又救活了五十个人。"张浚听后，连连称赞这个主意出得好。

不但救活了五十个人的命，还获得五十个人的劳力，这真是具有经国济世的大本领啊！

外交中的礼仪

大同的猫儿庄，本来是北方鞑靼人入朝进贡时必须经过的正式道路。但是，到明宪宗成化初年（1465 年），朝贡使者中却有人想走别的道路入京。皇上根据守臣的启奏，同意了他这样做。然而，当时任礼部尚书的姚夔上奏疏请求对这位使者的宴请和赏赐进行降格，鞑靼使者也因此很不高兴。姚夔于是告诉他："按规定，北边来的使臣入朝进贡，都是从正式的道路上来的，朝廷设大礼来相待；而你却从小路来，所以我们怀疑你不是北边来的使者，只能与从其他地方来的使臣一样对待。"使者听后，无话可说。

苏轼做杭州通判时，当时有高丽使者入朝进贡，并向官吏送礼品，信中所署日期用"甲子"干支纪年来称呼。苏轼把礼物和信退还给高丽使者，说："高丽对本朝称臣，可信上却不用本朝皇帝颁发的年号来纪年，我怎么敢接受？"使者马上改写了信，改用神宗的年号"熙宁"来纪年，苏轼才接受。

明代北方瓦剌族太师也先，杀死了鞑靼可汗脱脱不花，自称大元田盛大可汗，派使者入朝进贡。皇上让群臣商量该怎样称呼也先。礼部郎中章纶说："可汗是鞑靼人最尊贵的称号，现在用它来称呼也先，不合适。如果只称呼他为太师，恐怕他会因羞惭和恼怒从而进犯我边境地区。所以还是按照他们部落的旧称，称他为瓦剌王，这样应该比较得体。"皇帝听后，同意了他的建议。

从这三件事的处理来看，他们在对待外族事务上都办得很得体。

教育后代的典范

后唐明宗的皇子们一个比一个奢侈骄淫，大臣张昭感到很担忧，于是上奏疏提出教育皇子的办法。奏疏的内容大略如下："请陛下为每个皇子各置一位老师，让皇子们屈节按对待老师的礼节来侍奉他们。一天当中，只要求每位皇子记住一件政事，一年之内，记的政事渐渐多了，每到月终时，就让老师全部记录下来向您上奏，使您了解他们的情况。等到皇子们进宫谒见时，您就当面询问他们各自的治国之策。倘若询问十件事能够回答上来五件，就可以说是深刻地了解了国家安危的原因，以及国家成败的道理了。"但遗憾的是，后唐明宗并没有采纳张昭的这个建议。

张昭的这个建议，实际上可以作为万代教育皇子的办法，比那些只是讲解经籍、解说书本，一味做秀才学问要好得多。

商高宗还是太子时，他的父亲小乙曾让他长久地居住在民间，同普通百姓一起出入，一起共事，所以他当上天子之后，对民情就十分了解。

明太祖教育太子的办法，是让他充分了解农家的生活，让他了解农民住在什么地方，穿什么，吃什么，用什么器物，从而知道农民的劳苦。洪武末年（1398年），明太祖还挑选了一些秀才跟着太子官中的官员分班入宫值班，让他们到太子跟前去讲与民间生活利害相关的事。明成祖巡行北京时，让皇长孙（即后来的明宣宗）到各村庄走了一趟，了解农民种田养蚕等耕织之事。教育后代应当以此为典范。

变废为宝

陶侃的性格是仔细认真，对政事很重视。他出任荆州刺史时，曾发出一道命令，让修造船只的官员把锯下来的木屑全部收起来，不管多少。官员们虽然不了解他的用意，但还是依令而行。正月初一正好遇上雪后转晴，议事厅堂前的台阶还很湿滑，于是他就让小吏用木屑盖在上面，这样走路时就一点也不妨碍。

官府用的竹子，他就让人们把剩下来不用的竹根全部收起来，几年下来竹根堆积如山。后来，桓温举兵攻打后蜀，需要组装船只，而这些竹根正好全部用来做了竹钉。

陶侃还曾征发自己管辖地区的竹篙。当时，有一个官员在让百姓砍竹时，要求连根取出，到使用时发现这种竹篙的根部能够当篙脚（竹根坚固可以代替铁脚），陶侃就让这个官员连升两级，加以重用。

让百姓戴罪立功

范纯仁出任襄城知州时，由于当地没有从事养蚕纺织的风俗，所以很少有人家种桑树，范公为此感到很忧虑。于是，他想出了一个办法，那就是让那些犯了罪而情节比较轻的百姓在家里种桑树。所种桑树的数量，则根据罪行的轻重来定。然后再根据这些桑树的生长情况，给他们免罪或减罪。结果，襄城的百姓很快就从养蚕织布中得到了好处。后来，范纯仁调离襄城，但百姓对他仍然十分怀念，久久不忘。

为善行查找法律依据

宋代著名的文学家叶石林（叶梦得的号）在颍昌府（今河南许昌）做知州时，有一年正好赶上闹水灾，京西地区（指河南府）灾情尤其严重，河上漂浮着很多饿殍，从唐州、邓州流入境内，多得数不清。

当时，县令把用来平定粮价的常平仓中的粮食储备，全都拿出来救济灾民，很多百姓都得到了救济，但那些被遗弃的孩子，由于没人代领，所以无法得到粮食救济。有一天，叶石林向手下人请教说："在百姓当中，那些没有子女的人，为什么不收养这些孩子呢？"手下人说："他们怕把孩子养大之后，孩子的亲生父母又来认领孩子。"叶石林于是翻阅了当时的法令条例，发现上面有一条这样写着：凡是因为灾荒而遭到遗弃的孩子，父母不能再来认领。叶石林觉得很高兴，而且很快就制作了几千份空白文书，上面都写着这条法令，并马上交给城内外的保长、伍长。凡是捡到孩子的人，都让他们自己来说明捡到孩子的经过，然后由官府写成公家文书交给他们作为凭证，官府在户籍上为他们做了登记。叶石林的这个行为，总共救活了三千八百个孩子。

让流民找到家的感觉

滕元发任郓（yùn）州知府时，有一年闹灾荒，为了救灾备荒，他从淮南要来了二十万石大米。当时，附近的淮南和京东地区都闹灾，滕元发便把城里的富户找来，跟他们商量说："流亡的灾民将要拥入我们这一带，如果我们不能妥善安置他们，就会有人被饿死，这一来，瘟疫就会流行起来，并危及我们的安全。现在，我已经在城外找了一块废弃的营地，打算用席子盖一些房子，让灾民们暂时住在那里，希望你们也捐一些善款。"富户们都同意了。于是，滕元发只用了一个晚上，就动员人力盖了两千五百间房子。

不久，流亡的灾民果然来了。滕元发于是按灾民到来的先后，分给他们土地、炊具和日常用品，并按军营的秩序对他们进行管理，规定少年人做饭，壮年人打柴，妇女们打水，老人休息。灾民们到了这里就像回到家里一样，感到很温暖。后来，皇上派工部郎中王右来视察，王右看到那里的房舍、道路井然有序，整齐得就像军营一般，感到十分惊讶，便把那里的布局绘成图，上呈皇上。皇上看了很高兴，便下诏书表彰了滕元发。

在那次灾荒中，滕元发先后救活了上万人。

明朝祁尔光说："滕元发处理灾民的办法同富弼差不多，富弼是让灾民散居各处，以求不扰民；滕元发是让他们聚居在一起，而使他们井然有序。这些都值得效法。"

义船的功用

南宋时，朝廷设置了置使司，每年抽调明、温、台三州的民船，防守定海，保卫淮东。京口民船凡是登记在册的，大多损坏了。每当官府按簿册登记情况来抽调船只时，各级官员又乘机向百姓敲诈勒索，使得老百姓有苦难言。

吴潜到那里后，便订立了义船法。他让三个州的各个县选出本地有才能的人，来主管摊派船只的事。譬如，一个县要是每年要抽调三条船担负防守任务，而有船只登记在册的，有五六十户人家，那么就由这些人家备办六条船，这些船一半时间应付官差，另一半时间可以为船主人赚钱谋利。其他没有摊派任务的船只，就让船主人好好保养维护，以备来年使用。这些船的大小有统一的规格，船上烙着统一的标志，使用船只的时间也有统一的规定，这些都形成了制度。被抽调的船只集中在江边，不时地轮流出海巡防。而负责巡防的船户，每个人都有保卫家乡的责任，所以都争相派出大船来听从调遣，个个情绪高涨，并说"要在三江口将兵船和民船集合起来，举行联合演习，大家比试比试"。这样一来，整个海域安然无事。

吴潜又在夜飞山设立了永平寨，并派出偏将、校官统一管理，发给守寨军民谋生的饷银，拨给护航的军舰，使渔户们有了依靠，而旅客们也不再受侵害。同时还设置了向头寨，对外防御倭寇，对内保卫京师。又设置了烽火传递军情，分为三路，都以招宝山为起点，一路通到大洋壁下山，一路通到向头寨，一路通到本府的看教亭。如果从看教亭传递一道令牌，就可以直接送到军队的大本营，同时沿江、沿海的烽火如击鼓传花一般接连燃起，看到这一景象的人都感到心惊胆战。

海上如此联络布防，使得指挥官对鲸蛟出没的海上情况也能了如指掌，让各军各寨息息相通。防守得这样严密的边境，哪里还会有敌人敢来侵犯呢？

一举三得

宋真宗大中祥符年间，有一次皇宫中发生火灾，烧毁了很多宫室。当时，丁谓主管修复工程。在修复宫室时，民工们往来取土的地方很远，丁谓就让他们挖路取土，没过几天，就把大路挖成了大壕沟。于是，他又使汴河决口，把河水引入壕沟中。这样，各地送来的竹木料被编成了竹排木筏，连同用船运来的各种建材，全部通过这道水沟运进宫来。等到修缮工程全部完工后，丁谓便让人们把拆毁的碎砖瓦和火烧过的灰土，全都填入这道沟中，把它重新修复成大路。这一来，可谓是一举三得——挖路，解决了取土的困难；形成了水沟，解决了建筑材料的运送问题；修复道路，解决了残砖断瓦等废弃物的堆放问题。而这个办法，估计为国家节省了数以亿万的费用。

第三部　调查的智慧

总 序

俗话说，能看清深水中的鱼的人，就好比喜欢探究别人的隐私或过于精明的人，是令人生厌的。所以圣人喜欢夜间行走，在人们不知道的地方活动。这样一来，别人要想了解他，那就很难了，但了解多了又有什么妨害呢？眼前没有阳光，仅凭摩尼珠（即如意宝珠）那样的一点微亮，夜间走路又怎能不摔倒呢？

孟子赞颂舜帝"明察并举"，这是说既目光敏锐、明辨是非，又观察入微、洞察事理。因为目光不敏锐，就不能观察入微；不能洞察事理，就不能显出贤明。就好比太阳当空，任何缝隙都会显现出来。尽管如此，世上哪会没有黑暗、没有不白的沉冤，人们哪能没有怨恨呢？

如果官员都是能调查分析、明辨是非的人，我是喜爱的；但如果是喜欢探究隐私或过于精明，那就是俗话所说的能看清深水之鱼的那种人，这就要躲开他。官员治事的成绩，最显著的，是能洞察真情，而使天下没有蒙受冤屈的人；是能查究奸邪，而使天下没有惨遭杀戮的人。这样才真正称得上是精干调查。

分辨黑白，洞察真相

口变缁素，权移马鹿。山鬼昼舞，愁魂夜哭。如得其情，片言折狱。唯参与由，吾是私淑。

大意是：口能颠倒黑白是非，权能指鹿为马。这就是坏人得逞，山鬼昼舞；好人蒙冤，愁魂夜哭。如果能洞察实情，简单的几句话就可以判决案件。唯有曾参与仲由，才是我所敬仰的人。

巧辨真假

唐朝初年（618年），李靖任岐州（今陕西凤翔）刺史时，有人向朝廷告他谋反，唐高祖李渊便派一名御史去调查这件事。御史明知这是诬告，便有意邀请告密者一起去岐州调查。在过了几个驿站之后，御史便故意说检举信丢失了，而且装作非常紧张的样子。在鞭打了随从的典史之后，御史又请求告密者重新写一份检举信。待那人将检举信写完后，御史就拿来与原先的信做比较，结果发现内容出入很大。于是御史即刻返回京城，将这件事禀告唐高祖。高祖大惊，于是把诬告的人给杀了。

真相藏于细节中

宋代时，开封府有个姓胡的屠夫，他的老婆行为向来不检点，所以经常受到丈夫和公婆的打骂。有一天，她去井边打水，之后再也没回家，胡屠夫于是就到官府去报案。这时，正好在安业坊的一口枯井中发现一具女尸，官府就让胡屠夫去辨认。胡屠夫看后说："我老婆有一只脚缺小趾，但这具尸体的脚趾全有，所以这不是我老婆。"胡屠夫的老丈人向来怨恨他，这时他就伏在女尸的身上边哭边说："这就是我的女儿！她一直得不到公婆的疼爱，一定是他们把她打死后，扔在井里的，他们想逃避罪责。"当时正是盛夏，两三天后尸体就腐烂了，所以官府只好把尸首埋在城外，然后把胡屠夫下了狱。屠夫在狱里经受不住拷打，只得屈打成招。

根据宋朝的法律，每年都要派遣官吏复审狱中的各种刑事案件。这年，刑部郎中边某审查胡屠夫的这个案件时，一眼就看出这是个冤案，说："这个胡屠夫的老婆肯定还没死。"但宣抚使安文玉却坚持不肯改判。边郎中就派人到各城门口去，把张贴在那里的捉拿逃亡人口的告示通览了一遍，发现其中一张告示提到，一个姓胡的商人跑了一个婢女，而她的特征大致和女尸相同；而且商人家正好也在枯井那一带，但那个商人已到外地去了。于是，边郎中便派人监督埋尸的人去取出原尸。埋尸者领人出了曹门，过河到了河东岸，指着一个新坟说："这就是那座坟。"待把坟挖开，里面埋的却是一具男尸。边郎中说："埋尸的时候正值盛夏，河水上涨，这些人担心过河不安全，可能把尸体扔到水里了。埋着的这个男人用黑丝巾扎着头发，必定是江淮一带新来的奴仆。"经过调查，发现情况果真如此。

宣抚使安文玉心里也明白，胡屠夫确实是冤枉的，但他还是以没抓住逃走的女人为由，不肯释放胡屠夫。恰巧这时开封一名官吏到洛州（今河南洛阳）去上任，他的仆人在来迎接的妓女中发现了胡屠夫的老婆。讯问之下，她才交代当初出去打水时，私奔到自己的相好家，后来又流落到了妓院。

至此，这件事情终于真相大白。

巧设圈套探实情

定州（今河北定州市）流浪汉解庆宾兄弟，因触犯法律，被判流放扬州。在流放途中，弟弟解思安趁看守的士兵不注意，逃走了。解庆宾怕看守的士兵追查，就冒认了城外的一具死尸，谎称是自己的弟弟被人所杀，并把尸首迎回来殡葬了。因为死者的相貌和解思安颇有点相像，所以见到的人都分不清真假；再加上一个姓杨的女巫说，她见到了解思安的鬼魂，鬼魂曾向她诉说被害的痛苦和饥渴的感觉，事情就更是弄假成真了。

然而，解庆宾一不做二不休，又向州府诬告士兵苏显甫和李盖，说怀疑是他们杀了自己的弟弟。这两个士兵被抓起来之后，由于经不住拷打，只得招认。就在案子即将判决的时候，当地的军事长官李崇觉得有疑问，就指示先把事情搁置起来，同时暗中派了两个本州人都不认识的部下，扮成外地人去见解庆宾，说："我们是在北方做事的，曾遇见一个人来投宿，夜里和他聊天时，发现他有点可疑，经过追问，他才说自己是从流放地逃跑的，叫解思安。当时我们要把他送交官府，他苦苦央求，说：'我有个哥哥叫解庆宾，现住在扬州相国城内，嫂嫂姓徐。您如果可怜我，就帮我报个信，说说我的处境，我哥哥知道后，一定会重重报答您的。'今天我们俩是来核对这件事的，如果找不到他哥哥，再把他送官府也不迟。所以我们特意来见你。你如果愿给我们一些好处，我们一定会放你弟弟的；你如果不信，现在就可以跟我们去见他。"

解庆宾听了这番话之后，脸色变得很苍白，求来人稍等两天再答复。这两个人把上述情况报告了李崇，李崇立刻把解庆宾抓来审问，解庆宾当即招认了实情。当问到李盖两个人的问题时，解又承认是自己诬告的。几天之内，解思安也被人抓到，绑送回扬州。李崇又召那个女巫来，让她看到活着的解思安，然后把她打了一百鞭子。

透过假象看真相

明武宗正德年间，殷云霁（字近夫）出任清江（今湖北恩施东）知县。当时，县里有个叫朱铠的人，突然死在孔庙西侧的小屋子里，不知道是被谁给杀害的。

一天，殷知县忽然收到一卦匿名信，信中说杀死朱铠的是某人。由于信中所说的那个人正好是朱铠的仇人，所以大家都认为绝对是他干的，不会冤枉他。但殷云霁通过冷静分析后，认为不是那个人杀的，他说："这是凶手嫁祸他人，以让自己躲避惩治的手段。"接着，他又问左右的人："谁和朱铠最亲近？"左右回答说是县府内一位姓姚的办理文书的小吏。殷云霁于是把县衙里所有办理文书的小吏都召集到厅堂上，说："我想找个人抄写一封信函，让我看看你们当中谁的字最好，所以请你们把自己写的字呈上来让我看看吧！"殷知县看了这些人的字之后，发现有个叫姚明的小吏，字体和匿名信上的字十分相似，于是便当即盘问道："你为什么要杀朱铠？"姚明大惊，只好招认说："当时朱铠要到苏州做生意，我去送他，我看到他身上带了很多钱，于是就把他给杀了，然后拿走了他的钱。"

借猪断案

张举在句章县（今属浙江）做官时，曾有一户人家的妻子杀死自己的丈夫，并放火烧房灭迹，然后诈称丈夫死于火灾。死者的弟弟知道后，便到县里报了案。

张举前去调查取证，他先是找来两头猪，把其中一头杀死，然后把这两头猪一起放进柴堆里烧。等火烧完后，张举发现被杀的那头猪，口中没有灰；而原来还活着的那头猪，口中却有很多灰。接着，张举又查验了死者的口腔，发现里面果然没有灰，这说明死者在房子着火前就已经死了。根据这个情况，张举立刻审讯了那个女人。那个女人知道事情已经败露，只好招供。

使者巧破遗嘱玄机

有个富翁张老者，由于妻子只生了一个女儿，没有儿子，所以就招了个上门女婿某甲。后来，张老者的妾生下一个男孩，名叫一飞。

到一飞四岁时，张老者重病不起，临终前，他叫来自己的女婿，并对他说："妾生的儿子不能管家，所以我的财产都归你们夫妇。你们只要能赡养他们母子，不让他们死在野外沟壑里，就是你们积了阴德了。"说着，他便拿出一张遗嘱，上面写着："张一非吾子也，家财尽与吾婿，外人不得争夺。"老人死后，女婿就占有了张家的全部产业，而别人却毫不怀疑。后来一飞长大成人，就去官府申诉，要求分家产。女婿便把老人生前立的遗嘱呈送官府查验，官府看了这份遗嘱之后，也就把这事搁置不问了。

过了一些日子，有上级官府的使者来到本地，一飞于是又提出诉讼，女婿仍然把遗嘱拿去让使者查验。使者看了老人的遗嘱，改变了句读，念道："张一非，吾子也，家财尽与；吾婿外人，不得争夺。"然后对女婿说："你丈人在遗嘱中说得很明白，明明写着'吾婿外人'，你怎么还敢霸占人家的财产呢？遗嘱上故意把'飞'字错写成'非'字，是担心他儿子年幼，被你所害而已。"于是把家产判给了一飞。人们知道后，都拍手称快。

换着角度看问题

北宋时，一些皇亲国戚由于觉得财产分配不均，于是轮番跑到朝里去告状。当时担任宰相的张齐贤便对皇帝说："这些纠纷台府能解决，所以我请求皇上批准由我亲自处理。"皇帝批准了他的请求。

于是，张齐贤就坐在相府里，把告状的人都找来，问道："你们不是都认为对方分得的财产多，自己分得的少吗？"双方都回答说："是的。"随后，张齐贤又把他们的意思都记录下来，让他们签上名，然后召来两名官员，分别将甲家的人带到乙家去，把乙家的人带到甲家去，人换地方而所有的财产都不得移动，分财产的文书则相互交换。这一来，双方都无话可说了。

第二天，张齐贤把处理的情况奏明皇帝，皇帝说："我早就知道，也就只有你才能把这事摆平！"

从称呼辨真假

北宋年间，富翁张三刚死没多久，就有一个老头来到他家，对他儿子说："我是你的生父，现在来和你一起生活。"张三的儿子一听，又惊又疑，不知道该怎么办，于是就到县府去请求县官帮他分辨真假。

县官祖颢听了，便找来那个老头，问他到底是怎么回事，老头于是从怀里取出一个记事的册子递了上去，册上记载着："某年某月某日，某人抱儿子去张三翁家。"祖颢看完了这几句话，又询问了张三的儿子和张三的年纪，然后对那个老头说："这个孩子出生的时候，他的父亲才四十岁，那时你就称他为'张三翁'了吗?"老头听了一惊，知道无法隐瞒，只好承认是作伪。

明察秋毫，依法判案

樊举人是寿宁侯的门客。当时，寿宁侯以尊贵的地位和显赫的权势而名震天下。于是樊举人倚仗权势，结交勋戚贵臣，府中一切给君主的奏章，都出自他的笔下。但是，由于他所写的一些奏章没有事实根据，引起了人们的怨恨，所以被告发了。朝廷接到报案后，便将事情交由刑部来处理。刑部郎中韩绍宗了解樊举人的全部情况，虽然樊举人当时正躲在寿宁侯府中，藏得很隐蔽，但韩绍宗还是千方百计把他抓起来，将其关到狱中。

几天后的一个早上，韩绍宗出门时，见地上有一卷纸，捡起来一看，发现上面详细罗列出樊举人的条条罪状，而且说他罪大恶极，必须把他处死，不死不行。韩绍宗看后，笑着说："这是樊举人自己写的。"后来经过审问，他果然承认了。

樊举人的朋友们听说此事，感到很纳闷，就问樊举人为什么要这样做。樊举人回答说："韩公这个人，是不可能以权势使他改变主意的。向他祈求生路，则必定让你死；现在一味说该死，才有可能得到生路。这只是我的一种计策，想碰碰运气。"韩绍宗则对他说："不用这样做，你的罪行原本就不至于处死，何必多此一举呢?"于是便依法判案，将樊举人发配到辽地戍边去了。

同情善人，惩治恶人

王佐在平江当太守时，在政坛上声望很高，且很善于处理诉讼。一次，有一个小民告发进士郑安国私自造酒。王佐于是审问了郑安国，郑安国说："我知道这样做是犯法，但我老母亲的眼药必须配用没加过石灰水的酒。"（为使刚酿出来的酒易于澄清，在里面加少许的石灰水）王佐觉得郑安国的孝心值得同情，就把他给放了。接着，王佐又要追查告状的那个人是怎么知道郑安国把酒藏在床底下的书箱里的。难道他能进出郑家吗? 还是郑家的奴婢中有人跟他有联系? 于是，王佐又找来一个郑家的小婢女来问话，终于查出了婢女和那个告状的小民曾有通奸的情况。王佐于是把他们打了一顿，然后把他们赶走了。对于王佐的做法，人们都拍手称快。

见识如神的范槚

范槚在淮安当太守时，有一次，一个名叫徐柏的人，在即将结婚时突然失踪了。他的父亲于是到官府来报案，范槚说："都快结婚了，他应该不会走得很远的，但到现在还没有回来，一定是被人给杀害了。"那父亲说："我儿子的力气很大，别人不可能杀得了他的。"两人于是争论起来，但最后也没个结果。

一天夜里，范槚正点着蜡烛坐在屋里，突然看见有个人穿着湿衣服，胳膊上绑着砖头，佝偻着身子快步走过去。范槚一惊，心想："哎呀，这就是徐柏的鬼魂了！他胳膊上还绑着砖头，说明是死在水里的。"第二天，范槚便向左右的人打听："这附近哪里的池沼最深？我想到那里去逛逛。"有人回答说某寺里的池沼很深。于是范槚就乘车去了。到了那里之后，他指着水池说："徐柏的尸体就在这里面，赶快打捞上来。"人们于是就用网子捞，但捞了半天也没打捞到。当他们准备回去时，池中忽然涌起水泡，好像水开了似的。看到这种情形，他们又进行打捞，终于在水底捞上来一具尸体。范槚把徐柏的父亲叫来辨认，果然这正是徐柏。但却还不知道是谁害的他。

范槚心想，徐柏是个力气很大的人，所以能够把他杀死的人，也应当是强而有力的。一天，范槚忽然下令说："现在动乱才刚刚结束，我想招一些身强力壮的人，来担任缉捕和行刑的差役。"在进行挑选的时候，范槚看见有个人反穿着棉袄，就让他脱下来。范槚一看，发现棉袄上沾着血迹，于是喝问道："你为什么要杀人？"那人回答说："是前些时候在战场上弄脏的。"但当拆开袄面时，血渍却沾满了里面的棉丝。范槚于是说："跟倭寇打仗是在夏秋季节，哪里需要穿棉袄呢？说！你为什么要杀徐柏？"那个人一听，知道无法隐瞒，只好招认了。他说："我杀他是因为某个小孩。"当把那孩子抓来后，小孩说："当初我是跟你开玩笑的，你果真把他给杀了吗？"

杀人犯终于抓到了，于是人们纷纷称颂范槚的见识如神。

于文傅识破假儿子

于文傅调到乌程（今浙江湖州）当县尹时，县里有个富户张某，因为妻子王氏没有给他生儿子，就在外面纳了个妾。那个妾很快就给他生了个儿子。但儿子未满周岁时，王氏便诱骗妾抱着儿子过来，接着就把妾赶走，然后把小孩给杀了，尸体也烧了。于文傅知道后，找到了死婴的余骨，准备揭发王氏。

王氏得知后，就给了妾的父母丰厚的贿赂，让他们买了邻居的一个小孩，假冒是妾生的儿子。但小孩并不顺从，当于文傅让妾抱着那个孩子喂奶时，小孩只是哭，却不肯吃奶。妾的父母只好说了实话。于文傅于是将邻居的妇女叫过来，小孩见了她，马上就不哭了；等她一喂奶，孩子马上就吸食起来。这样，王氏只得服罪了。

巧施妙计，破除奸邪

王轨不端，司寇溺职。吏偷俗弊，竞作淫慝（tè）。我思老农，剪彼蟊贼。擿（tī）伏发奸，即威即德。

大意是：君王的法度不正，掌管刑狱的司寇失职。那么，官吏就会苟且怠惰，社会风气便开始败坏，淫乱邪恶的事情也会不断发生。我希望有人能像农民消灭害虫那样，揭发那些隐藏起来的坏人和奸邪的事情，这就是人所共仰的威严和道德。

以盗缉盗（二则）

（一）

西汉时，长安城里一度小偷、强盗猖獗，百姓们苦不堪言。后来，张敞出任长安令，很快就从城里的父老中掌握了几个盗贼头目的情况。据百姓们反映，这些人在家里的时候，都显得很温良忠厚，出门时总有很多人骑马随从，所以邻居们都以为他们是德高望重的长者。

张敞于是把那几个头目传来，责问有关情况，并表示可以赦免他们，但他们过去对老百姓欠了账，所以要让盗贼们到官府来，自赎罪过。这时，一个头目说："现在一旦召他们到官府来，恐怕会打草惊蛇。所以我希望您把这事全交给我们来安排。"张敞于是就让他们都在官府当了差，然后打发他们回去。

那些头目们回家后，便置办了酒席，小偷们知道了这事，都前来祝贺，而且一个个喝得酩酊大醉。头目们一看这情况，马上乘机用红色在小偷们的衣袖上作了记号。差吏们则坐在里巷门口看着，一见出来的人衣袖上染了红色，就把他们抓起来。这样一天就抓到了几百个小偷。官府于是彻底追查，并惩治了他们的罪行。这样，长安城里的盗贼也渐渐绝迹了。

（二）

东汉安帝时，朝歌（今河南鹤壁市淇县）一带的土匪宁季等纠合了数千人，并攻占了朝歌县城，杀死县令，屯聚连年，十分猖獗。州郡也拿他们没办法，于是就任命虞诩去当朝歌县令。

虞诩到了朝歌后，先去谒见河内（今河南沁阳市）太守马谡，希望马谡能给他自主的权力，让自己放手行事，不要有所限制和阻碍。马谡同意了他的要求。虞诩到任后，马上下令设三个等级招募壮士。县属各官员，都推举了自己所知道的人选，其中擅长攻击、劫掠的为上等；能够伤人、偷盗的为二等；游手好闲、不务正业的为下等。结果没多久，就招到百余壮士。虞诩于是办了酒宴款待这批人，并全部赦免了他们过去的罪行。

之后，虞诩开始实行了预先订好的计划，他先是让这百余人设法混进土匪之中，然后诱使土匪出动去打家劫舍，而官兵则事先已设下埋伏，这样一举消灭了土匪数百人。接着，虞诩又秘密派遣了会裁缝的贫苦人，受雇去为土匪做衣服。在做衣服的时候，裁缝按照虞诩的授意，用彩色线在袖口上缝了标记。后来，凡是穿了这种衣服到街市上去的，官府就把他们抓起来。这样一来，土匪们整日心惊肉跳，没过多久就溃散了。

范槚破贼

范槚是会稽（今浙江绍兴）人，曾在淮安做太守。当时，正值景王出游，范槚得到消息说，有强盗想劫持景王，他们的党羽分布很广，从天津到鄱阳，一路上都有。范槚于是就布置了警戒，派了五百步兵往来巡逻。

一天晚上，范槚刚办完公事，门卒前来报告说，有一个样子很尊贵的客人进城来，并租了潘氏园，安置妻子住下。门卒报告完之后，又问范槚是否要传他们来问话。范槚说不用，只是让他们注意侦察。后来，又接到报告说："那贵客的随从人员很多，在潘氏园轮流进进出出。"范槚一听，便怀疑这是一伙强盗，于是就暗中挑选了几十个身强力壮的士兵，给他们换上庄户人的衣帽，并指示他们说："你们出去后，看见那伙人进酒楼饭馆，就假装去和他们一起喝酒，然后一边喝一边想法挑动他们打架，然后把他们引到衙门来。"并特意警告说："千万不要提起捕捉盗贼的话来。"

那些化装成庄户人的士兵走了之后，范槚便乘车到西门拜谒客人。当马车经过街市时，就遇到有打架的人相扭着前来告状，范槚就让人把他们收押起来。等他出访回来时，已经抓到十七人。范槚装作十分生气的样子，责备这些人说："景王的舟船刚到这里，你们就闹事，我连正经的官司都没时间处理，哪有工夫管你们打架的事？"说着，就下令把那十七个人囚禁起来。

到了晚上，范槚传令加强警戒，并让衙门里的官吏差役都吃饱了，随时准备出发。没等天亮，范槚突然提审刚抓来的那十七个人，并厉声呵斥他们，让他们老实交代。这些人被吓住了，立刻供出实情。事实也正如范槚所预料的那样。于是，他立即下令前往潘氏园捉拿强盗。结果一到那里才发现，强盗头子已经逃跑，所留下的妻子，实际上是一个妓女。于是，范槚便派人骑马飞速到徐州、扬州等地报告各位将官，并告诉他们已经将十七名盗贼处决。其余的强盗一听到这个消息，顿时闻风丧胆，很快就全部溃散了。

欲擒故纵

　　武则天曾经赏赐给太平公主许多珍玩宝物，这些宝物装满了两个食盒，价值几千两黄金。太平公主把它们收藏在府库里，但到年底时，却发现这些珍宝全被盗贼偷走了。太平公主于是将这件事报告给武则天。武则天听后大怒，立刻召见洛州的长史说："三天之内如果不抓住盗贼，就治你的罪！"长史吓坏了，回去后便对下属两县主管捕盗的官员说："两天之内如果抓不到贼，你们就活不成了！"两位官员领命回去后，又向手下负责巡查缉捕盗贼的吏卒说："一天之内必须抓到盗贼，如果抓不到，那就先把你们给杀了！"吏卒们害怕极了，可是又一时找不出破案的办法。

　　正巧，这天他们在大路上遇到湖州别驾苏无名，因为一向知道他很有本领，就邀请他到县府来。县尉听说苏无名来了，连忙跑下台阶来迎接，向他请教抓贼的办法。苏无名说："我请求和您一起到宫中面见陛下，到那时再说吧！"

　　于是他们来到宫中。武则天问道："你有什么办法能抓到贼呢？"苏无名回答："如果责成我捉贼，请不要限定日期，并希望您能宽饶州、县的所有人员，不再追究他们的责任，然后把两县负责缉捕盗贼的吏卒全部交给我来调遣。不出几天，我就可以为陛下抓住这些盗贼了。"武则天同意了他的这些要求。

苏无名回去后，便告诉吏卒们，抓贼的事，缓到下月再办也不迟。到了三月的寒食节那天，苏无名把吏卒们都召集起来，简明扼要地布置说："你们分成十五个人一批，分别到东门和北门守候。如果见到有一伙十几个胡人，都穿着孝服，相跟着出城往北邙山去的，就可以跟上，看他们在干什么，然后赶快回来报告给我。"

吏卒们领命后，便分头守候在预定的地点。果然，没过多长时间，他们就发现有这样一群人出城，于是便悄悄跟上去，并暗暗观察。当看清他们的活动后，立即赶回城里，将情况报告给苏无名："那些胡人到一座新坟前祭奠，虽然在哭，但一点也感觉不到他们的悲伤。他们撤下祭品后，就围着坟堆边走边看，还不时相视而笑。"苏无名听了，高兴地说："终于找到这伙盗贼了！"于是便命令吏卒们把那群胡人全部抓起来，并立刻挖开那座新坟，把棺材劈开，果然发现里面装的全是各种珍宝。

当苏无名把破案结果上奏给武则天时，武则天好奇地问："你怎么这样才智过人？你是怎么抓住这伙盗贼的？"苏无名回答说："我也没有什么高招，只是能识别盗贼罢了。在我到达洛州的那天，正是这些胡人'出殡'之时。我一看，就知道他们是盗贼，只是不知道他们把赃物埋在哪里。我估摸着，到寒食节扫墓时，他们一定还会出城。所以我想，如果能找到他们去的地方，就可以知道财物埋在哪里了。再者，他们虽然去祭奠，但哭的时候并不哀伤，说明里面所葬的并不是人；他们绕坟察看，相视而笑，这是庆幸坟墓没有被损坏。刚开始时，如果我们急于捉拿他们，他们看到风声很紧，必然会马上取出珍宝逃掉。但我们不急着追查，他们自然就会放宽心，所以还没有把珍宝取出来。"武则天听了这一番分析,高兴地说:"很好!你讲得很有道理。"并下令赐给苏无名许多黄金和绢帛,还给他连升两级。

冤案是这样造成的

京师有一户人家遭到盗贼打劫,那些盗贼临走时落下一个本子。第二天一早,这家人发现了本子,里面记的都是城里一些富家子弟的名字,而且还写着"某日某甲曾在某地喝酒、商量事情"或"聚众赌博、玩弄妓女",等等,共有二十条。那家人于是把本子送交给官府,并报了案,官府便按本子上的名单一一抓捕。由于这些人都是浮浪少年,平日行为不端,所以官府便以为自己抓对人了;各家的父母觉得这些孩子一向放纵,所以也有点怀疑是他们打劫了人家。

事实上,那个本子上所写的这些少年饮酒、赌博等事情,全是盗贼们平时注意暗中察看,然后记录下来的。

结果,那些少年经不住官府的拷问,只得委屈招认了抢劫之事。当问到所抢财物的去向时,他们就胡乱编造说埋在郊外的某个地方了。官府于是派人去挖,果然全部找到了。那些少年听了,顿时面面相觑,都说:"这是老天爷要我们的命啊!"就这样,这件案子很快就了结了,而那些少年也就等着秋后处决了。

但是,有个锦衣卫指挥对这案子却有怀疑,只是一时又找不到原因。他沉思很久,心想:"我左右的人中,有一个留络腮胡子的人,他的本职工作只是养马,怎么每次审问这件案子时,他都跑来在旁边听着呢?"他决心弄个水落石出。于是又提审了这批少年囚犯,重复审查了四次。他发现每次审这个案子时,那个大胡子必定要来,而审问其他案子时则不来。

一次，审完案子之后，指挥突然叫住大胡子，问他为什么要来听审讯。大胡子推脱说没有什么，指挥立刻叫手下人取来一种用火烫的炮烙刑具。大胡子一看，顿时吓坏了，马上跪倒在地，叩头求饶。随后，他先请指挥屏退周围的人，才交代说："我本来并不知道这个案子，只是那伙盗贼来贿赂我，指使我每次审理这个案子时，必须记住您和囚犯们所说的话，然后向他们报告。为这事，他们答应给我一百两金子的报酬。"指挥听了，才明白官府之所以能挖到那些财物，都是因为盗贼们得到报信后连夜埋在那里的。大胡子又请求指挥让他去抓贼，给他一个立功赎罪的机会。指挥表示同意，并命令几个士兵换上各色便衣，跟他一起去了。

他们来到一个偏僻的地方，将躲藏在那里的盗贼一网打尽。这样，那群少年也就被释放了。

明代成化年间，在一次盛大的祭祀典礼结束后，人们在收回祭器时，发现丢失了一个金瓶。因为有个厨师曾在放金瓶的地方干过活，所以官府就把他逮捕下狱了。而厨师由于经受不了严刑拷打，也就屈招了。当追问他金瓶的下落时，他胡乱说埋在祭坛前的某个地方了。当官府派人按他说的去寻找时，却没有找到。于是厨师又被关起来，被折磨得死去活来。

不久，真正的盗窃犯拿着那个金瓶子上的金链子到市场上去出售。市场上的人看到这东西不同寻常，便立刻报告了官府。官府把那人抓来，经审问才得知词人原来是宫中的一个卫士。卫士招供说："我把金瓶偷到手之后，慌乱中没地方可藏，就把它埋在祭坛前，只把金瓶上的金链子扭下来了。"官府于是派人到祭坛前的地上一挖，果然找到了金瓶。而这地点和厨师胡乱所供的地点，相差只有几寸。如果上次挖的范围稍稍宽出几寸，那么厨师的冤案就是到死也无法洗清了。

事后看起来，破案似乎很简单，哪里需要有养马的大胡子站在旁边才引起怀疑呢？但事实上，审讯盗贼是多么的困难啊！

从外表的完美中看出破绽

宋朝的向敏中在西京（今河南洛阳市）做官时。有一天，有个和尚在天色将晚时，到村里一户人家请求留宿，但主人不同意，他只好凑合着睡在这户人家外面的一辆车上。

半夜，和尚发现，有小偷从这家的墙头上扶出一个女人，还有一袋衣物。和尚心想："这家的主人昨晚不肯收留我，等到天亮后，发现家里丢了女人和财物，肯定会怀疑我，把我抓起来。"想到这里，和尚只好连夜离开。但由于天太黑，路又不熟，结果和尚一不小心掉进了一口枯井中。更巧的是，那家的女人已经被小偷杀死，而且先他一步将其扔在这枯井里。

第二天，那家主人顺着脚印追到井边，发现了井底的和尚和已经死去的女人，于是就把和尚抓住送到县府。和尚无法辩解，只得含冤承认，是自己引诱那家的女人一起逃跑，因为怕人追来，所以把她杀了扔到井里，由于天黑没留神，自己也失足掉下去了；所偷的财物则扔在井边，不知让什么人拿走了。

案子了结了，报到府里。府里的官员都认为判得公平适当。只有向敏中因为财物还没找到，所以表示怀疑。并重新提审那个和尚，坚持要问个明白，终于得到了真实口供。

向敏中于是秘密派一个小吏出去搜捕真正的凶手。小吏来到一村店吃东西，店里的老太太听说他是从城里来的，就问："和尚的案子怎么样了？"小吏骗她说："还能怎样？昨天已经被处死了。"老太太说："那如果现在再抓到贼会怎么样？"小吏说："案子都已经判决，即使错了，再抓到真的盗贼也不会问罪了。"老太太听后，就对小吏说："那我这话现在说出来也没关系了：其实那家的女人，实际上是村里的一个年轻人某甲所杀的。"说着还指着他的家给小吏看。小吏来到那个年轻人的家里，趁他没有防备，一下子就把他给抓住了。

经过审问，那个年轻人都一一招认了，并从他家里搜出了赃物。这样，和尚才得以被无罪释放。

前代那些能够洞察事理的官员之所以能成事，往往得力于手下的小吏。过去，这些小吏都是公开选拔出来的，所以有许多有用的人才；现在则是自己出钱做差吏，这是以差吏做金钱交易。让这些人去办案，他们当然就利用案子为自己捞钱了。况且，大官们的心思也和这些差吏一样。这样，老百姓怎么会不受冤屈呢？

揭穿小偷的把戏

吉安州有个富豪家娶媳妇时，有个小偷趁这家人多杂乱之际，悄悄混进新房，潜伏在床底下，想等到夜深人静时再出来偷东西。没想到，这家人接连三夜都通宵达旦地点着灯烛以示喜庆，所以小偷也一直不敢出来。到第三天时，小偷饿得实在受不了，突然跑出来，结果被人当场抓住，并送到官府。

小偷受审时声称："我不是小偷，是医生。因为新媳妇患了一种特别的病症，所以让我跟随在她身边，经常为她用药。"主审的官员盘问再三，那小偷说起媳妇家的事情时，都很详细。原来，这都是他藏在床底下时，从新婚夫妇枕席间的谈话中听来的。主审的官员没想到这一点，竟然相信了他，于是只好传新媳妇到官府来对证，以便结案。

富豪家觉得这样做有失体面，便恳求官府别让新媳妇上公堂对证，但官府没有同意。富豪于是就去找衙门里的一老吏商量，请他帮忙。老吏对主审官员说："那个媳妇刚刚过门，她家这场官司不论是赢是输，让她出堂这件事，对她说来都是一种耻辱。我想，小偷是偷偷摸摸进屋的，又是突然跑出来的，所以他肯定不认识新媳妇的模样。如果让另一个妇女去和他对质，他要是还坚持原来的说法，那他说的就是谎话了。"官员说："好吧，那就按你说的办吧！"

于是，官府便选了一个妓女，让她穿上华丽的衣服，乘车来到衙门。小偷一见就嚷着说："你请我来为你治病，为什么把我当小偷抓起来呀？"主审的官员一听，不禁大笑，小偷知道自己的把戏被揭穿，只好认罪了。

不敢摸钟的小偷

宋朝时，陈襄担任浦城（今属福建）县令期间，有人丢了东西，负责缉捕盗贼的官吏捉了几个小偷，但他们都不承认是自己偷的，而且还相互通气，抱成一团，让官府一时难以破案。

陈襄打算瓦解他们，就说："某座庙里有一口大钟，能够辨认小偷。凡是犯了案的小偷去摸它，它就发出声音来，否则就没声。"然后便派差吏先带着小偷们上路，他自己则率领同僚们立即赶到大钟所在的寺庙。他在祭祀祈祷一番之后，就暗地里给大钟涂上墨，再用布帘把钟的四周遮住。小偷们到达之后，陈襄就命令他们轮流去摸大钟。过了一会儿，陈襄就叫他们把手伸出来，发现只有一个人的手上没被染黑。经过审问，终于查出他就是那个偷东西的贼。在摸钟时，他怕钟真的会发出声音来，所以不敢碰钟，但这恰恰暴露了他的罪行。

陈襄曾在海滨倡导学问，并和陈烈、周希孟、郑穆成为好朋友，当时人称他们为"四先生"。

无赖现形

临海县（今浙江省台州市）迎接新秀才到学校那天，有个少女看见其中一年轻秀才十分俊美，心里很爱慕他。这时，有一个卖东西的老婆子在旁边说道："这是我邻居家的儿子，要不我来给你们做媒，让你们成为一对好夫妻吧！"老婆子有个儿子，是一个无赖。他听说这些情况后，就在夜里假冒那个秀才溜进了少女房里。由于屋里十分黑暗，少女没能认清来人的面目，竟把那个无赖当成了意中人。

一天，一对夫妇来到少女家留宿，少女家就安排睡少女的床。没想到，半夜竟然有人进来砍掉两人的头，然后跑掉了。天亮以后，这件事很快就传到了县令的耳朵里。县令起初以为是少女家谋财害命，但调查后发现客人所带财物并没有丢失。县令于是问左右的人："以前这张床是谁睡的？"左右的人回答："是他们家的女儿睡的。"

县令一听，说："我明白了。"于是立即下令逮捕那位少女，并恐吓她："说，你的奸夫到底是谁？"少女回答是某秀才。秀才被抓到县衙以后，说："老婆子确实给我跟这个女孩说过媒，但我没去过她家。"县令又问少女："秀才身上有什么记号？"少女说："他的胳膊上有块痣。"于是县令便让人查看秀才的手臂，并没有发现上面有什么痣。县令沉思了一会儿，又问左右的人："那老婆子有儿子吗？"左右回答说有。于是县令便下令将老婆子的儿子抓来。

当官吏把那老婆子的那个无赖儿子抓来之后，一查看，果然看见他的胳膊上有一块痣。县令于是大喝道："杀人的，就你了！"随即下令要对他动刑，那无赖知道事情已经败露，只好认罪了。

原来，那天夜里，那个无赖又溜到少女的房中，看到床上有一男一女两个人，以为少女又和别人有奸情，于是把那两人都杀了。

因为捉到了真正的罪犯，那个秀才得以获释。

从常理中看穿骗术

苏涣任衡州知州时，耒阳（今湖南耒阳）有个平民被强盗杀了，但凶手没有捉到。

一天，一个军尉抓来一个人，说这个人就是凶手。苏涣对这个人进行了一番仔细的观察，觉得很可疑，就问军尉是从哪里找到他的。军尉回答说："弓箭手发现草堆里有件血衣，就招呼同伴去看，结果就找到了这个人，我就把他送来了。"苏涣说："弓箭手发现血衣，照理说应该自己按线索去找这个人，以便请功，怎么还肯叫上其他人？这件事必定有诈。"于是就把弓箭手找来审问，他只好承认这个凶手是假的。

后来，经过一番调查，终于抓到了真正的凶手。

足智多谋的柳庆（二则）

北周时，柳庆曾兼任过雍州（包括今陕西、甘肃、宁夏等地）的别驾。

（一）

有一次，一位商人带着二十斤金子寄居在京师长安（今陕西西安）。他每次外出时，通常都会随身带着钥匙。但没过多久，他就发现金子丢失了，而门锁和藏钱的地方却没有变样。于是，郡县的官员都说是房子的主人偷的，房主无法为自己辩白，只得无辜服罪了。

柳庆对这件事感到怀疑，就询问商人通常都把钥匙放在什么地方。商人说："都是我自己带着。"柳庆又问："是不是偶尔会和别人一起住宿？"商人回答说："没有过。""和别人一起喝过酒吗？"商人说："不久前曾和一个僧徒喝过两次，因他一再劝酒，结果喝醉了，白天都睡不醒。"柳庆听了，说："这个僧徒才是真正的盗贼呀！"并立即派人去捉拿，但僧徒已经带着金子跑掉了。

后来，经过一番查找，才终于抓到了他，丢失的金子也全部物归原主。

（二）

有个姓胡的人家遭到抢劫，郡县进行了调查，但没找到盗贼的藏身之处。为了这个案子，邻近的居民很多都被关押起来。

为了找到盗贼，柳庆假装写了封匿名信，并抄了几份，贴在各官府的门口。信中说："我们几个人合伙抢劫了胡家，因人员很杂，这事恐怕早晚会泄露出去。现在我想自首认罪，又怕官府不能赦免；如果能获得赦免，我会到官府去投案自首。"然后，柳庆又相应地写了几份同意赦免其罪行的文书散发出去。过了一天，广陵人王欣的家奴就自己将双手绑在身后，前来自首。这样，在他的揭发下，其同伙也被一网打尽了。

杨武破案有奇招（三则）

都察院金都御史杨武是关中人康德涵（明代著名的文学家）的姐夫。杨武在淄川（属今山东淄博市）担任县令时，很善于破案，而且很多办法都出人意料。

（一）

有一次，县城里有一家居民的稷（jì）米被盗，但官府没能捉到小偷。杨武就把丢米那家人的邻居统统传来，共有几十个人，让他们都跪在院子里。然后，杨武便漫不经心地处理其他事情，根本不理睬这些人。过了一会儿，他忽然严厉地说道："我找到偷米的人了！"他这一喊，其中有个人的表情立刻显得很不自然。过了一会儿，杨武又喊了一次，那个人的神色立刻变得紧张起来。杨武于是指着那个人说："跪在第几行的第几个人，就是偷米的贼！"那个人一惊，于是只好当时承认罪行。

（二）

在一个风雨之夜，有人偷了园子里的瓜菜，而且连根蔓都给拔出来。杨武怀疑是园主人的仇家干的。为了谨慎起见，他先是让手下人去取了偷菜人留下的脚印。

回到县府之后，杨武便叫人在院子里撒了一层灰，又把村里年轻力壮的人都找来，让他们都去灰上踩一踩。杨武对他们说："谁的脚印和菜地里的相同，他就是小偷了。"当轮到最后一个人时，这人显得惴惴不安，面有难色，而且直喘粗气。杨武一看，心里就明白了几分，于是立即对他进行审问。果然，瓜菜就是他偷的，而他也正是园主人的仇家。

（三）

有个过路人，由于走了很多的路，太累了，便在路边枕着一块石头睡着了。结果，他口袋里装着的一千钱被人趁机给偷走了。

杨武接到过路人的报案后，便让人把那块石头抬到院子里，鞭打了几十下。在这之前，他曾交代过，允许人们可以随便进来观看，不得禁止；同时，他又暗中安排人在门外守候，只要见到有人在门外偷看，却又不进来的，就抓起来。不一会儿，果然就抓到这样一个人，而那个人正是偷钱的贼。

原来，那贼听说衙门里在鞭打石头，感到很稀奇，不看不行；但又怕进去看了之后被抓起来，所以又不敢进去。这样，他就被抓住了。当让他交出所偷的钱时，他才花掉了十文，其余的钱，就全部退还给那个过路人了。

高明的江点

崇安（今福建福州）人江点，字德舆，因得到朝廷的特殊恩宠而被委任以官职。

江点曾调任郢（yǐng）州（今湖北武汉）的录事参军。当时，郡里的常平库丢失了银两，正在缉捕盗贼。有个叫刘礼的人，在做买卖时得到一封银子，上面有"田家抵当"四个字。有个银器工匠检举了这件事，刘礼没办法为自己申辩，于是他家价值一万多两的家资被没收归公，按法律，刘礼也要被判死刑。

江点了解了这个案件的经过后，怀疑刘礼是被冤枉的，又见他的银款账对不上，而且除了所揭发的那封银子外，刘礼其他的钱又都不是库里所丢的。于是，江点反复进行追问、审讯，刘礼苦于刑讯，也不再奢望被平反了。江点于是马上向郡太守说明情况，希望另外委托官员来重审这个案子。然而，虽然其他官员所了解到的事实和江点所了解的相同，但由于未能抓到真正的盗贼，所以刘礼还是无法获释。

　　不久之后，经总制钱库和军资库又被盗，而且丢失的银两恰巧也上万。江点觉得这个案子一定和上一次的案子有关。这时，江点又发现州里有个叫李义的使臣蓄养着一个妓女，日常用度也很奢侈浪费，这引起了他的怀疑，却又不敢轻易揭发。正好，皇帝下达命令，让使臣外出购买营田、耕牛。江点于是装成出去打猎，但暗中却派人突然搜查妓女的家，结果搜出一批银子。江点于是立刻将情况报告给州府，州府下令立即检查使臣的行李，结果发现三个库房中所丢失的东西。

　　真正的盗贼终于找到了，刘礼也被释放，而人们也都十分佩服江点高明的见识。

第四部　胆量与智慧

总 序

凡是敢于担负起国家大事业的人，都得靠胆量；而要完成大事业，则要靠智慧。人们都知道：水会淹死人，所以不让自己落入水中；火会烧伤人，所以不去触摸火。他们不落入水中，不去触摸火，不是因为他们没有胆量，而是因为他们有智慧，所以才会这样做。如果一人相信自己落入水中肯定不会被淹死，触摸火也肯定不会被烧伤，那么，他怎么会因为怕水而不敢落入，因为怕火而不敢触摸呢?

智慧是藏在心里的，人的心就像是君主，而胆量则好比是臣子。君主发布了命令，当臣子的便紧紧跟上，坚决照办。要是君主发布命令，当臣子的却不去照办，或者君主没有发布命令，当臣子的却乱来，这些都是因为他们的君主软弱。所以，胆量要是不足的话，就要用智慧来炼就它；胆量要是太大的话，就要用智慧来控制它。智慧可以产生胆量，胆量却不能产生智慧。以刚强的态度和手段来战胜对手，凭勇敢来做出正确的决断，这些都要依靠智慧。

赵思绾曾说："要是吃人胆吃到上千个，就能够变得刚勇无敌。"因此，每次他杀了人，都会取出那个人的胆囊，用酒吞咽下去。这种想取别人的胆囊来壮大自己胆量的做法，实在是太不聪明了。我们应该吸取别人的聪明才智，来补充自己的聪明才智，因为越是具有久经磨炼的聪明才智，就越能使胆量壮大。可见，古人中那些以刚强的态度和手段来战胜对手，凭勇敢和见识来做出正确决断的人，不正是我们的老师吗?

足智多谋，以弱胜强

履虎不咥（dié），鞭龙得珠，岂曰溟涬（xìng）？厥有奇谋。

大意是：踩住老虎尾巴，老虎就不咬人；鞭打龙头，就能从龙嘴里夺得宝珠。智者并不需要神仙的帮助，因为他懂得运用谋略。

谋略的奥秘

战国时期，各诸侯国之间为了争夺土地，连年发生战争，此起彼伏。魏国都城大梁城东门，有一个守门人叫侯嬴，已经七十多岁了，因为擅长出妙计而闻名。

魏安釐王二十年（前257年），秦国攻打赵国。战争刚开始时，赵国的处境十分危急。由于魏国同赵国一向关系很好，魏王于是派遣大将晋鄙率兵去援助赵国。但是，魏王因为害怕秦国，所以他同时又警告晋鄙不要同秦军交战。赵国的平原君是魏安釐王弟弟信陵君的姐夫，两人又是知己。平原君看到晋鄙来到赵国后却按兵不动，便马上给信陵君写信，谴责魏国缺乏援助赵国的诚意。信陵君接到来信后，立即凑集门客，打算亲自奔赴前线，出击秦军，誓与赵国共存亡，并且找到惯有妙计的侯嬴，与侯嬴商量到赵国后该怎么办。侯老先生听完信陵君的话，先把信陵君身边的人支走，才向信陵君献计说："我听说调遣晋鄙兵马的符节就藏在大王的卧室里。你知道大王众多的妃子中，如姬是最受大王宠信的，她可以自由出入大王的卧室。这样，她就有机会暗中取得这道符节。从前，如姬的父亲遭人杀害，是您派门客斩了凶手的头，进献给如姬，为她报杀父之仇。她对您的感激之情，甚至可以以死相报，只是她还没有机会罢了。现在，您只要愿意求她，她是一定会答应的。如此，您就可以获得那个调兵的符节，掌握了军队的指挥权，帮助赵国打退秦国。这是如同春秋五霸一般伟大的功业啊。"

信陵君听从了侯老先生的话，请求如姬帮忙，如姬果真偷出了符节，交给了信陵君。信陵君拿到符节后，临出发时，侯老先生又向他献上重要一计："将在外，君令有所不受。您拿去的符节虽然与晋鄙的符节相合，但如果晋鄙不相信您，要求向魏王请示以后再决定要不要把兵权交给您，那事情就危险了。所以，我再给您出一个主意：我曾经拜访过一位客人，名叫朱亥，是个屠夫，力气很大，可以让他和您前去。如果晋鄙听从您的命令，那当然再好不过；要是他不听从您的命令，您就可以让朱亥马上杀死他。"

信陵君又请求朱亥帮忙。朱亥笑着说："我不过是个屠夫，而您却屡次亲自来看望我。我要是只向您做回拜，这种小小的礼节，怎么能表达我的感激之情呢？现在您有急难事，正是我出死力相报的机会啊！"于是，朱亥便与信陵君同往。

信陵君很快就到达晋鄙军的驻扎地邺城，并假传魏王的命令，要求晋鄙交出统率魏军的兵权。晋鄙与信陵君把符节进行验证后，果然起了疑心，不愿交出兵权。信陵君见势不妙，便令朱亥下手，朱亥立刻抡起事先藏在袖中的几十斤重槌，将晋鄙砸死。信陵君于是率领魏军向前挺进，最终打败了秦军。

信陵君在赵国都城邯郸大破秦军，解了邯郸之围，所取得的胜利，取决于让朱亥用铁锤砸死了拥兵不前的晋鄙；项羽在巨鹿大破秦军，解了赵国的巨鹿之围，所取得的胜利，取决于痛斩不引兵渡河的上将军宋义之头。晋鄙、宋义作为大将，因为拥兵滞留不前，尚且要被杀，那么全军将士哪个不是被吓得两腿发抖，而决心去拼死作战的呢？这样做，不必等到与敌人交战，敌人的败局就可以料知。书生儒子总是喜欢把刑罚说成是滥用杀戮，这怎么算是懂得谋略的奥秘呢？

用过人的胆识去建功立业

东汉时，大将军窦固率军攻打匈奴，任命班超为代理司马，让班超率军从另一个方向攻打伊吾（西域古国，在今新疆哈密）。班超追至蒲类海（今巴里坤湖，在哈密以北），与匈奴交战。这一战班超杀了很多敌人，然后凯旋。经过这一仗后，窦固认为班超很有能力，就派遣他和从事郭恂一起出使西域。

班超到了鄯善国后，鄯善王对待班超十分礼貌恭敬。但是，没过多长时间，就忽然对他疏远、怠慢起来。班超对他的部下们说：“你们难道没有发现鄯善王对我们的态度已由礼貌恭敬变得冷淡怠慢了吗？这一定是北方匈奴的使者来了，鄯善王对于自己究竟归附汉，还是归附匈奴这一点还犹豫不决。聪明的人应当能够在事情的眉目还未显露出来的时候，就能看到事物的本质，更何况实情已显露得很清楚了呢？”于是就召见鄯善国派来侍候他们的人，诈他说：“匈奴的使者来了好几天了，现在住在哪儿？”这一问，那人惊慌失措，十分害怕，把匈奴使者来后的种种情况都如实说了。之后，班超马上把这位侍从关起来。接着就召集自己的三十六名部下，同他们一起喝酒。在大家喝得尽兴时，班超就激励大家说："你们这班兄弟和我一起到西域，就是想建立大功，求得富贵。现在匈奴的使者才到了几天，鄯善王对我们的礼敬之意就减退了。如果坐等鄯善王把我们抓起来交给匈奴，那么我们的尸骨就会被遗弃在匈奴喂豺狼了。这件事该怎么办呢？"他的部下们都说："现在我们已经陷进了危难的境地，不论是死是活，我们都跟从您。"班超说："不入虎穴，就不能得到虎子，现在只有一个办法，就是趁着夜深火攻匈奴人。他们不知道我们有多少人，一定会惊恐万状，这样就可以把他们消灭殆尽。消灭了这股敌人，鄯善王就会吓破胆，这样我们就可以功成名就了。"众人说："这件事应当和从事郭恂商量一下。"班超生气地说："是吉是凶就取决于今天，郭恂只是个见解一般的文职官员，如果让他事先听到这件事，他一定会感到害怕，而把计谋泄漏出去。这样，我们都得白白送死，不能建立什么功业，也不能被称为壮士了。"众人说："您说得对。"当天夜里，班超就带领部下奔向匈奴人所在的营地。当时狂风大作，班超叫十个人拿着鼓，隐匿在匈奴人营房的后边，同他们约定说："你们见到大火烧起，马上一面擂鼓，一面大声呼叫，其余的人手持弓箭埋伏在门两旁。"班超顺着风势放火，接着鼓声喊声响成一片，匈奴人惊恐万分，乱作一团。班超杀死三人，他的部下砍掉了匈奴使者及其随从三十多人的头，剩下的一百多个匈奴人都让火烧死了。第二天，班超才把事情告诉从事郭恂。郭恂听后先是又惊又怕，既而面露怒容。班超看出郭恂的心思，便扬一下手说："您虽然没有与我们同行，但我班超怎能做出独占功劳的事情呢？"这时，郭恂又转怒为喜。班超于是召来鄯善王，把匈奴使者的头交给他看，这令鄯善王十分震惊恐慌。班超接着对鄯善王晓之以理，同时又好言抚慰他们，于是鄯善王就把自己的儿子进献到汉作为人质，与汉朝结好。

班超回到汉朝后，向窦固汇报情况。窦固十分高兴，并把班超的功绩禀报皇帝，同时请求皇帝另选使者出使西域。皇帝十分赞许班超的气节，给窦固下诏书说："有像班超这样的人，为什么不派遣他，而要另选他人呢？我现在任命班超为军司马，让他继续完成先前的功业。"班超再次受命出使，窦固想给他增加些兵马。班超说："我只要带领上次跟随我出使的三十多人就够了。如果有意外发生，多带人马反而累赘。"这时于阗王广德刚刚打败了莎车国的军队，在南边称雄，而匈奴又派遣了使者去监护于阗国。班超往西行，首先到了于阗国，国王广德对班超的态度十分疏远冷淡。于阗国的风俗迷信巫师，巫师对于阗国王说："神明发怒了，问你们为什么想归顺汉朝？汉朝使者有一匹黑嘴黄马，立即把它牵来祭祀我。"于阗王广德就派遣使者来找班超要那匹马。班超私下已经了解到这件事情的来龙去脉，回答说："你们的要求我可以答应，然而要让巫师亲自来牵马。"不一会儿，巫师到了，班超立即斩了他的头，呈送给广德，并以严词责问广德。广德原来早已听说班超在鄯善国杀了匈奴使者的事，十分恐慌，于是马上杀了匈奴使者，投降了班超。班超重赏了于阗王和他的下属，这样就威慑并安抚了于阗国。

必须得像班超那样，才算得上是满腹皆兵，浑身是胆，而赵子龙、姜维等人，根本不值得一提。

辽东管家庄有个高大的男子，有一次他外出时，建州地方的一伙贼人来到他家里，把他的妻儿都掠走当奴隶。几天以后，那个男子回到家里，发现家里人财两空。他无法谋生，想给别人当雇工，又没有人愿意雇他。于是，他就想办法潜入那伙贼人所住的地区，在那里等待机会。有一天，那男子看见自己的老婆出来打水，就和她秘密约定：在夜深时把柴禾堆放在门外，放火烧柴禾，同时在屋角也照这样做。大火烧起来以后，那些贼人马上就惊醒了。他们光着身子从床上跳下来，跑到门外，而等在门外的那个男子，便用箭把跑出来的这些人都射死。接着，那男子便带着妻儿，取走了贼人的所有财产，回到自己的家中。从此，其他贼人都畏惧那勇敢的男子，连他所在的村子也没胆量经过了。

这男子的胆量和勇气，在特定的那段时间里，哪里比班超逊色呢？但是假如他的家庭安然无恙，或者他想当雇工又当成了的话，他就会安于眼前的处境，而不再打算采取这种勇敢的举动了。常言说"急中生智"，从这几件事情来看，确实如此。

单人匹马平叛军

唐宪宗时，戎族和羯族进攻中原地区，皇帝于是下诏书让南梁派出五千军队前往京师。然而，南梁刚要起兵，众人就开始叛乱，先是赶走了他们的统帅，然后聚集起来抗拒皇命。这种状况持续了一年多，唐宪宗深为此事感到不安。这时，京兆尹温造请求单人匹马前往处理此事。

温造来到南梁境内，南梁人看见朝廷只派来了一个儒生，都相互祝贺，认为不会有什么灾患。温造到了军队驻地之后，也仅仅宣读了皇帝的诏令，安抚和问候大家，对作乱这件事一句也没有提。而南梁军队中那些带头作乱的人则全副武装，进进出出，温造也不警告他们。

有一天，温造在球场中设置了乐队，演奏乐曲，全军战士都前往球场听奏乐。温造于是让军人们在长廊下边吃饭，饭桌正对着长廊的台阶，南北两行设置了两根长绳，让军人各自在前面的长绳上挂上他们的刀剑，然后吃饭。酒宴刚刚开始，忽然响起了一声鼓，温造手下的人站在长廊的台阶上，从两头齐力抖动那两根绳索，将人们带来的刀剑一下子弹出三丈之外。这些军人拿不到自己的武器，一下就乱了起来，没有办法施展他们的勇武。这时，温造把门关上，命令手下的人斩了这些叛军。从此，南梁地方的人多少代都不敢再谋反了。

拒不受命的柴克宏

后唐时的柴克宏很有大将的才略，柴克宏奉命去解救常州时，枢密副使李征古出于妒忌，派给他的几千名士兵都很虚弱，铠甲兵、器也破破烂烂，甚至还有虫蛀。柴克宏快到常州时，李征古又派朱匡业来代替他率兵，并派使者将柴克宏召回。柴克宏说："几天之内，我就可以打败敌人，你来召我回去，一定是和敌人一伙的。"说罢，便立即命令部下将使者斩首。使者说："这不是我的主意，而是李枢密的命令。"柴克宏说："即使是李枢密亲自来，我也要斩了他。"斩了使者之后，柴克宏就让部下用布幕把兵船蒙盖起来，让全副武装的战士藏在船中，然后偷袭敌营，打败了吴越军队。

朝内奸臣当权，柴克宏如果接受了别人的取代而回去的话，怎么知道奸臣不会以"出师无功"的罪名查办他呢？他没有听从奸臣的命令，反而打败了敌人，保全了城池。这样，即便是那些妒忌者再有心计，也无法施展进谗言的本领了。

从严治军

隋朝的大将杨素率军攻打陈国时，打算派三百名士兵守营房。士兵们害怕出去打仗，于是很多人都想留下来看守营房。杨素听说后，立即把主动留下的那一百名士兵给杀了。接着又下令让大家选择是否留下，这一下，再没有一个愿意留下的。另外，在与敌人对阵时，杨素先派出一二百名士兵，舍身冲向敌人，要是把敌人的阵地攻占下来，那就重重地奖赏；如果没有攻下来，返身回来的就会被全部处斩。接着，他又命令两三百人再次发动攻击，奖惩的办法还是跟前次一样。这样，将士们见他下命令，都吓得大腿直打哆嗦，但临战时都抱着拼死作战的决心。所以，杨素每次指挥打仗，总是能够战胜敌人。

杨素使用的军法，似乎过于苛刻了，但用这种方法来驾驭懒怠成性的军队是必要的。因为如果不这样做，就不能振作军队的士气。假如上司执法严厉，下属知道事情办不成就一定得处死，那么即使把下属放在闲散的岗位上，他们也会像背水一战那样拼命去干。

掌握宽严的程度

北宋末年（1127年），金兵侵犯京师，朝廷被迫南迁，史称南宋，金兵撤退后，朝廷便任命宗汝霖（名泽，谥威愍）主管京师开封。

宗汝霖刚到开封时，物价已经涨得很厉害，有的东西价格比以前上涨了十倍，京师衙门里的官员对此十分担忧。但宗汝霖却一点也不担心，他对部下说："这件事很容易处理。城里人大多把吃饭的问题看作是第一等重要的大事，所以我们应该首先解决他们认为是第一等重要的事。只要把吃饭的问题解决了，就不必担心其他东西的价格不平稳了。"然后便秘密派人去询问米、麦的价格，还买了一些回来。他计算一下米和麦的价格，觉得与先前开封府未经战乱时相比，并没有增加多少。于是就招集府中厨役，让他们按市场上卖的馒头的大小来做馒头。他又取了一斛糯米，让手下按市场上卖的酒那样酿酒，然后各自估算出它们的成本价，一结算，他才发现，每个馒头只需六文钱，每觚（gū）酒只需要七十文钱就够了。而当时市场上的馒头是每个二十文，酒每觚两百文。于是，他又把市井作坊做面食的师傅叫来，问他说："我原来还是举人时，就来到京师，现在已有三十五年了。馒头价格一向都是每个七文钱，而现在卖到二十文，这是为什么？难道麦子的价格成倍地上涨了吗？"做面食的师傅说："自从京师经受战乱以后，粮食并没有固定的价格，因此馒头的价格也就涨上去了。现在是按当时的价格沿袭下来的。我不能违背众人的意愿单独降价，使得市价变得太贱。"宗汝霖听完了这话，立即让人拿出军队厨房所做的馒头给他看，并告诉他："这些馒头同你所卖的馒头分量一样重，而按目前市场上麦子价格来计算，每个馒头成本不超过六文钱，如果卖八文，还有两文钱的利润。所以，我现在要下令：每个馒头最高只能卖到八文钱，如果谁敢擅自提价，就处以斩刑。而且现在我要借你的脑袋来行使我的法令了。"说罢，马上斩了这个做面食的师傅，并把他的脑袋挂在市场上示众。

第二天，馒头价格果然恢复到过去的价格，而且没有一家铺子敢关起店门来不卖馒头。第三天，宗汝霖又把卖官酒的任修武叫来，问他说："现在京师糯米价格没有增加，然而酒价却提高了三倍，这是为什么？"任修武吓得直发抖，回答说："我接过这个摊子卖酒时，想不涨价也不行。因为京师地区自从遭到敌人入侵以来，居住在宫外的皇族，权贵的亲属，私人酿酒的很多，都来和我们争买卖，官酒出售得少了，要是不这样提价，就没有办法支付酿酒用的钱和工匠役夫们的灯火费了。”宗汝霖说：“我替你禁私人酿酒，你把酒钱少一百文，这样你还有利可得吗?”任修武忙叩头说：“如果能这样，买酒的人多了，我可以通过薄利多销来取得利润，也足够开销一切费用了。”宗汝霖仔细看了他很久，说：“我暂且把你的脑袋寄放在你的脖子上。你出去后带着你的那些人，马上给我换下酒店的招贴，一觚酒只卖一百文，这样你就不必忧虑私人酿酒的抢你的生意了。”第二天，宗汝霖发布了一道命令：凡是敢私人酿酒的，抓到以后，不论酿了多少，全都处以斩刑。那些私酿酒的人看到这道命令之后，马上把酿酒的器皿都给砸了。

几天之后，酒和馒头的价格已经完全恢复到原样，而其他东西的价格，还没等官府下令，也陆续一天天降下来。这样一来，既没有伤害市民，还把四面八方的买卖人都吸引到开封府来做生意。于是，军民齐欢呼，纷纷称赞宗汝霖的治理方法是神明之政。当时，杜充防守北京，也治理得很好，人们号称“南宗北杜”，即南边有宗汝霖，北边有杜充。

借面食师傅的脑袋来推行法令，这件事看起来似乎很残忍，但在禁止私人酿酒、平抑物价等问题上，宗汝霖之所以能顺利地施行法令，而且不费什么气力，都是由于有上边的这种做法。看来，这也可以说是用来救急的权宜之计吧！

明朝当湖人冯汝弼在《祐山杂记》中提到：甲辰年大灾荒之后，当湖县城里的人，有十分之三流落在街头靠乞讨为生，拖欠政府赋税的占全县人数的十分之九。第二年，府里的赵通判到县里来催赋税。他到县里后，让人挑选了七斤重的竹板，三寸长的拶（zǎn）子——一种夹犯人手指的刑具，准备对那些欠税不交的人动刑，县里的人都十分害怕。有人就哄骗那些靠乞讨为生的人说：“赵通判从府库里领来了三千两银子，要来救济你们，为什么不去领取？"这个消息很快就在行乞的人中传开了，一下子就聚集了几百人，相继来见赵通判。赵通判不许他们进县衙，但他们就高声呼喊，一拥而入，那些拖欠赋税的人，也跟着他们拥进衙门。他们赶走公差，砸坏刑具，喊声震天动地。赵通判一看这阵势，十分恐慌，不知道该怎么办才好。我和上莘等人听说发生动乱，马上来到衙门。赵通判见了我们才稍稍镇定了些，邀请我们进后堂。这时，那群乱民又是打门，又是推门，想闯进后堂来，气焰越来越嚣张。问他们想干什么，行乞的人说："我们要求救济。"欠税的人说："我们要求免去欠税。"赵通判想询问挑头人的姓名，我说："别问了，要是知道了他们的姓名，他们怕有后患，就会闹得更凶，还是顺着他们吧。"于是，衙门口便挂出了免缴赋税的牌子，同时又由县里准备了几百个豆饼供应行乞的人。但豆饼还没拿到衙门口，就被别人一抢而空，行乞的人大多没能吃上。到了傍晚，我们离开了县衙。那时乱民们的喊叫声更大了，他们闯入了后堂。赵通判怕有其他变化，只好连夜翻墙逃走。接下来的一段日子，当地的百姓变得更加骄纵和无所顾忌。两个月后，太守郭平川（名应奎）把为首的几个乱民给法办了。当地百姓提心吊胆，互相告诫，再也不敢作乱了。

　　刚开始的时候，如果赵通判不想施加严刑来催赋税，就不一定会导致变乱。赵通判和郭平川，一个因严而失败，一个因严而成功。由此看来，怎么掌握宽严的程度，只有识时务者才会懂得。

以义为利

　　明世宗嘉靖年间，直隶省安州府（今河北安新）发生了地震，并在当地引起了大动乱，州里的人趁乱抢劫杀人，目无王法。而州府的最高长官听到这些消息后，就吓得躲藏起来，不知该用什么办法来处理这种变乱的局面。当时，少保杨南涧（名守礼）已在家闲居二十多年了，这时他先出来贴告示，用朝廷的法律来警告那些乱民。但根本不管用，社会秩序还是那样混乱。杨南涧于是升起牛皮帐，动用家丁，带领地方上的正义之士攻打乱民，并杀死了带头闹事的四个人，把他们的头悬挂在四个城门楼上示众。这样，动乱才得以平息。

李彦和（名乐）说："杨公虽然有雄才大略，但如果他心中一旦萌生了考虑个人死生利害的念头，那么就会想到自己不在其位可以不谋其政，就会按着对自己有利的方式来行事。这一来，胸中的浩然正气不就一下子丧失殆尽了吗？但是，像杨公这样英雄豪杰式的做法，是很难和固执不知变通的儒生探讨的。"

增长智识，大胆决断

智生识，识生断。当断不断，反受其乱。

大意是：智慧产生见识，见识产生决断。应当下决断的时候却不下，反过来就要遭到祸乱了。

用人之长，容人之短

卫国人宁戚在车旁喂牛时，敲着牛角唱歌。齐桓公认为他非同寻常，打算起用他管理国政，群臣说："卫国离齐国不是很远，可以派人打听一下他的情况，如果他真是有才德的话，再任用他也不迟。"齐桓公说："派人去打听，就是怕他有点小毛病而对他不放心。因为一个人的小毛病而抛弃了这个人的大才能，这正是世人失去天下士的原因啊。"接着就起用了宁戚，让他做上卿。

韩琦、范仲淹知道张、李二人是难得的人才（二人曾向韩琦、范仲淹进献对西夏用兵的策略），却不敢用这两个人，那是因为他们没有胆量。诸葛孔明十分了解魏延的才能，但也知道他依仗才能而不肯屈居他人之下，因此对魏延未免顾虑太多、束缚过严，宁可让他有余才而不让他把全部能力充分发挥出来。第一次北伐时，魏延提出经过子午谷去攻打长安的计策，诸葛孔明没有听从，就是因为他的胆量被他的见识所掩盖了。唉，胆量本来是难以说清楚的啊！当时，魏国让夏侯楙镇守长安，魏延出主意说："夏侯楙这个人胆子小，又没有谋略，所以请您给我五千精兵，我直接从褒中出发，沿着秦岭往东去，到子午谷就向北进军，超不过十天就可以到达长安。夏侯楙听说我突然到来，一定会抛弃城池逃走，等到他与东方的魏军会合，还需要二十来天，而您从斜谷来长安，也有足够的时间可以到达。这样，咸阳以西的土地就可以平定了。"诸葛亮认为这是一条冒险的计策，所以没有采用。

春秋时，任登任中牟县县令时，向赵襄子推荐一个士人，此人名叫瞻胥已，赵襄子便让他做了中大夫。但是，执政大臣却提意见说："您恐怕只是凭耳朵听到他的情况，没有用眼睛观察他的情况吧？"赵襄子说："我选取王登时，既打听了，也亲眼观察了他的情况。所以，对于王登选择的人，如果我还要打听，还要亲眼观察，那就永无休止了。"

赵襄子的做法，也是和齐桓公相近的才智啊！

良臣一计，胜过千军万马

曹操拿下荆州后，便顺着长江东下，然后派人送战书给江东的孙权，说自己已操练了十万水军，要和孙将军在江东"会合打猎"（即交战）。战书送到江东后，孙权便招集起了文武大臣，一起商讨对策，张昭等人说："曹兵现在已经和我们一样占有了长江天险，而且兵多，我们兵少，寡不敌众，我们不如迎接曹军，表示友好，屈服他们。"但鲁肃却另有见解，他劝孙权把周瑜从鄱阳召回京师，请他出谋划策。周瑜被召回后，就对孙权说："曹操名为汉相，实为奸贼。将军您占据着江东地区，兵精粮足，正应当为汉朝天子除掉这凶暴卑鄙的奸贼。何况曹操这次又是自己来送死，我们干吗还要屈服他呢？让我帮您先分析一下目前的形势：现在北方的土地还没有完全被曹操统治，马超和韩遂还在关西，成为曹操的后顾之忧；而曹操现在又放弃适应陆上作战的鞍马，要依仗水上作战的战船，来同善于水战的我们对抗；此外，现在天气正十分寒冷，战马没有粮草；北方的士兵涉长江大湖，不服这里的水土，必定会生病，这几件都是用兵中的大忌。我请求您拨给我五万精兵，我保证把曹贼打败。"孙权听完了周瑜的这番话之后，也说："我同曹贼誓不两立。"说完就拔出刀来，砍掉几案的一个角，对手下众将说："诸位如有谁再敢提投降曹操者，就将同这个几案的角一样。"之后，孙权便派周瑜率军联合刘备，在赤壁与曹军交战，并大败曹军。

　　北宋时，契丹进犯澶州，边境立刻向朝廷来信告急，一个晚上就连续五次发出告急文书，朝廷内外顿时惊恐不安。而寇准却扣住文书不发，依然喝酒谈笑，好像什么事也没有一样。宋真宗于是召见寇准，向他请教退敌之策。寇准说："陛下不用担心，想要了结此事，用不了五天，只要您肯亲征澶州。"真宗听了，觉得很为难，想回内宫。这时，寇准请求他不要回宫，而是应马上入朝，召集群臣商量这件事。在朝上，临江人王钦若请求御驾幸金陵，阗州人陈老皇请求御驾幸成都。寇准则说："皇帝陛下神明威武，朝中武将文臣团结一致，如果皇帝御驾亲征，敌人就会自动败退。为什么抛弃了国都的宗庙，而跑到楚、蜀这样偏远的地方呢？到了那里，要是人心涣散，敌人乘机深入国土，天下还能够保住吗？"听了寇准的话，皇帝于是决定去澶州。然而，圣驾刚刚出发，又有人提到去金陵的主意，皇帝有点心动，于是又向寇准请教怎么办。寇准说："陛下您只可以进一尺，而不能够退一寸，河北的各军队，日日夜夜在盼望您的车驾到达，只要您一到那里，军队的士气就会提高百倍；如果您坐的车往回走几步，那么军队的士气就会立刻瓦解，敌人就会乘机袭击后方，到那时您连金陵也去不成了。"御驾到了澶州南城后，就远远望见契丹的军队，而且气势很盛，众人于是请求御驾在中途暂停，寇准却坚决请求御驾过黄河。皇帝接受了寇准的意见，继续前进。这时，远近的人都望见了皇帝车驾的黄盖，各路军队也都欢呼跳跃，山呼万岁，声音传到几十里以外。契丹的军队听到后，士气顿时大降。他们的将领一看不妙，仓促派兵前来攻城，结果大败而退。最后，契丹只好被迫议和。

金主完颜亮向南进时，南宋将领王权的军队在昭关被金兵打败，形势十分危急。宋高宗于是命令太傅杨存中去找左仆射陈康伯商量，想退到海上躲避敌人。陈康伯请杨存中进入内室，两人解去外衣，备下酒菜，然后若无其事地喝起酒来。宋高宗听说此事后，也就放宽心了。第二天，陈康伯入宫启奏高宗说："听说有人劝您退到海上，要是这样做的话，整个国家就毁了，这一点是很清楚的。您何不沉着坐等局势的变化呢？"又有一天，宋高宗忽然下一道亲手写的诏书，说："如果敌人还不退兵，就解散百官。"陈康伯立刻就把诏书给烧了，然后启禀高宗说："要是解散了百官，您可就真的成为孤家寡人了。"高宗听了这话，思想才坚定起来。后来，陈康伯又劝高宗亲征金兵。

推迟魏称帝的是周瑜，保全宋的帝位的是寇准，延长宋的帝位的则是陈康伯。

穿石见泉

北宋将领种世衡在宽州（今陕西清涧）修筑了城池，苦于没有水源，于是便凿井寻水。结果在凿地一百五十尺后，却遇到了大石头，工匠们一看，顿时傻了眼，于是都停下来，沮丧地说："这口井只好打到这里了，可惜还是找不到水。"种世衡却说："不要灰心，穿过石头一直往下打，就能遇到水了。你们要把石头打碎了，运出井外，每运出一筐石头，就付给你们一两银子的报酬。"工匠们听了，大受鼓舞，于是再用力凿，凿穿了好几层石头后，泉水果然奔流而出，而且水量充足。朝廷知道这件事后，在嘉奖种世衡的同时，也将宽州城取名为"清涧城"。

劝降的妙计

高峻据守高平，汉军久攻不下，汉光武帝刘秀于是派遣寇恂（xún）手捧盖上皇帝玉玺的诏书前往招降他。寇恂到了高峻的府第，高峻派军师皇甫文出来谒见。双方见面后，皇甫文说话强硬，而且态度十分傲慢，寇恂被激怒了，想要杀了他。众位将领一看不好，纷纷上来劝谏，寇恂不听，坚决把皇甫文给斩了，但把和皇甫文一起来的副将放了回去，让他转告高峻说："你的军师无礼，我已经把他杀了。你想投降就投降，不投降就顽抗。"高峻一听这话，害怕了，当天就打开城门投降了。众位将领都去祝贺寇恂，并问他："请问，您杀了皇甫文这个使者，就能使高峻投降，这是为什么呢？"寇恂说："皇甫文是高峻的心腹，是给他出主意的人。皇甫文来见我时，言语之间流露出不肯屈服之意，必定是没有投降的意思。我要是保全了他的性命，他就会继续给高峻出谋划策，让高峻不要投降。而我把他给杀了，高峻就没有什么可依靠的，当然也就投降了。"

以柔克刚，以静制动

　　唐朝时，段秀实得到邠（bīn）宁节度使［唐肃宗乾元二年（759年）始设，治所在今陕西彬州］白孝德的推荐，出任泾州（辖境相当于今甘肃泾川、灵台、镇原以及宁夏固原东部等地泾水中游地区）刺史。当时，郭子仪任副元帅，住在蒲州，他的儿子郭晞以检校尚书的身份兼行营节度使，屯兵在邠州。邠州的一些恶少在军队的花名册中挂了个名字，大白天就在集市上横行霸道，要是有人对他们稍有不从，就会遭到他们的毒打，甚至还打死了孕妇，一下子就伤害了两条人命。白孝德对这种不法之事，连提都不敢提。段秀实从泾州用公文向邠宁节度使府禀告了此事，并请求做军队中的执法官都虞候。白孝德立即下公文，让他在节度使府所管辖的军队中代理都虞候。不久，郭晞的军队中又有十七个士兵到集市上抢酒，还刺杀了酿酒的工人，打坏了酿酒的器皿。段秀实于是抓捕了他们，并砍了他们的脑袋，将其挂在长矛上，立在集市中示众。郭晞的军营中的人听到此事，为之骚动，全都披上了盔甲，武装起来。段秀实解下了身上的佩刀，选了一个年老行动不便的人给他牵着马，径直来到郭晞军营的门口。此时，全副武装的士兵也都出来了。段秀实一边笑着，一边往里走，说："杀一个老兵，还用得着披甲武装吗？我已经顶着我的头颅来了。"那些全副武装的士兵为他的大胆感到十分惊愕。不久，郭晞出来了，段秀实马上批评他说："郭子仪副元帅的功劳充满在天地之间，而您却放纵自己的士兵胡作非为，残害百姓，如果因此而使边境发生动乱，这要归罪于谁呢？如果出了这种动乱，罪过就将牵连到副元帅了。现在邠州的坏青年，在军队的花名册上挂上了名，杀害的老百姓如此之多，别人都说'郭尚书凭着副元帅的势力，不管束自己的士兵。'要是这样下去，那么郭家的功名还能保持多久呢？"郭晞听了这话，对段秀实拜了两拜，说："多亏您教导了我。"说完就呵斥手下的士兵，让他们解除武装。段秀实说："我还没有吃晚饭，请为我备晚饭吧。"吃完饭后，段秀实又说："我的病发作了，希望在您这里住一宿。"于是就在军营中睡下了。郭晞十分紧张，告诉巡逻值夜的部卒打更来保卫段秀实。第二天，郭晞就同段秀实一起到白孝德处谢罪。邠州靠段秀实的整治，终于安定下来。

明孝宗时，朝廷任命孔镛出任田州（治所在今广西百色市田阳区）知府。孔镛到任才三天，州内的军队就全部被抽调到别的地方去了，而峒族人此时突然进犯州城。众人于是提议关起城门来，把城守住，孔镛说："这里是一座孤城，而且城中空虚，又能守住几天呢？所以，我们只有因势利导，用朝廷的恩威去晓谕他们，或许他们会退兵而去。"众人都觉得这样做很难成功，认为孔太守书生意气，是脱离实际的迂腐之谈。孔镛说："既然如此，那么我们就只能束手待毙了吗？"众人说："即便这样，应当让谁前去呢？"孔镛说："我是这里的太守，当然是我去。"众人又纷纷劝阻他，但孔镛立即命令下人准备好坐骑，打开城门让他出去。众人请求他带着士兵同往，但孔镛拒绝了。

再说峒族人远远望见城门打开了，以为是城中的军队出来交战。再一看，却是一个官员骑着马出来，只有两个马夫为他牵着马，而且城门随即关上了。孔镛到了峒族的军营前，守卫的士兵拦住马，问孔镛是干什么的。孔镛说："我是新来的太守，你们领我到寨子里去，我有话要说。"士兵们摸不清他的底细，只得带着他向前走去。走了很远，进入了树林中，孔镛回头一看，跟从他的马夫已经溜走了一个。到峒族人居住的地方时，另一个马夫也溜走了。峒族人牵着马进入了山林中，夹道有许多人裸露着胸膛被捆在树上，央求孔镛救助他们。孔镛问他们是些什么人，从他们的回答中得知：他们原来是州、县学中的秀才，在去州郡的路上被峒族人半路拦截，因为不愿归顺峒族人，将被杀死。孔镛先不顾他们，径直进入山洞，峒族人拔出刀来迎候。孔镛下了马，站在他们的茅屋里，看着他们大声说："我是你们的父母官，先要让我坐下，你们大家都来参见我。"峒族人取来一个坐榻放在屋子中央，孔镛坐下后，才招呼大家上前来，众人你看我、我看你地走上前来。他们的首领问孔镛是谁，孔镛说："我就是孔太守。"峒族人的首领一惊，说："莫不是孔圣人的子孙后代？"孔镛说："正是。"这时，峒族人都围上来参拜孔镛，孔镛这才对大家说："我知道你们原本都是良民，由于饥寒所迫，才聚集在这里苟且，求个免于一死。前任官员不体谅你们，动不动就用军队来镇压，想把你们剿尽杀绝。我现在奉朝廷的命令来做你们的父母官，我把你们看成是子民，怎么会忍心杀害你们呢！如果你们真能听从我的话，我将宽恕你们的罪过。你们可以送我回州府，我把粮食、布匹发给你们，以后就不要再出来抢掠了。如果你们不听我的话，现在就可以杀了我，但是接着就会有官兵向你们兴师问罪，一切后果就由你们承担了。"在场的人听完这话，都惊呆了，说："要是您真的像您所说的那样体恤我们，在您任太守期间，我们绝不再骚扰进犯州府。"孔镛说："大丈夫一言既出，驷马难追，你们又何必担心呢？"众人于是再次拜谢。孔镛说："我饿了，请你们帮我弄点吃的吧。"众人于是杀牛宰羊，还做了麦屑饭招待他。孔镛饱餐了一顿，众人对他的胆量都很惊讶和佩服。孔镛看看当时天色已晚，又对众人说："天晚了，看来今天我是来不及进城了，就在这里住一宿吧。"众人又为他准备好了卧室，孔镛从容入睡。

第二天早上，孔镛吃过早饭后，说："我要回去了，你们谁能跟随我前去取粮食和布匹？"众人都说："我愿意去！"于是牵着马，将孔镛送出树林，并由几十个骑士护送。孔镛走到山林夹道处，对峒族人说："这些秀才都是好人，你们既然已经归顺了朝廷，就把他们给放了吧，让他们跟我一块回去。"峒族人便给秀才们松了绑，把头巾衣服还给他们，秀才们纷纷跑了。黄昏时分，孔镛到了城门下，城边的官吏登上城楼看到了他，惊讶地说："看来是太守害怕了，已经投降了峒族人，现在领着他们攻打城池来了。"于是争着问孔镛为什么带着峒族人来，孔镛说只要一开城门，我就有办法处置。众官员更加怀疑，拒绝打开门。孔镛只好笑对峒族人说："你们暂且留步，我自己进城，然后再出来犒赏你们。"峒族人于是后退了一段距离，让孔镛独自入城。孔镛入城以后，命令手下人取来粮食和布帛，然后从城墙上扔给峒族人，峒族人得到粮帛后，道谢而归。后来，峒族人再也没有进犯过这座城池。

郭晞接受了汾阳王郭子仪的家教，到底还是自己爱惜自己的功名的，段秀实在执法时已经对这一点想得很清楚了。孔太守虽然有祖先的阴德来做依靠，然而他说话行事温和得体，一点也没有冒犯对方。所以说："天下最柔的东西，往往能够操纵、驱使天下最刚硬的东西。"

不露相的韩琦

宋英宗刚死，朝臣就急忙召太子进宫。太子还没到，英宗的手又动了一下。宰相曾公亮一看，吓了一跳，急忙告诉宰相韩琦，想停止召太子进宫。韩琦拒绝说："先帝要是再活过来，也是太上皇了。"说罢继续催促太子进宫，从而避免了因皇位不稳定而展开的权力之争。

再看有关韩琦的另一件事。宦官中有一个叫任守忠的人，这个人很奸邪，而且反复无常，经常秘密探听宫中的情况，在皇帝和太后间进行离间。有一天，韩琦出了一道空头敕书，参政欧阳修已经在上边签署了自己的姓名，参政赵概由于不知韩琦想借这道敕书干什么，因此对自己是否也签字感到很为难，不知怎么办才好。欧阳修说："只要写出来，韩公一定有自己的说法。"这样，赵概也签上了自己的名字。此后，韩琦坐在政事堂，不经中书省，直接下达了一道文书，把任守忠传来，让他站在庭中，指责他说："你所犯的罪，足以判死刑，现在先不杀你，先把你贬为蕲（qí）州（在今湖北黄冈）团练副使，由蕲州安置。"韩琦说完，便拿出了空头敕书填写上，派使臣当天就把任守忠押走了。

在平常的行为处事中，韩琦从来都不曾因为有胆量而被别人称许过，但在这两件事上，却表现得如此胆略超群，实在是没有第二个人可比。

大事不糊涂的吕端

宋太宗病危时，内侍王继恩因忌恨太子英明过人，于是便在私下里同参知政事李昌龄等人商量，打算立楚王元佐为皇帝的继承人。当时，宰相吕端到宫中去探问皇帝的病情，发现太子不在皇帝身边，怀疑其中会有变化，就在笏（古代大臣上朝时拿着的手板，用玉、象牙或竹片制成，上面可以记事）上写了"病危"两个字，命令可靠的官员交给太子，请太子马上入宫侍候。

太宗死了之后，李皇后叫王继恩来召吕端进宫。吕端知道事情有变化，马上哄骗王继恩，让他领着进书阁查检太宗先前亲笔所写的册立太子的诏书，然后把王继恩锁在书阁内，这才入宫。皇后说："皇帝已经去世了，立继承人应当立长子，这是顺理成章的事。"吕端说："先帝立太子，正是去年的今天。现在先帝刚刚离去，难道可以马上就违抗先帝的诏命，在皇位继承人的问题上提出什么看法吗？"于是，就拥戴太子继承皇帝之位。

新皇帝继位后，在举行登基仪式时，坐在垂着帷帘的龙椅上接见群臣。吕端平静地站在殿下，先不下拜，而是请求皇帝卷起帷帘，他上殿仔细看过，认清了的确是原太子之后，才走下台阶，带领群臣拜见皇帝，高呼万岁。

平时不糊涂，这是有见识的；遇大事一定不可糊涂搪塞过去，这就需要决断了。

将精兵作为坚强的后盾

明成化年间，御史姜绾被贬官到桂阳府任判官，后来又被提升，转任庆远知府。当时，庆远府周围有很多强盗出没，而前几任太守大多靠纵容强盗在境外胡作非为，来确保自己境内无事。姜绾到任后，马上改变了各种政务，当地的仡佬（gē lǎo）族人的民风也有了改观。当时，庆远府府外都是强盗的老窝，姜绾打算先消灭他们的大头目，于是他选拔了一批壮士，并对他们进行战术训练。没过多长时间，这批壮士便形成了清剿盗匪的精锐部队，于是强盗就渐渐被平定了。在这以前，商贩们乘船从柳江到庆远，而柳江、庆远两府充当哨兵的官兵，表面上是保护客商，暗地里却借此谋取私利。有一天，姜绾从省府临桂逆江而上，要回到庆远去。哨兵们借报告敌情匆匆前来谒见，并说强盗已埋伏在江边树林里，劝姜绾还是从陆路上走更为安全。姜绾说："我是这里的知府，要是连我在这条江上都不敢走，那么其他人谁还敢走呢？"结果，姜绾经过这条江时，百姓和军队都左右簇拥着进行护卫，姜绾于是干脆打开伞盖，树起旗帜，把自己的船和商船连结起来，从从容容地在江上航行，强盗竟不敢出来。从这次以后，在江上航行的人，再也不必借助于哨兵的保护了。

作为知府，下决心从江上走，为百姓在水路上当先驱开道，这当然是对的。但是，也必须有他平日训练出来的精锐部队作为后盾，使他的威名足以压倒强盗，所以才能在江上平安通行而没有遇到什么阻拦。否则，他的尝试就不会有好结果。

第五部　敏捷的智慧

总　序

　　成就大事业的人，争的往往是百年大计，而不是瞬息之间的小事。殊不知那些瞬息之间的小事，又往往是百年大计的开端！事变到来的时候，就像风和火。愚蠢的人害怕接触这种风风火火，只要略有触及，就会远远地回避，直到确信这风和火不会加害于自己时，才不再躲避。如果是有本领的人，他就会使风转向，把火扑灭。即使那事变像能拔起大树的飓风，像可以燎原的大火，也不过是给他以施展才能的机会，而不会把他吓退。再拿脚力来打个比方：许多人同走一里路，必定有先到的，所谓先到，也不过是比别人早到十几分钟罢了。但是，如果这个人每走一里路都比别人早到十几分钟，这样走上十里、百里，慢慢积累起来，那么他比别人早到的时间就可观了。走路尚且如此，更何况是智力的差别呢？其间快慢之差，又何止是千里万里呀！

　　兵书上有这样的说法，在用兵上只听说过兵贵神速，但方法笨拙；没有听说过用兵迟缓，但方法却是巧妙的。用兵快而方法不巧妙的人，拖的时间越长，就越发显得方法笨拙了。要是有个直径一尺的酒樽，把它放在四通八达的大路上，最先到达酒樽旁的人，可得一醉；随后到达的人，还可以尝到一点酒的滋味；而最后到达的人，就只好让自己干着嘴唇离开了。其间的区别，就在于快慢。满树的叶子，要是你一片一片地摘，用一整天时间也摘不完。但是秋风一起，寒霜一降，只需要一个晚上，树上的叶子就掉光了，这就是自然造化比人神速。

　　如果人的思想能够敏捷得像秋风扫落叶一样神速，那么他的灵气就足以应付一切变化，而不会在突然到来的事变面前感到困顿了。这样的人，大概能称得上是敏捷的人了吧！唉，事物的变化是那样的迅速，它不会停下来等待我们去思考，这一点是十分明确的。所以，世上哪里会有聪明而思想却不敏捷，或思想不敏捷却又聪明的人呢？

灵动机变，趋吉避祸

　　一日百战，成败如丝。三年造车，覆于临时。去凶即吉，匪夷所思。

　　大意是：一天中可以交战一百次，但能够决定成败的关键环节，却往往像细微的游丝那样。花费三年时间所造出来的车辆，却往往会颠覆于一时。去凶化吉的办法，往往不是事先所能预料得到的。

必要时也要装一把

　　春秋时期，齐国的公子纠跑到了鲁国，公子小白则逃到了莒国。不久之后，齐国的国君被人杀死。这样，齐国就没有国君了。公子纠和公子小白于是全都返回齐国，而且两人同时到了齐国边境，他们争着想先入境做国君。这时，公子纠身边的管仲，拉弓搭箭向公子小白射去，并射中了小白的衣带钩。小白旁边的鲍叔牙一看，马上让小白向后倒下，假装已经被射死。管仲看到小白倒下，以为小白真的死了，便对公子纠说："公子小白已经被我射死，现在您可以安安稳稳回去，登上国君的宝座了。"于是，公子纠便不紧不慢地往回赶。而装死的公子小白，却在鲍叔牙的引领下，率先进入齐国境内，并抢先当上国君。

王守仁还在朝中当官时，有一次，由于上奏疏营救御史戴铣（xiǎn），得罪了大宦官刘瑾，在殿上受了一顿杖责之后，被贬为贵州龙场驿丞。王守仁穿着一般平民的衣服迅速驱车前往。但是，刘瑾的怒气还是没有减退，于是他又派遣刺客从小道前来追杀王守仁。为了躲过刺客的追杀，王守仁在临过江时，先作了一篇《吊屈原文》来表达自己的心志，然后写了一首《投江绝命词》，假装成投江而死的样子。绝命词传到京师后，刘瑾听说王守仁已死，也停止了刺杀行动。

让管仲活下来的一句话

齐桓公通过鲍叔牙的推荐，了解了管仲的才能，于是便派人到鲁国去，索取躲到鲁国去的管仲。鲁国大夫施伯说："这一定是齐国想起用管仲了，管仲要是被齐国起用，那么鲁国就会有危险了，所以我们不如杀了他，把尸首给齐国。"鲁国国君听了，觉得很有道理，便想杀死管仲。这时，齐国的使者说："管仲是我们国君的仇人，我们国君想亲手把他杀死，所以如果得到的只是管仲的尸体，那就跟没有得到他一样。"于是，就把管仲捆绑起来，装入牢笼里，派役夫把他运到齐国去。管仲怕鲁国醒悟过来后会派人追上来杀他，想快点到齐国，就对役夫们说："我为你们唱歌，你们为我应和。"管仲所唱的歌，加快了役夫们前进的速度，役夫们一边唱一边跑，感觉不到疲劳，于是很快就走到了齐国。

吕不韦说："役夫们得到了他们所想要得到的，管仲也得到了他所想要得到的。"陈明卿说："这使得齐桓公也得到了他所想要得到的。"

强隐重伤稳军心

楚汉相争后期，双方长期处于相持状态，难分胜负。西楚霸王项羽于是对汉王刘邦说："天下纷扰不宁，只是因为我们两人。我愿意和你单挑，以决胜负，不要让天下的百姓白白地为咱俩而陷入战乱的劳苦之中。"汉王笑着拒绝说："我只跟你斗智，不会跟你拼武力。"接下来，项羽就和刘邦隔着广武涧对话，刘邦在对话中列举出了项羽的十条罪状，项羽听完大怒，用箭射中了刘邦的胸部，使刘邦受了重伤。但是，刘邦却弯下腰摸着脚，对着项羽骂道："混账东西，你竟敢射我的脚趾头。"

由于伤势很重，刘邦回到营中就躺下了。但是，到了第二天，张良却竭力劝他起来出去慰劳军队，以表明自己的伤并不碍事，以此来稳定军心，不让楚军乘汉王受重伤的机会前来袭击。于是，刘邦便出帐到军中慰问士兵，直到觉得伤势加重，才驱马进入成皋。

齐国的公子小白本来没死，却佯装死去而向后倒下；汉王刘邦受了重伤，却强装没有受重伤。他们这种一时的计谋，都造就了百代的功业。

金蝉脱壳

东晋时，王敦打算举兵谋反。晋明帝知道后，便骑上四川产的骏马，身着便服出走，来到湖阳，察看了王敦军营中的情况后才离开。

当时，王敦的军中有个士兵见到了明帝，觉得他不是一般的人。而当时正在睡午觉的王敦，突然梦见太阳围着他的城池转，于是一下子就惊醒过来，起来后说："这必定是那黄胡须的鲜卑奴（明帝的母亲是鲜卑人，所以王敦叫他黄胡须的鲜卑奴）来了。"说完便派出五个骑兵，按照明帝的形貌去追寻，想追赶上明帝。明帝也策马往回飞跑，他见到旅舍有一位老太婆在卖食品，就把自己的七宝鞭给她，并吩咐道："如果后边有骑兵追来，你就把这鞭子拿给他看，说我早已走了。"不久，追赶的人赶到了，问起老太婆，老太婆说："这个人离开这里已经很远了。"说着就把那鞭子给追赶的人看，那五个骑兵一看这七宝鞭，觉得很好玩，于是拿在手上传看赏玩起来，逗留了很久。这样，明帝就顺利脱身了。

巧使调包计脱身

北魏时，尔朱氏在朝中专权。于是，大都督高欢于532年起兵讨伐尔朱氏，并在韩陵山一战中大败尔朱氏的军队。在这之前，北魏的大臣们早就受够了尔朱氏之苦，于是尽杀尔朱氏族人。当时，尔朱氏家族中有一个男孩叫敞（字乾罗，尔朱彦伯的儿子），小时候随着母亲在宫里生活，等到十二岁时，自己从墙洞里钻出来跑了。尔朱敞到了大街上看到一群小孩子在玩，就脱下自己所穿的镶缀着金翠饰物的绸缎衣服，给一个平民的孩子穿上，自己则穿上了那个平民孩子的衣服，然后就逃走了。不久之后，追兵赶到，便将那个换上尔朱敞衣服的孩子抓住。这些骑兵经过反复追问，才知道这个孩子不是尔朱敞。而此时已是黄昏时分，尔朱敞已顺利逃脱。

察言观色探真相

北周时，尉迟迥曾出任相州（位于今河南省安阳市与河北省临漳县一带）总管。后来，皇帝下令让韦孝宽来代替他任总管，又让小司徒叱列长文做相州刺史，并让小司徒先去邺城（为相州刺史治所），韦孝宽随后去。韦孝宽到了朝歌（今河南淇县）后，尉迟迥就派自己的大都督贺兰贵带着信，前来问候韦孝宽。韦孝宽看完尉迟迥的信，并没有马上把贺兰贵打发走，而是把他留下来，与他一起聊天，借此来观察他的神态。从谈话中，韦孝宽觉得尉迟迥可能要造反，就推说自己有病，要延缓赴任。同时，又派人到相州去假装求医问药，以秘密地侦察情况。到了汤阴之后，又遇到叱列长文逃回来，韦孝宽了解到他逃回的原因后，自己也驱马返回。一路上所经过的桥梁，他都下令拆毁，并将驿站里的马全部带走，还命令驿站的将领说："蜀公（指尉迟迥）快来了，你们要多准备些酒菜来款待他们。"不久之后，尉迟迥果然派仪同大将军梁子康带领数百名骑兵来追赶韦孝宽。驿站的官员于是给他们供应了丰盛的酒菜，接待得非常周到。追兵经过的地方，都因招待丰厚和桥路不通而滞留，所以最后没有赶上韦孝宽。

虎口脱险的贵人

晋元帝司马睿的叔父、东安王司马繇，被成都王司马颖给杀害。当时，司马睿跟从晋惠帝住在邺城，害怕这场灾祸涉及自身，便秘密出逃。由于司马颖事先通知关口和渡口不准贵人通过，所以司马睿到了河阳，就被管理渡口的官员给拦住了。司马睿的随从宗典后到，走上来用马鞭子掠过司马睿的身上，说："舍长，现在官方禁止贵人通过，你也在被禁之列吗？"说完之后就哈哈大笑，管渡口的官员一听，于是就放司马睿过去了。

西魏大将军宇文泰和东魏大将侯景打仗。在战场上，宇文泰的马中了箭，马受惊后，便狂奔起来，宇文泰一不小心，随即从马上摔下来，东魏的军队追上了他，而此时他的手下都逃散了。这时，宇文泰的身边只有自己的部将李穆，只见李穆用马鞭子抽打着宇文泰的背，大骂道："你这个败兵，你的主帅在哪里？为什么只有你留在这里？"追上来的东魏将士一听，于是就抛下了他，继续向前追。等追兵过去之后，李穆才把马给了宇文泰，两人一起逃跑了。

东晋末年，青兖二州刺史王恭起兵讨伐王国宝，王廞（xīn）起兵响应王恭。失败后，和尚昙永便把王廞的幼子王华藏起来。有一天，昙永让王华提着衣服包袱跟随着自己走。守卫桥梁的巡逻官吏一看，觉得王华很可疑，打算把他扣下。这时，只听昙永大声对王华喝道："狗奴才，还愣着干什么？还不快走？"说着还打了他几十下，那些官吏一看，才放过了王华。

装睡保小命

东晋著名的书法家王羲之，小时候很受大将军王敦喜爱，王敦常常让他到自己的帐子里睡觉。有一天早上，王敦起床后，部下钱凤入门来。两人便屏退旁人，秘密商量谋反的事，却忘记了正在帐中睡觉的王羲之。当时，王羲之也已经醒过来了，而且也听到了他们密谋的事。他心想，这下完了，王敦非得把他杀了灭口不可。就在千钧一发之际，王羲之急中生智，用手指捅自己的喉部，引起呕吐，把自己的脸和被头都弄脏了，并做出睡得很香的样子。而王敦他们密谋到一半，才想起王羲之还在里面。两人都很惊恐，说："看来我们不得不把这个孩子除掉了。"但是，等他们掀开床帐一看，只见王羲之还躺在那里呼呼大睡，嘴里吐出来的东西流得到处都是，便认为这个孩子一直在熟睡，根本听不到他们在说什么，于是放过了他。这样，王羲之才保全了性命。

才能的祸患

唐代的徐敬业还年轻时，经常喜欢用弹丸来射东西。他的祖父徐英公（即徐绩，亦名李勣，唐高祖封他为英国公，赐姓李）常常说："这孩子面相不好，将来会给我们带来灭族之祸的。"后来，在一次打猎时，他叫徐敬业到林子里去驱赶野兽，然后乘着风势放火，想把徐敬业烧死在树林中。大火烧起来之后，徐敬业自知无处藏身，于是就把自己所骑的马杀死，然后伏身在马腹里。等大火烧过之后，徐敬业才从马腹中出来，全身都是马血，而英公对徐敬业的才智则大大称奇。

大凡自恃有才能而放荡不守规矩，对自己的行为不加检点的子弟，这种人往往是家门的祸患。比如，徐敬业破辕的兆头，表现在他的童年。英公明明知道他是家族的祸患，竟不能除掉他，难道是后来又惋惜他的才智吗？还是由于英公劝高宗立武则天为皇后，造成了武则天把唐皇室子孙几乎都杀光了，上天故意用徐敬业来回报他呢？

三国时，诸葛恪（kè）有突出的才能，他的父亲诸葛瑾叹息道："这个孩子不但不能给我们家族带来大的昌盛，反而将会使我们灭族呀！"之后不久，诸葛恪果真因为谋反被杀。隋代的杨智积（隋文帝的侄子）有五个儿子，杨智积只教他们读《论语》《孝经》，却不让他们与宾客有交往。有人问他为什么这样做，他答道："要是让他们多读书，广泛与人交往，才能就会因此增加；他们有了才能，就可能会产生祸患。"别人都很佩服他这种见识。

明朝弘治、正德年间，胡世宁（字永清，仁和人）在江西当按察使，他是一个很有大将谋略的人。当时，江西盗起，正在商量有关剿盗的事，有军官来谒见，正好胡世宁到别处去了，军官就拜见他的小儿子胡继。胡继说："你的军队向来不演习，怎么能让我父亲检阅呢？"那军官跪着向胡继请教演习的方法。胡继就边说边指划着军队进退离合的各种队形，说得很详细。军官照着胡继讲的演习方法练兵三天，胡世宁回来了，他在检阅军队时，看到这位军官所带军队的演习以后，感到十分奇怪："只有军官是办不成此事的，这是谁教他们的呢？"军官把实际情况告诉了他。胡继当初不爱读书，他的父亲认为他笨，不抱希望。听了军官讲的情况以后叹道："我有这样的儿子居然自己还不了解！"从此以后每次攻打敌人，他必定听从胡继的谋略，因为胡世宁的谋略，失误不超过十分之三，而胡继的谋略，失误不超过十分之一。胡世宁向皇帝上奏疏，要求皇帝按照礼法来制裁宁王，胡继跪着说："这道奏疏一进献，必定会带来大祸。"劝胡世宁不要上呈。胡世宁不听，结果呈上以后，胡世宁果真入狱。胡继因为想念父亲，病死了。别人都为他的早逝痛哭，独有胡世宁的母亲不哭，还说："这个孩子要是活着，就将成为贼，到那时胡氏家族就要灭了。"这位母亲也很有见识。

不图回报的士兵

东晋时，苏峻作乱，当时庾冰在吴郡当太守，而庾氏家族的人都逃散了，庾冰于是只身一人逃亡。那时，官吏、百姓都离他而去，只有郡里的一名士兵用小船载着庾冰出钱塘口，那个士兵把粗竹席盖在他身上，遮掩起来。当时，苏峻悬赏寻找庾冰，搜索得很紧。于是，那个士兵便把船停泊在集市的码头上，然后就去喝酒，并假装喝得酩酊大醉才回来。回来后，他挥舞着船桨，对着船说："你们到哪里去找太守庾冰？这船里就有。"庾冰听了，十分紧张，却又不敢动弹。监察的官员见那只船很狭小，又看到那个士兵喝多了，以为那士兵在说醉话，反倒不再怀疑这条船了。就这样，那士兵把庾冰安全送过钱塘江，并寄居在山阴魏家，庾冰也因此而得免于祸。后来，事情平息下来了，庾冰很想报答那个士兵，就问他想要什么。那士兵回答说："我出身卑下，不希望有什么名望和职位。只是我年轻时赶车很辛苦，常常为不能痛痛快快地喝酒而感到忧虑。所以，只要您能让我有足够的酒喝，我就满足了，再没有其他的需求。"庾冰听了，便给他盖了一座房子，买了奴婢，然后给他储藏了上百斛的酒，够他喝一辈子的。当时，人们认为这个士兵不仅有智慧，而且通达生活的道理。

陈平的奇策

西汉的陈平，有一次带着剑逃亡，并从小道走，要渡过黄河。上了船后，船夫见他那样相貌堂堂，而且一人独行，怀疑他是逃亡的将领，并认为他的腰中一定会带有金玉宝器，于是屡屡用眼神偷偷打量他，想杀了他，并夺走他身上的财物。陈平一看就明白是怎么回事了，于是就解下上衣，光着上身帮船夫撑船。船夫一看，知道他身上并没有藏着财宝，也就放弃杀他的念头了。

陈平侍奉汉王刘邦时，总共向刘邦出了六次奇策：请求刘邦拿出重金，在项羽君臣之间施反间计，使项羽的将领互相残杀，这是第一件；假装要以接待诸侯的礼节来接待项羽亚父范增派来的使者，而用粗劣的饮食给项羽派来的使者吃，来离间范增和项羽的关系，使项羽失去他最重要的谋臣，这是第二件；半夜派出两千名妇女出荥阳城东门来诱敌，自己和刘邦却从城西门突围而出，从而从荥阳之围中解救了汉王，这是第三件；踩刘邦的脚，请求他封韩信为齐王，以防韩信背叛，这是第四件；请求刘邦装作巡幸云梦泽，乘机抓住前来迎接的韩信，这是第五件；派画工画了美女的图像，秘密派人送交单于阏氏（匈奴皇后），表示如果单于再包围汉皇帝刘邦，汉将就进献画上的女子给单于，以取得单于的欢心，使阏氏失宠，从而使阏氏劝单于解白登之围，使刘邦脱险，这是第六件。这六件计策中，只有踩脚封韩信这件最妙。至于假装巡幸云梦泽而借机抓住韩信，这是个大错误。因为云梦泽可以光明正大地巡游，何必假装。而且，既然认为韩信一定会前来迎接和拜见，那么还能说他要谋反吗？你考察他是对的，马上抓起来就不对了。抓了一个韩信，使得刘邦手下的三个大功臣相继都起了疑心，感到害怕，结果被斩首灭族。陈平所带来的这些祸患，实在是太严重了！

有一艘大船正在航行。这时，有个旅客拿出了一只用黄铜做的杯子喝酒。船夫一看，觉得那个杯子好像是用金子做的，于是偷偷注视那个杯子。那个旅客也觉察到船夫的反应，于是就靠近河上洗杯子，并故意让杯子掉落到水中。船夫以为是失落了金杯，感到十分惊骇和惋惜。那个旅客乘机向他解释说："算了，这是一个黄铜杯，又不是金子，没什么值得惋惜的。"

这件事和曲逆侯陈平脱下上衣帮助船夫撑船所表现出来的智慧，可以说是很相似的。

一字之差，天壤之别

顾岕（jiè）担任儋耳（今海南境内）太守。五月份的一天，文昌海面起大风，海面上飘来了一艘无主的船，不知是哪国的，船内装有金丝鹦鹉、一个黑女人和金条等东西。当地的地方官员于是把船上的金条给分了，把女人给埋了，只把鹦鹉送到县里，并具文呈报儋耳郡的镇巡衙门。公文被驳回到镇守府，府里屡次派人来督责追查这件事。原来分金条、埋女人的地方官员想躲避罪责，一起商量想漂海逃跑。主管这件事的人也不能为他们提出什么好主意。这时，顾岕恰巧到达郡里，大家都来向他请教该怎么办。顾岕于是让他们把原来上报的公文拿来给他看。大家于是赶紧取来给他，他看过一遍后，便把原文中的"飘来船"改为"覆来船"（即翻了后漂来的船），然后重新呈送。只修改了一个字的公文重新呈上去之后，这件事情就此了结，不再追究了。

只换了一个字，就省掉了许多麻烦事，因此才有"一字之贬""一字之师"这样的说法。

巧施反间计

北宋大将曹玮出任渭州（今甘肃省平凉市）知州时，号令十分严明，所以边境上的敌人都很畏惧他。有一天，曹玮正召众位将领饮酒，正巧有几千名叛变的士兵逃亡，投奔到敌人境内。守卒打探到消息后，飞马来报告此事，众位将领顿时惊得面面相觑。但曹玮却谈笑自若，就跟平时一样，他从容地对来报告消息的士兵说："这是我命令他们去的，要严守秘密，千万不要说出去。"这句话很快就传到敌人那里，以为这些叛军是来偷袭自己的，便把他们都给杀了。

南宋时，郦琼捆绑着吕祉，背叛朝廷，去投降敌人。张魏公（张浚，封魏国公）听说后神色不变，高高兴兴地喝酒，一直喝到深夜，之后就把写好的信用蜡丸密封住，然后派一位勇敢的士兵拿着这封信给郦琼送去。信上说，"这件事可以办成，就把它办成功；如果办不成，那就保全部队，赶快回来。"敌人得到这封信后，马上对郦琼产生了怀疑，接管了他所带去的士兵，把他们严密监控起来。边境也靠着张魏公所施用的这种反间计而无忧。

这就是冯睢智除宫他的方法。西周国的宫他逃亡到东周国，并把西周国的情况全部告诉给东周国。西周国的国君十分生气，冯睢说："我能除掉宫他，只需要您给我三十斤黄金。"西周国国君满足了他的这个要求，然后冯睢便派人拿着三十斤黄金给宫他送去，东周国君于是对宫他起了疑心，并把他给杀了。

后发制人

东汉末年，太史慈在东莱郡当差，正巧郡守和州刺史有矛盾，二人是非难辨。在这种情况下，谁要是先上奏章，谁就会占上风。当时，州里的奏章已经派人送出，郡守怕自己落在后头，便想找一个得力的使者去追赶州里派出的那个人。结果，太史慈被选中了。于是他昼夜兼程，很快就赶到洛阳，并立刻来到专门接待臣民上书的公车衙门，送上奏章。这时，州里送奏章的那个人刚到，正在求守门的官吏为自己通报。太史慈马上走出去问他："你想通报上奏章吧？"州里来的使者说："是的。"太史慈又问他："那你的奏章在哪里呢？题头、落款是不是写错了？"那个使者于是就把奏章拿过来给太史慈看，太史慈一拿到奏章就把它给撕了。那位使者顿时傻了眼，大叫着拉住太史慈不放。太史慈对他说："你要是不把奏章给我，我也没有机会把它撕了，是祸是福，咱俩都一样承受，反正也不能让我独自蒙受罪责，与其这样，不如咱俩都悄悄离开这里。"于是，太史慈与州里的那位使者便一起悄悄地回来了。最后，郡里送的奏章最终得以首先被朝廷收览。

兵马未动，粮草先行

1449 年，明英宗率军出征，结果在与瓦剌军队作战时被俘。随后，瓦剌军队又直逼北京，并扬言要占据通州的粮仓，朝廷上下顿时乱作一团，不知所措。在商量对策时，有人提议派人放火烧粮仓，不让敌人得到粮食。当时，周忱（谥文襄）正巧在京师，他的建议是下令京师各守卫部队预支半年的粮饷，让他们自己前去通州粮仓领取。于是，通州粮仓前一个个肩上背着粮的军人接连不断地经过，没有几天工夫，京师的守卫部队立即粮食充足，而通州粮库也没什么粮了。

还有另外一种说法是：当时商量对策的人请求烧掉通州粮仓，以打掉敌人抢粮的念头。于谦（谥忠肃）说："粮食是国家的命脉，是老百姓的膏脂，怎么能不珍惜呢？"于是传令北京城里只要是有力气扛粮食的人，都可以随意去扛。结果，没几天就把粮食都扛进了北京。

郦食其认为，楚霸王项羽打下了荥阳，却不坚守藏粮食最多的敖仓是一种失策，于是就劝刘邦赶快去攻占敖仓。

另外，隋朝末年的李密占领了黎阳粮仓之后，就打开粮仓让老百姓随便吃，结果在十天中就招到三十多万人，参加了他的军队。徐洪客向李密献计说，这么多人长久地聚在一块儿吃，就怕粮食一吃完，人也就散了，这样难以成就功业，应该趁着锐气不断进军，夺取地盘。遗憾的是，李密并没有听从，结果失败了。

宋朝的刘子羽驻守仙人关时，预先调运了梁洋地区公家和私人的存粮。后来，金人深入进犯时，由于刘子羽的粮食储备充足，而金人的粮草供应跟不上，最后只好退兵。

自古以来，在攻守的对策上，没有不以粮食作为根本的。关键是在敌人还没有到之前就预先做好准备。如果搬运实在来不及，那么烧掉也是一个对策。古代名将也常常这样做，因为绝不能把粮食送给敌人。

吴汉施计劝彭宠

汉朝时，吴汉逃亡到渔阳，听说刘秀是个长者，很想归顺他，便劝说渔阳太守彭宠，让他汇合两郡的精锐部队依附刘秀，攻打邯郸的王郎。彭宠为此很是犯愁，因为他虽想归顺刘秀，但他的部下却都想依附于王郎，他改变不了他们的主意。吴汉见说不服他，只好辞别而去。出了城门后，吴汉在一个亭子里歇脚，心里正在筹划如何瞒过彭宠下属的办法。正感到无计可施时，远远望见路上有一个人走来，看样子像是一位读书人，便派人把他招呼过来，并为他准备了食物，同时向他打听沿途听到的消息。那书生说，大司马刘秀所经过的郡县，人们都称赞他是长者，为人也很好；在邯郸自称为汉成帝之子子舆的王郎，实际上并不姓刘。吴汉听后大喜，立即伪造了刘秀的书信，向渔阳发出了征召彭宠部队声讨王郎的檄文，并派那个书生将这封檄文交给彭宠，并让书生把自己沿途听到的情况都告诉彭宠，吴汉自己紧跟着也来到了彭宠那里。彭宠一看这封信，终于决定归顺刘秀，并下令攻打邯郸的王郎。

智擒强盗

明代的兵部尚书张佳胤在滑县担任县令时，有两个名叫任敬和高章的强盗，谎称是锦衣卫派来的使者，前来见张佳胤。两个"使者"到了县衙后，便径直走上公堂的台阶，面向北面站立，张佳胤一看，觉得很奇怪，但仍然照常判案。这时，任敬厉声说道："这是什么时候，你这个县官就这么傲慢地对待朝廷派来的使臣吗？"张佳胤一听，脸色才略有改变，离开了座位过来迎接他们。任敬说："我们身奉皇帝御旨，恕我们不能施礼了。"张佳胤说："圣旨涉及我吗？"于是派人备下香案，准备听"使臣"宣旨。这时，任敬附耳悄声对他说："这圣旨没有涉及你，是关于没收耿主事家产的事。"当时，滑县有个耿随朝，在任职地方官时，因草场失火案件而受牵连入了狱。张佳胤听他这么一说，有所怀疑，便把他俩请入后堂。于是，任敬便牵持张佳胤的左手，高章则推着张佳胤的后背，一同进入内室，然后坐到炕上。

刚一落坐，任敬就捋着胡子笑道："您不知道我们是什么人吧？我们从坝上来，听说您的府库里有一万两银子，希望您能借给我们一些。"说罢，便同高章一起拔出匕首，放在张佳胤的脖子上。张佳胤一看，马上就明白是怎么回事，但他毫无惧色，从容地对他们说："你们要的是钱，又不是找我报仇，我就算再愚蠢，又怎么会因为在乎钱财而不要命呢？我是个贪生怕死的，就算你们不带匕首，我又能把你们怎么办呢？再说了，你们既然自称是朝廷派来的使者，为什么又轻易暴露自己的真面目呢？如果让别人偷偷看到了，这对你们没什么好处啊！"那两个强盗一听，认为他讲得有理，便把匕首收进了衣袖中。这时，张佳胤又说："滑县没有多少油水，我哪能有这么多银子？"任敬于是拿出了他们的记事本，如数地说了一遍，张佳胤一听，知道他们掌握了内情，就不再辩白，只是请求他们不要拿得太多，以免连累到自己的职位。张佳胤反复给这两人讲明利害关系，讲了好半天，这两人又说："我们还有同伙，一共五人，您得给我们五千两银子。"张佳胤于是向他们致谢，说："这太好了，但你们的钱袋能装得下这么多银子吗？再说，你们又有什么办法能走出我这衙门呢？"那两个强盗说："你考虑得确实有理。这样吧，你给我们准备一辆大车，把银子装在车上，我们再假意奉旨捉拿你，给你带上枷锁，不准任何人跟从。如果发现有人跟上来，我们就先刺死你。如果我们平安地带着银子骑上马逃走，便把你放了。"张佳胤说："你们要是白天押着我在大街上走，县城里的人必定要阻拦你们，即便杀死我，对你们又有什么好处？不如夜间行走方便。"两个强盗听他这么说，商量了一下，觉得这个办法很好。张佳胤又说："府库里公家的银子上有印记，容易辨认，一旦有人辨认出你们手里拿的是府库里的银子，这对你们也没好处。所以，不如这样吧，县城里有许多富户，我想如数从他们那里借出这五千两银子，然后交给你们。由于这些钱不是从府库里取来的，这样就不会连累到我这个县官丢了官职，你们也可以高枕无忧，岂不两全其美？"两个强盗一听，更是觉得他的主意高明。

　　于是，张佳胤便写了一道公文，并传下话去，召县吏刘相来见。刘相是个很有心计的人。刘相来后，张佳胤就开始对刘相编瞎话："我不幸遭到了意想不到的灾祸，如果被他们抓走，用不了几天就死了。如今，锦衣卫派来的这两位官员很有能耐，他们可以帮助我，我心里十分感激他们，我准备拿出五千两银子送给他们，以作为谢礼。"刘相一听，吓得一吐舌头，说："到哪儿去筹集这么多银子？"张佳胤暗中踩了一下刘相的脚，说："我们县城中有很多富而好义的人，现在我派你去替我借点来。"于是，马上拿过纸笔，写上某大户应当出银子多少两，某大户又应当出多少，等等，一共开列了九个人的名单，正好凑足五千两的数目，但实际上这九个人都是捕盗能手。张佳胤嘱咐刘相说："朝廷派来的使者在这里，这九位应当衣冠整齐地前来拜见，不要因为我向他们借钱，就故意装出一副穷酸相。"刘相一看这些人的名单，自然领会了张佳胤的意思，于是便出了衙门，办他的事去了。

　　刘相走后，张佳胤便取来酒食，招待这两名强盗，并且自己先吃起来，以消除这两个强盗的怀疑，还告诫他们不要贪杯，以免喝醉了坏事，这两个强盗一听，更加相信他了。酒喝到一半时，刚才张佳胤点出的那九个人已经各自穿着鲜亮的衣服，打扮成富翁的样子，用纸裹着兵器，亲手捧着，陆续来到门外。这九个人谎称："所借的银两已经送来了，只是因为我们没有这么多钱，实在拿不出您要求的那么多银子。"一边说，一边还做出苦苦哀求的样子。两个强盗听说银子送到了，而且看到这些人的样子都是当地的有钱人，便不再怀疑。这时，张佳胤呼唤拿秤来，然后又嫌桌子太小，要来了府库中的长桌子，横放在后堂。在抬进桌子时，又随之进来了两个县吏。张佳胤与任敬隔着长桌，一个处于主位，一个处于宾位，高章则始终不离张佳胤的身边。这时，张佳胤便拿起砝码对高章说："你不愿替我来看看分量够不够吗?"高章于是稍稍靠近长桌,那九个人捧着手中裹着的兵器,竞相来到长桌前。张佳胤一看机会来了,于是乘机脱身,并大喊"捉贼",任敬一看不好,立即起身朝他扑去,结果没扑到,之后便自刎而亡。而高章则被活捉,经审问后,又获知王保等其他三名同伙,于是就立即通缉追捕。但是,这三个强盗听到风声后,已经逃到了京师。张佳胤于是给主管京师治安的陆炳呈上了一份公文,陈述此事,陆炳很快把这些强盗全部捉拿归案了。

祁尔光说:"处在千钧一发的危急时刻,却能镇定自若,谈笑风生;在殷切恳谈、温文多礼之中,通过眉目之间的传达又布置下捕盗计划。他消灭这些强盗,轻松得犹如制服几个小孩子。这位先生的经国济世之才,真是极为罕见呀!"

有远虑才能解近忧

明神宗虽已册立了长子朱常洛为太子,但神宗的爱妃郑贵妃却十分有心计,又得到神宗的宠幸,所以太子当时的地位很不稳固。而太子身边的侍卫力量也很单薄,东宫的日常开支经常入不敷出,得千方百计去弥补不足。这其中,司礼监王安在这方面为太子出力最多。

后来,郑贵妃的儿子福王朱常洵要到自己的属地去,郑贵妃便把自己所有的财物都拿出来给儿子。这时,有人为了迎合太子,劝阻郑贵妃不要再搬运,并把最后十箱搬到了太子所在的东宫门外。太子很想拿这些东西,王安得知此事后,立即前来规劝太子说:"这样做不符合当太子应遵守的原则。"这时又有人说:"那些东西已经搬来了,怎么办呢?"王安说:"马上把箱子送回去。"于是,便派人另外挑选了十个类似的箱子,装上了器物和钱财,然后作为礼物送给福王。之后,王安又对郑贵妃说:"刚才我们把箱子留在宫门外,是想仿照这些箱子,给福王准备一份礼品。"神宗和郑贵妃听了,都十分高兴。

应急纾困，权宜之法

西江有水，遐不及汲。壶浆箪食，贵于拱璧。岂无永图？聊以纾急。

大意是：西江的水虽然多，但却来不及解救生命垂危的涸辙之鲋。一壶浆液、一筐饭食，有时比价值连城的玉璧还要珍贵。这样说难道是没有长远的打算吗？不是的，这只是暂且用来缓和危急的方法。

不以个人好恶行赏罚

汉高祖刘邦封了大功臣二十多人之后，其余的人便不分昼夜地争功。刘邦一看，便定不下来如何封赏才好。

有一次，刘邦在洛阳南宫，远远看见众位将领星罗棋布地坐在沙土地上窃窃私语，便问留侯张良这些人在说什么。张良回答说："您从平民起家，凭借着这些人取得了天下，现在您做了皇帝，而您所封的都是您的旧交，所杀的都是您平时最恨的人，所以他们聚在一起想谋反。"刘邦一听，对这种情况感到很忧虑，就问张良说："那我该怎么办才好呢？"张良说："请问您平时最憎恨，而且大家也都知道您最憎恨的那个人是谁呢？"刘邦说："是雍齿，这家伙曾经使我屡次受窘，要不是他功劳太大，我早就把他给宰了。"张良一听，马上说："请您马上封雍齿，群臣就稳定了。"刘邦听从了张良的建议，立即封雍齿做什邡侯。群臣知道后，都为这件事感到高兴，说："像雍齿这样的人尚且能封侯，我们这些人就更没有什么可担心的了。"

司马光说："其实众位将领所议论的，未必是谋反的话，要是果真是谋反的话，怎么可能还让刘邦看到呢？张良又为什么在皇帝问他之后才说呢？只是因为皇帝刚刚得到天下，屡次根据自己的爱憎来施行赏罚，群臣肯定会有失望、怨恨和自危之心，所以张良趁着这件事规劝他，想用这种方法来改变刘邦的做法罢了。"

袁了凡说："张良为雍齿游说，使皇帝从此有了怀疑功臣的想法，以致使三大功臣相继被杀，这未必不是张良这句话所带来的祸害。从他平息群臣的疑心，改变皇帝根据自己的爱憎行赏罚的做法来说，张良出的是好主意；但就从此刘邦对功臣起疑心来说，这是张良的一条罪状。总之，平民称帝，始于汉代，群臣过去都是跟皇帝并肩共事的人，如果产生了失望、怨恨和自危的念头，他们势必造反。刘邦所忧虑的也正是这一点，张良乘机点破了，所以他的话刘邦很容易接受，而且这样一来，众位将领中流传的没有根据的议论，也就顿时止息，这不能不说是一个好的计谋。至于后来韩信、彭越等功臣被杀这一点，张良又怎么能预料得到呢？"

只罚不奖也有奇效

鲁国有个人放火烧了一个大柴场。当时刮的是北风，火头向南边蔓延，眼看就要烧到鲁国的国都来了。这时，鲁哀公亲自率领众人出来救火，但他旁边却没有人，因为人们都去追赶被火烧出来的野兽，而不去救火。鲁哀公于是把孔子召来，向他请教这是怎么回事。孔子说："那些追赶野兽的人又快乐又不会受到处罚，而救火的人又累又危险，而且还没有奖赏，这就是没有人愿意去救火的原因。"鲁哀公说："你说得很对。"孔子说："现在事情太紧急，来不及去赏救火的人，再说要是救了火的人都要给予赏赐，那么国家的财富还不够用来赏赐救火的人呢，所以请您只用刑罚就行了。"鲁哀公听了孔子的建议，于是下令："不救火的人，与战争中投降或逃跑的人同罪；追赶野兽的人，与擅入禁地的人同罪。"结果，这道命令还没有在国都中传遍，大火就被扑灭了。

南宋的贾似道做宰相时，临安城中失火，贾似道当时正在葛岭，同临安相距二十里。报告的人络绎不绝，贾似道却不管，并说："等火烧到太庙再报。"不久，有人前来报告说："火将烧到太庙了。"贾似道于是乘坐一辆轻便的小轿，由四个力士用剑保护，每走一里路左右就换轿夫，一会儿工夫就到了太庙。到了那里，贾似道只说了一句话："要是大火把太庙给烧了的话，就斩统帅。"于是，统帅带领勇士一下子就将大火扑灭了。贾似道虽然是个奸臣。然而他的威令下达后必定执行，他的才能也有使人感到痛快的地方。

沿街买饭给军队

宋理宗嘉熙年间，峒丁（壮族奴隶）在吉州（今江西省吉安市）造反，万安县县令黄炳立即集合军队守备。有一天五更时分，探子前来报告，说造反的部队快到了，黄炳马上派巡尉领兵去迎击敌人。这时，将士们都说："空着肚子怎么打仗？"黄炳说："你们先去，饭随后就送到。"军队走后，黄炳就领着下属官员们，带着竹篓木桶，然后沿街挨门挨户告诉说："县令买饭来了。"当时，老百姓家里的早饭刚刚做熟，黄炳就用优厚的价格买下，并派人迅速把饭送往军队。士兵们饱餐了一顿后，便一鼓作气将来犯之敌打了个大败。后来，朝廷论功行赏时，便将黄炳提升为临州知州。

毁籍救人

宋钦宗靖康二年（1127年），金兵攻占了开封，北撤时又劫走宋徽宗和宋钦宗两位皇帝，这就是历史上著名的"靖康之变"。除了把两位皇帝抓走，金人还想把在京师的皇族成员全部抓来。这时，有人献计，说宗正寺的典册中有皇族的宗谱。金兵首领于是命令下人立即把典册取来。不一会儿，下人就把典册拿到了南薰门亭子。这时，恰巧金人的使者因为有事暂时回去了，所以当天晚上只有监督交纳官物的几个人在那里。户部官员邵溥就是其中的一个，于是他马上将皇室宗谱拿来，翻阅时每隔两三页，就抽出一页投入火炉里烧掉，他叹息道："我的力量不能推及到每个人身上了。"结果，宗谱被烧掉的有十分之二、三。不久，金兵的使者回来了，监督交纳官物的官吏们将余下的宗谱都交给了他，于是金人就按宗谱来抓人。而那些能够幸免于难的皇族，都是靠了邵溥的力量。

唐朝"安史之乱"时，裴谞被史思明给抓住了，并让他当伪朝的御史中丞。当时，史思明残酷地杀害皇族，裴谞就暗中为皇族开脱，救活了近百人。由此可知，随时随地肯为别人行方便的人，都是对国家有益的。看那些只会死抄忠孝旧本子的人，他们要是跟邵溥相比，到底谁更高明呢？

巧修决堤

宋神宗熙宁年间，睢阳县的百姓在汴河的河堤上掘了一个口子，引汴河的水来灌溉农田。有一年，汴河突然暴涨，河水从那个口子中汹涌而入，把河堤冲塌得很严重，用人力堵堤的办法看来是行不通了。这时，都水丞侯叔献也来到了现场，在经过细致的察看之后，他发现汴河上游几十里处，有一座废弃了的古城，于是马上派人挖开那里的河堤，让汹涌的河水泻入古城中。这样，下游便干涸了。随后，他立即派人把原来被洪水冲塌的河堤修筑好。第二天，古城中灌满了水，汴河水又开始往下游流去，而那时下游的河堤已修好了，河水顺利通过。这时，侯叔献又开始派人堵古城那段河堤。由于那里的积水是静止不动的，因此那段河堤很快就堵上了。通过这件事，大家都很钦佩侯叔献的机敏。

翰林学士的缓兵计

宋代的盛度在翰林院任翰林学士时，仁宗皇帝曾召他进宫，对他说："近来旱灾十分严重，我已经向上天祈祷过，但没有什么效果。我打算下罪己诏，对自己的责任进行深刻的检讨，并征求意见，让民间反映疾苦。你就在这殿上起草一份诏书，我有什么意见，可以当场与你研究，不必反反复复地呈递公文了。"盛度一听，便回道："陛下，由于我的身体太胖，不能伏在地上写字，所以请求您赐给我一张矮桌。"仁宗皇帝同意了他的要求，马上传下圣旨。没过多久，便有人送来了一张矮桌。矮桌一到，盛度提笔将诏书一挥而就，仁宗皇帝看罢诏书，直夸他文思敏捷，对他草拟的这份诏书一个字都没有改动。

后来，有人说："盛度写文章时，文思比较迟缓，他要求皇帝赐给矮桌，也可以说是善于利用他身体胖的短处，来争取构思文稿的时间吧！"

第六部　策略的智慧

总　序

　　智慧是产生方法和策略的根源，方法和策略则是运用智慧的手段。如果没有智慧而大讲方法谋略，就好比是木偶演戏，虽然变化百端，可以供人取笑，却无法解决实际问题；如果没有方法谋略而空谈智慧，好比技术很差的车夫自我炫耀执缰如挥舞丝带，好比船夫自我吹嘘摇橹像刮风一样快，无论浅水深港，全能把握在掌中。可一旦真正遇到在羊肠险道上长途行驶或在危滩骇浪中驾船，就会束手无策，呼天喊地，很少有不翻车和沉船的。尺蠖身体能缩成一团，鸳鸟能趴在地上一动不动，麝遇到敌人时能断脐香脱逃，蟒蛇能把自己的伤口显示给对手，这都是高明的招数呀。动物尚能如此，更何况是人的智慧呢？

　　老子化装成胡人到西域去，大禹路过裸人国就脱下衣服，孔子与人比猎，散宜生（西周开国功臣）也曾行贿，更有仲雍（古公亶父的次子，吴国的第二代君主）剪掉头发、裸体文身。无知者会说："看来圣贤的智慧也有用尽之时。"智者却说："圣贤的智慧和谋略，向来都不是固定不变，而是灵活多样，没有穷尽的。"委婉和顺，但不因循，称作委蛇；隐藏起来不显露，叫作谬数；欺骗敌人，使自己不受损失，叫作权奇。若不婉顺，那么事情就受阻；若不隐藏，就有危险出现；若不欺骗，就可能被敌人消灭。是呀！当方法和谋略都达到出神入化的时候，那么可以说智慧就被发挥到顶峰了。

以退为进，灵活变通

道固委蛇，大成若缺，如莲在泥，入垢出洁。先号后笑，吉生凶灭。

大意是：委蛇之道，完满之中似有所缺陷。像淤泥中的莲花，入时污垢出时却洁净。先是号啕地哭泣，而后才大笑，懂得这个道理就能够获得吉利，消灭凶灾。

天醉人亦醉

商纣王因为通宵饮酒，弄不清几月几日，问身边的人，都说不知道。纣王于是派人去问箕子，箕子悄悄对自己的弟子说："作为天下之主，却使得国家没有时间和月日的概念，那就危险了；一国人都不知时日，只有我知道，那我也就危险了。"于是就借酒醉为由，也说不知道当天的时日。

无道之君当政，出现无道之世，这就叫作"天醉"。既然天都醉了，箕子又何必独醒呢？与箕子的机智相比，屈原就显得太愚蠢了。屈原说："众人皆醉我独醒。"他同箕子正好相反呀！

无奈的隐瞒

东汉末年，荆州牧刘表经常不按时向朝廷进贡，他的这种行为是越轨的。于是，皇帝打算在郊野祭天地时，斥责刘表乘坐越级车马的事，并以诏书的形式将此事公布于众。此时，孔融上书说："像齐桓公兵驻楚国，只能责备楚不上贡包茅一样，如今王师还没有力量惩罚他。郊祀时应隐瞒此事，以保全国体的威严。如果将其公布于世，就会起到诱发的作用，反而不能阻止这种邪门歪道的滋长。"

大凡叛逆不道之事，突然见到就很害怕，久闻就麻木不仁了。假如力量不足，不能除恶而公布它，只能使坏事张扬，使百姓耳听目视，习惯于看到那些大逆不道的行为没有受到处罚。这样一来，朝廷还会有什么威严呢？

在召陵之战中，管仲不声张楚国有超越本分的行为，仅指责楚国贡品有问题，就是因为这样做容易收场。同时也是出于形势逼迫，不得不这样做。诸葛孔明派人去恭贺孙权称帝，也并非出自本愿，而是形势使然，同样不得不这样做。儒家"虽败犹荣"的说法，真是误人不浅呀！

尊人才能自尊

西汉时，清河的胡常与汝南的翟方进同为经学博士。胡常比翟方进先当上教书先生，但名声却不如翟方进响亮，所以他十分嫉妒翟方进，经常对别人说翟方进如何如何不好，而且动不动就挑翟方进的毛病。不久之后，翟方进知道了这事，就在胡常集中门生讲课时，派自己的学生去旁听，并向胡常请教经书中的疑难问题，并认真记录。这样持续了很长时间，胡常就明白了翟方进这是在有意推崇自己，为自己树立威望，于是感到有些过意不去。从此以后，胡常也开始在各种场合中称颂翟方进了。

尊人才能自尊，迂腐的儒生常被这规律驱使行动，却不知其中的道理。

扫门求见宰相

西汉初年，魏勃年少时十分崇拜齐国的宰相曹参，很想见他一面，无奈家境贫寒，没有有地位的亲朋好友给予引见。于是，聪明的小魏勃便想出一个妙法。有一天，他在天还没亮时，就悄悄起身，前去打扫宰相近侍官家的门庭。这样连续了好几日，宰相的侍从看到自家大门前的道路天天被打扫得很干净，觉得十分诧异。他想可能是出了神仙鬼怪，于是就在一天早上悄悄起来，然后躲在门后窥视，终于捉到了魏勃。魏勃一看机会来了，便向他道出了原委："我很想见宰相，苦于没有机会，只有为您效力，希望您能帮我引见。"不久，侍官把魏勃领去见了曹参。

曹相国坦诚和蔼，平易近人，不是那种防范如崖岸的人，而魏勃想见他一面还那样困难。可想而知，其他的为官者与百姓就离得更远了。

智收"赌徒"

明代的王龙溪，青年时负气仗义，好打抱不平，而且很有才学，但却每天在酒馆赌场中度过。王阳明很想收服他，曾多次想会见他，但都未能如愿。后来，王阳明便让自己的弟子每天练习下棋、赌博、喝酒、唱歌。时间一长，也都练出一套技术。然后王阳明便秘密派遣自己弟子跟踪王龙溪，随着他来到酒家，要求与王龙溪一起打赌。王龙溪笑着说："你们这些迂腐的儒生也会赌博吗？"王阳明的弟子答道："在我的老师门下，我天天都赌博。"王龙溪一听，感到很惊讶，并立刻求见王阳明。等一见面，看到王阳明气宇轩昂的样子，便自动要求成为他的弟子。

王龙溪有这样的才能，王阳明就一定要得到他。但如果不是王阳明，谁又能降服王龙溪这样的豪杰呢？如果王龙溪遇到当今的这些学者，他们就会按酒场赌徒的罪名来论处他了！

能屈能伸才是大丈夫

明代时，周忱巡抚江南，当时富豪王振当权，周忱很担心王振会阻碍他的工作。此时恰好王振刚开始修筑自家宅第，周忱于是暗地里命令人丈量王振厅堂的大小，然后派人到松江做了一块剪花绒毯赠送给他。尺寸大小正好合适。王振得到那块剪花绒毯后，更是喜上加喜。此后，凡是周忱向朝廷申报有利于当地建设的项目，都从王振那里得到支持。而这些事让江南一带的百姓至今还能受益。

秦桧建造格天阁，江南有一位官员想讨好秦桧，便想出一个法儿，想让秦桧意外地高兴一下。这位官员以重金贿赂筑工，得到格天阁的尺寸，然后制作一幅绒地毯，进献给秦桧。地毯铺在新阁中大小正好合适，秦桧十分疑心他知道自己的内情，大怒之下，便找了个借口将他狠狠地训斥了一顿。

上面的这两件事，所献的东西相同，而结果却相反，一个是喜，一个是怒，到底是什么原因呢？这是因为忠人和奸人的想法正好相反，所以是老天爷叫他们各得其报应。也许这样说也未必对。大概是王振为人暴躁、骄横，心机较浅；而秦桧为人险毒、狡诈，阴谋多端。所以王振乐于招纳君子以沽名钓誉，而秦桧却严防一切人以避祸篡权，这是二者结果不同的原因吧！

人们批评周忱，是因为他取媚于王振以及捐粟米千石以旌表其门，又为其儿子纳粟获取官位。世人认为这两件事都不是高明的做法。而我认为这两件事从另一方面讲也是有深意的。当时四面八方纷纷报告灾情，户部担心百姓贫苦，周忱此时就奏请皇上免去江南苛税若干万。另外鼓励百姓捐米、买官，借以充实府库空虚。而且周忱还率先捐米纳粟，公开地告诉人们因捐粟而旌表其门是光荣的，为此当官也不是耻辱。周忱想以这种风气鼓动百姓，此也如西汉大臣卜式助边之遗意，后人不应对周忱妄加批评。

明朝的倭寇蹂躏苏州时，以刀枪刺穿婴儿做游戏。著名的文学家唐顺之此时正好住在苏州，见此非常痛心，愤不欲生。当时赵文华总督江南浙江诸军，他是宰相严嵩的宠客。唐顺之挺身去拜谒他，向他陈述自己的谋略，并说非专任胡宗宪（字梅林）不可。赵文华于是将他推荐给严嵩任职方郎中，督率浙直水军。接着又任命胡宗宪做官。胡宗宪也送厚礼给严嵩讨好，所以才无掣肘之虞，才能顺利在崇明开展除掉倭患的战争。

明学者焦弱侯说："唐顺之晚年做官是严嵩推荐的，这至今被人诟骂。看一个人变了没有，要看本质。包容奉承小人，是为着君子的吉利，甚至包容畜牲而不推辞。为了自身的清洁把大计丢弃在脏沟之中，这是有志为天下的人所不忍做的。汉代有人说：'中世选士人，一定要清白、谨慎。'这只是妇女式的检点拘束和村人的看法。唉，世上的事本来很复杂，有很多难言的隐情，爱惜自己的人，是很难与他谈论这些的。正德年间，叛逆刘瑾掌权，刘健、谢迁都逐渐离去，只有李东阳独自留下来。他办事积极、沉着、谦逊，善于协调各种矛盾，缙绅富豪遭到的祸患往往因他获免。可是人们都说：李东阳没有离开是错误的。人们忘记了孝宗去世时，刘健、谢迁同李东阳三人守在榻前，承受皇帝的遗嘱，皇帝亲自把皇太子托付给他们。假使李东阳也随刘健、谢迁离开朝廷，那么国事将难以预料，如此岂不是辜负了先帝的嘱托吗？所以李东阳不离开，这也是不得已的事啊！李东阳晚年只要与人谈及此事，则痛哭不已。唉！大臣的心事不被儒者原谅的，多得很啊，又何止一个唐顺之呢？"

智除奸臣

明武宗时，吏部尚书杨一清与宦官张永共同领兵讨伐安化王朱寘（zhì）鐇（fán）时，杨一清趁机向张永提到大宦官刘瑾搞内乱的事，并以危言相告。张永听了之后，十分震惊。杨一清看到张永被说动，便从袖中拿出两封奏书。一封写的是有关平定宁夏贼乱的事，另一封写的是朝廷发生政变的事。杨一清嘱咐张永说："你率军胜利回京后，去见皇上时，先把有关宁夏的奏书递上，这时皇上一定会问你一些问题，你就请皇上屏退左右侍官，然后交上揭露政变的奏书。"张永问："如果皇上不相信怎么办？"杨一清说："别人的话能不能使皇上相信，这不好说，你的话他一定会相信。所以，你跟他说话时，一定要有头绪，考虑周到，万一皇上不相信你，你就叩头请皇上立即召来刘瑾，没收他的兵器，并劝皇上登上城门亲自考察。接着你就对皇上说，刘瑾如果没有反叛的行为，您可以杀掉我去喂狗，然后再叩头哭泣。这样，皇上对刘瑾的反叛之事肯定会相信，并会大为愤怒。杀了刘瑾，你就会得到重用。到时你就可以把刘瑾的错误及其后果通通矫正过来。吕强、张承业和你都是千年一遇的大德大才之人，只盼望你立即行事，不能耽误片刻。"张永听了，十分兴奋地说："我要报答皇上的恩德，又何惜什么残年余生呢？"

回京后，张永马上去禀见皇上，并按杨一清所说的去做，事情果然很顺利。刘瑾刚被抓时，皇帝命令将其送到南京执行死刑。但刘瑾趁机向皇上上奏自陈其罪，乞求得到一两件破旧衣衫蔽体。皇上看了之后，顿起怜悯之心，于是命令给他一百件旧衣服。张永听说后十分担心，便与内阁中的几个好友谋划，让科道官向上弹劾刘瑾，但弹劾中波及刘瑾下属的许多官员。张永持此奏书来到左顺门，对几个进谏的官员说："刘瑾掌权时，我们都不敢说话，何况你们呢？现在只对刘瑾一人治罪，不涉及旁人，千万不要伤及其他官员的感情。你们把此奏书拿回去修改，急换一个，只弹劾刘瑾一人，然后送上。"皇上看到奏书后，刘瑾很快就被正法了。只牵连了文官大臣张彩、武官大臣杨玉等七人。

能够成功除掉刘瑾和江彬两个奸臣，都是凭借张永的力量，如果杨一清只凭宫廷之外的力量，那么就达不到目的，而张永不愿涉及更多的人，说明他对这件事更有一番深刻的见识。

让财容易让名难

阳羡人许武，曾被举为孝廉，之后官运亨通，在当地很有名气。而他的两个弟弟许晏、许普却还没有显达。许武想让两个弟弟也能成名，于是便对两个弟弟说："从礼义上来讲，到一定的时候就要分家，所以我想和你们把父亲留下来的家产给分了，你们看怎么样？"两弟弟同意后，许武将财产一分为三，自己拿了一份有肥田、广宅和强壮奴隶的大头，而将田地瘠薄，房屋不好的两份分给了两个弟弟。结果，两个弟弟没有说什么就接受了。这样一来，乡里的人都称赞他的两个弟弟克己谦让，而鄙视许武的贪婪。于是两个弟弟因此显名，并被举为官员。又过了很久，许武召集家族亲朋，对他们说："我当哥哥的不肖，盗得名誉和官位，现在两位弟弟都长大了，却不曾沾荣受禄，所以我曾用分家产的方法甘受非难指责，为两位弟弟的立名来个开端。现在我的目的已达到，所以我们应该重新分配一下财产。"说完便当众拿出自己多得的财产，分给了两个弟弟。

让财容易，让名难呀！

自污以免祸

秦国灭楚国时，秦始皇派大将王翦率六十万大军前往，并亲自送到灞上。王翦出发时，向秦始皇请求赏给自己许多良田美宅。秦始皇说："将军就放心去吧，为什么要担心受穷呢？"王翦说："我做大王的将军，有功最终也不能封侯，所以趁着大王赏我酒饭时，我也及时请求赏我园地，作为子孙后代的产业。"秦始皇大笑起来，爽快地答应了。王翦到了潼关后，又前后五次派遣使者返回长安，向秦始皇请求赐良田。有人说："将军要求田园太着急了吧！"王翦说："不，大王生性多疑，现在他把全国的军队都交给我一人，我如果不那样做，他就会怀疑我有其他的企图了！"

楚汉相争时，汉高祖刘邦任用萧何主持关中之事。汉高祖三年（前204年），刘邦与项羽的军队相持在京县、索城之间。刘邦几次派使者慰劳萧何。鲍生因此告诉萧何说："大王现在在外风餐露宿，却数次慰问在关中的您，这是因为对您不放心呀！如果您能让家族中的一些子弟都到军队去，那么大王就放心了。"萧何采纳了他的计策，刘邦大喜。

刘邦带兵在外面平叛时，吕后用萧何的计谋杀掉了韩信。刘邦听说后，便派使者任萧何为相国，同时加封五千户，派五百士兵及一名都尉作为相国的侍卫。诸位官员都来祝贺，唯独陈平忧虑地说："祸害从此开始了。皇上奔波于外，而您守于京城之内，没有被弓箭射杀的危险，却加官晋爵，设置卫队，这不是维护您。现在淮阴侯韩信起来造反，皇上对您也产生了怀疑，希望您把皇帝的封赏让出，不要接受，把全部家财用以资助军队。"萧何听从了陈平的意见。刘邦见萧何这样做，非常高兴。这年秋天，黥布反叛，刘邦将亲自率军征讨，此时仍数次派使者问萧何在做什么。萧何说："因为皇上亲征，我在内安抚百姓，勉励百姓，尽其所有帮助军队，像皇上讨伐陈豨时我所做的一样。"

不久，又有一个门客对萧何说："您离灭族不远了，您处于相国的高位，论功是全国第一，各方面已无以复加。您入关中以来，十余年一直深得民心，而且目前仍孜孜不倦地致力于民生。皇上之所以数次问您在做什么，是害怕您的威信太高，影响整个关中地带。现在您何不多多购买田地，以损污自己的名声，如此皇上的心就安宁了。"萧何采纳了他的计谋，用贱价强买了许多民宅、民田。高祖还京时，百姓拦路控诉相国的行为，皇上听了，心中暗暗高兴。

《汉书》上又说：萧何购买田宅都是选择偏远的穷乡僻壤，也不在自家宅院营建高楼围墙。他说："如果后代子孙贤德，就会学习我的节俭；如果子孙不肖，有家产也会被他人所夺。"这和前文所记萧何如何强行购置民田，似乎有出入，其实强购民田是为免遭杀身之祸的权宜之策，至于隐居穷乡僻壤，则是为了保护家产，这两件事都非常有远见。

南宋的大将韩世忠被罢官之后，闭门谢客，绝口不谈打仗之事。他常常骑着驴、带着酒，后面跟着一两个童仆，在西湖一带游乐并与人商议买新淦县的官田。高宗听说他在置产业，十分高兴，赏赐给他御笔亲书，并给他的田庄起名叫旌忠。

韩世忠买田与萧何买田，用意都是一样的。作为人主的皇帝不能同英雄豪杰推心置腹，以致许多有功之臣不得不自污，以求免于杀身之祸。唉！夏商周三代开国君主与民交往相通的风气荡然无存了。但是到了今天，大臣们不论有功无功，无不多置田宅，难道他们也是在自污吗？如果不是的话，又该做何解释呢？

陈平在发现吕氏怀疑自己之后，整日饮酒作乐，调戏妇女；而唐朝的裴度在宦官气焰正盛时，也曾隐居乡野喝酒作诗，不问朝廷大事。这些都是古人明哲保身的办法，都是为了消除君主对自己的疑虑。

明朝初年（1368 年），御史袁凯因触怒太祖朱元璋，托病辞官归隐，太祖仍不放心，派人窥探，只见袁凯趴在竹篱下，吃猪狗的大便。密探向太祖报告后，袁凯得以保住一命。原来袁凯早料到太祖会派人监视他的行动，要家人在炒面中拌上砂糖，灌进竹筒中，暗暗散置竹篱下，这才避过密探的耳目。看来袁凯也是聪明人！

众人皆醒我独醉

　　魏晋之时，政治十分黑暗，于是很多名士不得不为了保全自己而采用了各种办法。阮籍是"竹林七贤"之一，他常常酗酒托志，拒不参与世间事。当时，司马昭曾为儿子司马炎向阮籍的女儿求婚，可阮籍喝酒一醉就是六十天。司马昭面对终日不醒的阮籍，没办法与他对话，只好作罢。司马昭手下大将钟会也曾多次访问阮籍，请他谈谈对国事的看法，并想借此来定他的罪。可阮籍整天喝得酩酊大醉，钟会无法同他说话，阮籍也因此免去一场灾难。

隐而不显，瞒天过海

似石而玉，以錞（chún）为刃。去其昭昭，用其冥冥。
仲父有言，事可以隐。

大意是：看起来好像是石头，实际上却是玉，所以军乐器也可以
用来当刀刃。去掉明白显露的部分，而用隐含在其中的含义。管仲曾
经说过："一些事情是要有所隐蔽的。"

投其所好，迷惑其心

宋太祖赵匡胤听说南唐后主李煜笃信佛教，就选了一个十分善辩
的年轻和尚，让他到江南去拜见李煜。那和尚到了南唐之后，就与李
煜谈论性命学说（长生不老理论）。李煜听了，深信不疑，于是越来越
器重他，称他是佛爷出世。从此，李煜陷入频繁的佛事活动中，再也
没有心思治理国家和守卫边疆，最后被宋朝所灭。

茅元仪说："这与越国将西施献给吴王夫差有什么差别呢？"

晏子移风

齐国人非常喜欢用车子相互撞击来取乐，朝廷虽然屡次禁止，却一时禁止不了。当时，齐国大夫晏子为此很发愁。后来，他想出了一个办法，他先是准备了一辆新车，并配了良马，出去后便故意与别人的车子相撞，等两车相撞之后，他下了车说道："今天真不吉利呀，不能去祭祀了，难道是我拜祭神明时心意不够诚敬、平日居家待人不够谦和的缘故吗？"说罢便弃车而去。从此，齐国人再也不以撞车取乐了。

东方朔的智慧

汉武帝喜欢方术之士，并让这些术士去寻找长生不老之药。东方朔于是向汉武帝进言说："您让人寻找的都是世间的药，这些药物是不能使人长生不老的，只有天上的药才能使人长生不老。"汉武帝听了，便问道："那怎样才能上天取药呢？"东方朔说："我就可以上去。"汉武帝知道他在说假话，就一再追问，让东方朔把话说死，然后立即命令他上天取药。东方朔马上告辞，但他刚走出殿堂大门，马上又返回来了，说："我现在上天，好像是在说假话，希望您能派一人与我同行，以证实我的真假。"汉武帝于是就派了一位术士与东方朔同行，并约定三十天后返回。东方朔出了朝廷大门后，每天都到各王侯家轮流饮酒，期限快到了，仍然没有上天的意思。随行的那位术士不断地催促他，东方朔说："神仙鬼怪的事情很难预言，过不了多久就有神仙来接我了。"

有一天，那位术士在睡觉时，东方朔突然弄醒他，说："我喊你好半天了，你怎么不答应？我刚从天上下来。"术士一听，大吃一惊，把这一切详细地报告给汉武帝。汉武帝认为东方朔欺骗君主，下令将其投入监狱。东方朔一边哭一边说："我在顷刻之间几乎要死两次！"汉武帝很奇怪，问东方朔到底是怎么回事。东方朔回答说："我上天之后，玉皇大帝问我天底下的老百姓靠什么穿衣服。我说：'靠虫子。'玉皇大帝又问：'虫子像什么？'我回答说：'虫子嘴毛乎乎的，像马，身上有虎皮一般的彩色斑纹。'天神大怒，认为我说假话，便派使臣到人间探问，使臣回来报告天神：'有这种虫子，名字叫蚕。'于是，天神放了我。如果您认为我是在欺骗您，希望能派人上天查问。"汉武帝听后，大为吃惊，也明白了东方朔的意思，说："好了，你原来是想让我不再重用术士呀！"从此，汉武帝便罢掉那些术士，不再迷信他们。

张良与商山四皓

汉高祖刘邦想废掉太子刘盈，立戚夫人的儿子赵王如意为太子，大臣们知道后，都极力向他进谏，但他都不听。吕后知道此事后，也十分着急，但让吕泽去请留侯张良出主意。张良说："这是难以用口舌争得胜利的。皇上曾经有四个招不来的人，这四个人已经很老了。因为皇上待人轻慢无礼，他们逃入山中，不愿做汉朝的臣子，但是皇上认为这四人不爱名利，很是高尚。现在，我们可以让善辩之士持太子亲笔信，用卑谦的言词再三请求他们入宫，这样他们就会来了。入宫之后，要以贵宾之礼相待，让他们跟随太子入朝，并让皇上见到他们。这对太子是很有帮助的。"吕后听了，十分高兴，马上采纳了张良的计策，将四人请进宫来。

汉高祖十二年（前195年）时，刘邦病重，他换太子的想法更迫切了。此时，叔孙太傅向他谈古论今，想以此改变他的想法，而刘邦则假装同意了他的意见，但实际上还是想换太子。有一次，宫中举行宴会，太子陪高祖饮酒，有四位老人相随，四老都已八十岁以上，眉须雪白，衣着潇洒，神姿伟岸。刘邦看到他们之后，奇怪地问他们是什么人，四位老人走上前各报自己姓名，原来是东园公、甪（lù）里先生、绮里季和夏黄公。刘邦听了，大为吃惊地说："我找你们找了好几年，你们却一直躲着我，不肯出山。今日为何自动跟随我的儿子呢？"四人都说："陛下您轻视士者，喜欢骂人，喜怒无常，我们义不受辱。但听说太子仁慈孝顺，爱护贤士，对我们也格外尊重，天下有才之士没有不翘首以盼想为太子效命的。所以我们就来了。"刘邦听了之后，对他们说："既然如此，那就烦请公等好好辅佐太子吧！"四人为皇帝祝福后，就匆匆离去。皇上目送他们远去，并叹息道："太子翅膀已硬，很难再动摇他了。"

　　叔孙通在高祖面前，左一句会折寿，右一句福气薄，再举古今历史上更换太子而酿成大祸的例子为佐证，要知道英明莫过于汉高祖，他怎么会等你漫天谈过后才懂得太子不能更换的道理？善谈古论今的人，总是说因某某皇上圣明故天下大治；因某某皇上昏庸，故天下大乱。那么大治或大乱尚未被证明之时，而让皇上远昏庸近圣明，谁能有这个本领呢？

　　这就是叔孙太傅拘于儒术的笨拙毛病。而四位长老专为太子来，说天下没有士人不愿为太子效力的。如此，乱和治就可分晓，这种证明方法使汉高祖内心深受震动。孝惠帝掌天下大权后，不顾自己同吕后的矛盾，还怜惜赵王如意及其母戚夫人。后来，有人怀疑到汉朝廷上的四皓并不是商山上的四位老人。果真如此的话，且不说张良犯有欺君之罪，就说刘邦，他的眼睛未免太昏花了吧？这是一个道义的问题，唯有"义"才能力辞刘邦的大臣之位，而不会推谢太子恳切的招聘。还有一种传说，说张良练功辟谷后，跟从四皓到商山修仙去了，那么四皓与张良当然是一类人，想来他们已默契相合很久了。假使张良不出来辅佐汉朝，那么四皓之中也必定会有人出来，他们不是要隐匿在山中直到老死。太子定位后，汉朝的宗社也就牢固了。至此，张良报效汉朝的心愿可以告终，到商山隐居的志向也可以得到满足。由此可见，四皓不仅仅是为太子来，也是为张良而来的。啊！千古之高士，岂是那些凡胎俗子的书生用规尺所能衡量得了的呢？

二桃杀三士

公孙接、田开疆、古冶子这三个人一直辅侍齐景公。但是，这三个人经常依仗自己勇力过人而非常无礼，宰相晏子实在看不下去，就请求景公将他们除掉。景公说："这三个人勇力过人，别人打不过他们，行刺又恐刺不中。"晏子于是就请景公派人送给他们两只桃子。桃子送来之后，晏子便对他们三人说：你们三位何不论功劳大小而吃这两只桃呢？"公孙接说："我先同祐猏（jiān）搏斗，再与乳虎搏斗，像我公孙接这样的功劳，当然可以吃桃，我不能同别人一样。"于是站起来拿了一个桃子。这时，田开疆说："我伏兵两次击退三军。像我田开疆这样的功劳也可以吃桃了，也不能和别人相同。"于是便拿起另一个桃。古冶子看了看他们，说道："我曾跟随大王一起渡河，当时一只大鼋（yuán）衔住大王所乘车的左马，将它拉入洪流中。那时我年少不会游泳，于是潜行逆流百步，顺流九里，捉到大鼋，并杀掉了它。我左手操马尾，右手拿着鼋头，像鹤一般一跃而出。水手们都感到惊讶，以为是河神出现了。像我古冶子这样的功劳，当然也可以吃桃子，而且不能同于他人。你们二人为什么不把桃子还给我？"说着便抽剑而起。公孙接和田开疆一看，马上说道："我们的勇敢不如你，功劳也比不上你，自己拿了桃而不相让，是贪婪。现在如果我们不死，就不算勇敢了。"说着都返还了桃子，然后拔剑自刎而死。古冶子看到这情景，难过地说："他们两位死了，我单独活着是不仁；用言语羞耻别人而自夸是不义；我悔恨自己的言行，现在如果我不死就是无勇。"于是也退还了桃子，并自刎而死。那三个人死后，使者便向景公报告了事情的经过，景公于是用对待士的礼仪隆重地安葬了三位勇士。后来诸葛亮作《梁甫吟》，对他们表示悼念和惋惜。

大度明智的王守仁

宁王朱宸濠谋反之后，张忠、朱泰鼓动皇上亲征，但还没等皇上率领的军队到来，王守仁就活捉了朱宸濠，并将此事禀报皇上。这一下，那些奸臣不禁大失所望，于是散布流言蜚语，肆意中伤王守仁。同时，又令北军大肆谩骂他，有人还故意冲撞他，进行挑衅。但对于这些，王守仁都镇静自若，对那些谩骂和冲撞，视而不见，听而不闻，而且对他们一直以礼相待。

朱宸濠刚谋反时，王守仁曾让巡捕官告诉市民，让他们把家都搬到乡下去，而以老弱者照应门庭。而北军来了之后，王守仁还打算犒赏北军，但张忠、朱泰等下令北军不许接受。王守仁于是向百姓宣传说：北军远离自己的家乡，是很辛苦的，所以大家应该像主人对客人那样对待他们。除这些之外，王守仁每次外出时，如果遇到北军有丧亡之事，都会停下车表示慰问，并赏赐棺木等治丧之物，同时哀叹很久才离开。这样，时间一久，那些北军的将士全都很敬服王守仁。后来，冬至节到了，王守仁举行了隆重的祭奠，这时刚刚经过朱宸濠战乱的市民，纷纷用酒来祭祀死去的亲人，哭声不绝于耳。北军的将士们听了，无不思家流泪，并哭着请归去。

权变奇谋，出其不意

尧趋禹步，父传师导。三人言虎，逾垣叫跳。亦念非仪，虞其我暴。诞信递君，正奇争效。嗤彼迂儒，漫云立教。

大意是：大禹跟随尧舜的步伐（学习尧舜的治国之道），就像是接受了父亲的传授和老师的教导。只要连续有三个人说老虎来了，那么其他人就会跳墙而跑。用兵时是不讲究礼仪的，因为要时刻警惕敌人的诡计。荒诞和真实都摆在你面前，看正和奇谁的效果更好。那些迂腐的儒生真可笑，他们只喜欢漫无边际地说教。

孔子的城下之盟

孔子住在陈国时，有一次外出，路过蒲国，正好碰到公叔氏在蒲叛乱。蒲人于是拦住了孔子，并对他说："你必须答应不去卫国，我们才能放你走。"孔子无奈，只好被迫与蒲人订下了不去卫国的盟约。然而，孔子出了城之后，就往卫国方向赶车。这时，身边的子贡疑惑不解，便问："老师，咱不是跟人家订过盟约了吗？现在还去卫国，这不是违背盟约了吗？"孔子答："被迫订下的盟约，连神也不会听的。"

最守信用的人，是不受城下之盟的约束的。

逼供的危害

宋太宗赵匡义即位不久，有一位乞丐到京城某街某富户家，登门讨钱。结果，那个乞丐因为人家给得太少，感到不满，于是便在街上大骂起来。那些围观的人群，没有不对乞丐产生怨愤的。这时，人群中忽然跳出一个军尉，刺死了乞丐，然后扔下刺刀逃走了。由于他来势很猛，行动迅速，所以吓得没人敢进行询问。后来，管街道的士卒把这件事写成状子报给有司（分管刑事案件的官吏），并以那把刀作为物证。有司于是判这富户为杀人罪，然后把户主投在狱中。宋太宗听说此案后，便问有司："那富户服罪吗？"有司答："服了！"太宗看了看那把刀，对有司说："这刀是我的，那个乞丐是我杀的呀，为什么要冤枉人呢？由此可知，严刑鞭打之下，什么罪不能供认呢？陷入罗网之中、刀钳之下，也不一定都是黑暗污浊的世道才有的。"于是宋太宗惩罚了断案有失的人，并释放了富户。然后下诏谕示书众官，从此以后，审讯断案应当谨慎，不得滥用刑罚搞逼供。

此事见《宋小史》。还有一件事：金城夫人受宋太祖的宠爱，于是自恃受宠而骄纵。有一天，宋太祖在后苑请群臣宴饮射猎时，用一个大杯子酌满酒劝晋王（宋太祖之弟赵光义，后为宋太宗）喝下去，晋王坚辞不喝。皇上于是再三劝之，晋王无奈，他看了看庭院中的花，说道："如果金城夫人亲自折此花来，我就喝了这杯。"皇上于是命金城夫人折花给晋王。这时，晋王立即拉弓搭箭，而且一箭就将金城夫人射死，然后抱着太祖的脚，哭着说："陛下刚刚得了天下，应以社稷为重，不要沉湎于酒色。"说完，就好像什么事也没发生一样，继续饮酒射箭。

对于这件事，我认为投鼠忌器，晋王不一定这样鲁莽，敢这样射死金城夫人。此事可能不是真的吧！

借死囚克强敌

北魏孝文帝时，魏秦王祯担任南豫州（今安徽寿县）刺史，大胡山蛮人经常出来掠夺百姓的财物。秦王祯于是使了一个计策，邀请几个蛮人首领来观看射箭，先选左右善射的二十余人，然后让一个死囚犯换了衣服混在其中。秦王祯自己先射，全部射中。又命左右人按顺序射，也都射中。轮到那个死囚犯时，因为他没有练习过射箭，所以没有射中，于是秦王祯便下令将其斩首。那些蛮人首领互相看着，吓得浑身战栗。秦王祯看了看，又让左右找来十名死犯，而且都穿着蛮人的衣服等候在指定的村庄。秦王祯正襟端坐，等微风吹起时，便举目看了看天象，然后回过头来对蛮人说："风气略显暴躁之象，像是有贼入境了，但没多少人，也就十余个，大约在西部离城五十里处。"说完，便命令骑兵追捕，将那十来个死囚犯捉来，然后对他们说："这里是你们的家乡吗？既然做了贼，那就该死！"然后下令将这些人全部斩首。那些蛮人首领一看，被吓服了。从此，境内再没有受到蛮人的骚乱和掠夺了。

唐朝时，回纥人在返国的路上，倚仗自己有功劳，所以一路上恣意为害，所过之处，当地百姓无不遭到抢劫和伤害。州县里的供给如不称心，回纥人就动手杀人。当时，李抱玉要慰劳宴请各位有功之臣，但宾客无人敢到这一带来。然而，马燧却自荐要求负责操办这次的庆典宴。受命后，他先贿赂回纥人的首领，与他约好，拿到他的旗章作为信符使用。之后，只要马燧认为有人违抗了命令的，就杀掉他们。同时，他还从狱中带来几个死刑犯，派给他们劳役，只要这些死囚稍有不从，马上就被斩杀。回纥人看在眼里，大为惊惧，沿途中再也不敢危害百姓了。

宋真宗视察澶渊时，丁谓正担任郓州知府，兼任齐、濮等州的安抚使。当时，契丹人深入这一带活动，百姓十分害怕，纷纷跑到杨刘渡河逃命。船夫为了获高利，便故意刁难不给摆渡。丁谓知道了之后，就叫来一个会摇船的死囚，装扮成船夫的样子。然后痛斥他行为怠慢，并立即将他斩首。一时间，船很快地都集中在渡口，百姓因此顺利地渡河。渡河之后，丁谓将百姓分为几部分，有的白天沿河执旗帜报信，有的晚上敲鼓打更以自卫。那些契丹人没捞到什么好处，就退兵了。

对那些死刑犯人，可不能叫他白白地死去。秦王祯借来威吓蛮人，马燧借来威吓作乱者，丁谓借来以显权威。从大的用途来看，死囚犯可以用来打败敌人，而最下等的死囚犯也可以用来替代无辜的生命。治政就好比善于用药的医者，尘垢土木皆可入药。

用小权术树立威严

明宪宗时，韩雍以左副都御史镇守两广一带。他的防范意识非常强，除一两个心腹可以进出他的住处外，其他人绝对不许靠近。平时，韩雍也很喜欢用权术来镇服人。有一天，他与乡人在堂后开宴席，然后玩踢球游戏。散场后，韩雍暗里命人安置一些石炮在后堂，看到石炮的人觉得奇怪，便问这是干什么用的，那人回答说："这石炮是韩公踢着玩的。"众人听后吐舌，都认为韩公威力无比。韩雍还在伞盖下藏有磁石，将铁屑沾在头发间，每次外出视察坐在华盖下时，胡须鬓发能一张一闭地抖动不已。韩公体形本来就魁梧，人们又见到这一怪异现象，都惊诧地把他当作神明。

义救王族孤儿

春秋时期，晋景公宠信屠岸贾（gǔ）。屠岸贾于是率兵围攻赵氏所住的下宫，并杀了赵朔、赵同、赵括、赵婴齐，而且还灭了他们的九族。赵朔之妻是成公的姐姐，怀孕在身，逃出来之后在成夫人的宫中躲藏起来。赵朔有个心腹门客叫公孙杵臼，他对赵朔的好朋友程婴说："你为什么没死？"程婴说："赵朔的妻子怀有遗腹子，如果有幸生了男孩，我就抚养他；如果生的是女儿，我再慢慢去死也不晚。"没有多久，赵朔的妻子生了个男孩子。屠岸贾听到这个消息后，就到宫中去索取。赵朔夫人把孩子藏在裤子中，并假说孩子已经死了。这时，祝祷说："如果赵氏宗族该灭绝断根，你就号哭；如果赵氏宗族不该灭绝断根，你就不要出声。"等到屠岸贾来要孩子时，那孩子在裤子中竟然无声。

这次搜索后，程婴对公孙杵臼说："今天那姓屠的没搜索到孩子，以后一定还会再来搜检，怎么办？"公孙杵臼说："抚育孤儿和死相比，哪种更难？"程婴说："死容易，抚育孤儿难。"公孙杵臼说："赵朔对您恩重，您就做那难事，我做容易的，请让我死在您之前吧！"于是两人商议，由公孙杵臼找来一个婴儿，并假托是赵氏孤儿，然后用高贵的襁褓包裹着他，躲藏在山中。不久，果然又有许多将士来搜查赵氏孤儿。程婴迎出来，对屠岸贾派来的诸将军说："程婴不肖，不能立赵氏孤儿，谁能给我千金，我就告诉他赵氏孤儿在什么地方。"那些将士听了大喜，答应给他千金。同时派军队随着程婴找到了公孙杵臼，公孙杵臼一看程婴把军队带来，便假装骂道："程婴，你这个卑鄙的小人！过去下宫之难中，你没有死，同我共谋藏匿赵氏孤儿，今天你又出卖我！纵然是赵氏孤儿难以继王位，可你怎么忍心出卖他呢？"骂完之后，公孙杵臼抱着婴儿呼喊："我的老天爷呀！赵氏孤儿有什么罪呢？请你们让他活下去，只把我公孙杵臼杀死吧！"诸将不许，杵臼和那婴儿都被杀死。诸将认为赵氏孤儿终于死了，于是皆大欢喜。然而，真正的赵氏孤儿仍在世间，程婴带着他在山中藏了十五年，将他抚养成人。

后来，晋景公患病，请卜者为之占卜，卜辞说："大业之后，有志未遂者要重新起来。"景公就此询问韩厥，韩厥知道赵氏孤儿还活在世间，便回答说："赵氏子孙要起来为父报仇了。"景公问："赵家还有子孙吗？"韩厥以实相告。景公于是跟韩厥商定，立赵氏孤儿并将他召入宫中藏起来。诸位将军入宫问候景公的疾病时，景公凭借韩厥势众，胁迫诸将去见赵氏孤儿赵武。众将无可奈何，只好把谋害赵氏家族的罪都推托到屠岸贾身上。于是，赵武和程婴遍拜诸将，共同围攻屠岸贾，并灭其九族。晋景公也重新给赵武田地庄园。赵武长大成人后，程婴就对他说："我要下到黄泉去报答公孙杵臼了。"说罢便自杀而亡。

赵朔善于知人，所以能够得到为他而死之士的帮助，最终使赵氏家族在经历了劫难之后能够复起，并拥有晋国。后来给绅与门下之人，不是因为私利相投，就是因为阿谀相全，一旦有事，有谁会像程婴和公孙杵臼那样呢？鲁武公与他的两个儿子括与戏一起去朝拜周，周宣王很喜欢戏，便立戏为鲁国的世子。鲁武公死后，戏即位，这就是鲁懿公。当时，公子称年幼，他的乳母臧寡妇携其子一起入官，抚养公子称。括死，其子伯御与鲁人作乱，攻打并杀了鲁懿公而自立为国君。他到处找公子称，想杀掉他。臧寡妇知道后，让自己的儿子穿公子称的衣服，睡在称处，伯御发现后将他杀死。臧寡妇抱着称逃走，然后同称的舅舅一同将称藏匿起来。十一年后，鲁国大夫知道称还活着，便请求周杀掉伯御，立称为君，这就是鲁孝公。当时人们呼臧寡妇为孝义保。

这件事发生在程婴和公孙杵臼救赵氏孤儿之前，所以程婴与公孙杵臼显然是学她的智慧。只是程婴出卖假赵氏孤儿，杵臼责备程婴，装得非常像。只要仇人不怀疑，举国上下都不知其假。他们的智慧就更高明，用心也更良苦！

太史慈的疑兵计

东汉末年，北海相孔融听说太史慈到东海避难，曾几次派人去慰问他的母亲。后来，孔融被黄巾军包围，恰逢太史慈回来，听说了此事，便从隐蔽的小路进入包围圈拜见孔融。孔融于是让他到平原相刘备那里请求救兵。但这个时候，黄巾军的包围圈已经渐渐缩小，很难突围出去，太史慈于是自带短刀弯弓，率两精骑，各持一弓箭开门冲出。看的人都十分惊骇，太史慈径直骑马来到城下壕沟中，持弓射箭，射完后三人一起回来，第二天又如此。这样反复几天，围城者刚开始时还有站有卧，到后来再也没有人敢站起来对抗的了。后来，太史慈就在天亮前，整顿好行装，骑着马直接突围而去。等到围城的人察觉时，太史慈已出去好几里远了。最后，终于从刘备那里搬来救兵，解了孔融之围。

一鸣惊人的陈子昂

　　唐代著名的文学家陈子昂刚到京城长安时，不为人们所知。有一天，有个卖胡琴的人为一把胡琴要价一百万钱，豪绅贵族们传来传去地看，没人能够辨别胡琴的优劣。这时陈子昂突然出现在众人面前，他看了一下卖琴人说："跟我到家取一千缗，琴卖给我了。"众人吃惊地问他为什么用这么高的价买胡琴，陈子昂说："我善于弹奏这种乐器。"大家说："能听听您的弹奏吗？"陈子昂说："明天大家可以集中在宣阳里，听我弹奏。"次日，大家如期前往。到宣阳里一看，陈子昂已准备好酒菜，胡琴摆在桌前。吃完饭，陈子昂捧着琴说："我是陈子昂，四川人，作有文章一百卷，驰走京城，碌碌尘土，不为人知。此乐是低贱的乐工所演奏的，我怎能对这有兴趣呢？"说完，举起琴来，一摔而碎。然后把自己的文章一一赠给在座诸人。这样，一日之内，他的名字就传遍了整个京城。

　　唐代人重才，即使只是一艺一技，人们也能互相传颂赞叹。所以陈子昂借用胡琴之高价，以出奇来换取自己的名声，而名果然有了。若是在今天，不仅文章无用处，即使求人听听胡琴也不可得到，唉！这怎么不令人哀伤呢？

装病保身

　　三国时期，魏国的曹爽独揽大权，司马懿想除掉他，又害怕走漏了风声，于是就假称病得很厉害。这时，正碰到河南尹李胜到荆州问候司马懿。司马懿让两个婢女侍候自己。李胜来后，司马懿抓住婢女的衣服，指着嘴说口渴。婢女进上粥，司马懿故意让粥从口中流出，沾得满胸都是。李胜说："外边传说您的旧病发作了，哪里想到竟病成这样！"司马懿这时以微弱的声音说："听说你今天到并州，并州离胡人近，你要好好防备，我死在旦夕，恐怕不能再相见了。现在我把儿子司马昭托给你，请你多加照顾。"李胜说："应当说到荆州，不是并州。"司马懿故意胡乱颠倒地说："您刚刚到并州。"李胜又说："是到荆州。"司马懿说："年老脑子不好使，听不懂你说什么。"李胜回去后，告诉曹爽说："司马公只剩一口气，形神已离，不值得为他忧虑了。"于是曹爽对司马懿不再防备。不久之后，司马懿反而杀了曹爽。

唐朝末年，安仁义和朱延寿都是吴王杨行密的将领，而朱延寿又同杨行密的夫人朱氏的弟弟关系密切。淮徐平定后，他们二人十分骄纵放肆而且阴谋叛乱。吴王杨行密想除掉他们，就伪装眼睛有病。每当接待朱延寿派来的使者，就装作什么都看不清，然后故意显示给人看；行走时则故意撞到柱子上，以致扑倒在地。朱夫人扶起他，过了好久才苏醒过来。杨行密哭泣着说："我大业已成而双目失明，这是上天让我成为废人。我的儿子都不足以继承我的大业，如果能够让朱延寿接替我的位置，我就没有遗恨了。"朱夫人听了十分高兴，赶快把朱延寿召来。朱延寿来，杨行密在卧室门口迎接时刺死了他。随即杨行密又赶走了朱夫人，把安仁义也斩首了。

东汉末年，孙坚出兵讨伐董卓，到南阳时，已有数万军队。孙坚送公文给南阳太守张咨，请他出军粮。张咨说："孙坚不过是俸禄两千石的官，同我一样，我不能调发军粮给他。"于是不给他军粮。孙坚想见他，张咨又不肯见。孙坚说："我刚刚发兵就遇到阻力，以后怎能在军队保持威望。"于是假称得了急病，全军听了为之震惊、惶恐。这时有人迎接呼唤巫医，有人向山川祈祷，有人派遣亲近的人去告诉张咨，说准备给张咨一些兵马。张咨图利，想得到兵马，于是率步兵、骑兵计五百人，带着美酒到了孙坚军营中，孙坚卧床接见，过了一会儿起来，设酒招待张咨，饮酒正酣时，长沙主簿进来说："南阳前行的道路没有修好，军队所用物资粮食不给准备，请求拘留张咨。"张咨非常恐惧，想逃跑，可是四周已有围兵，出不去。过了一会儿，主簿又进来说："南阳太守阻碍我义军讨伐董贼，请按军法处置。"于是将张咨绑到军门斩首。一郡之人为之震惊，只好对孙坚有求必应。所过的郡县都准备好粮食，等待着孙坚的军队。有人说："孙坚是一个善于用法的人。法是国家的根本，孙坚因此能建立起吴国的基业。"

明代正德五年（1510 年），安化王朱寘鐇反叛，仇钺也身陷贼穴。京都传言仇钺已经加入叛军，同时传言兴武营守备保勋做了他们的外应。李文正说："我相信仇钺一定不会加入叛军。如果保勋因与朱寘鐇有姻亲关系而被怀疑，那么凡是过去与朱寘鐇有点联系的人都会恐惧，反而不再会归正了。"于是推举保勋为参将，仇钺为副官，共同讨伐叛军。保勋感激上司的知遇之恩，奋勇作战。此时仇钺称病躺在敌营中。一方面，他暗中命令一些忠于自己的游兵将士等候保勋来，决定当保勋兵到河上时，他们从营中接应。另一方面，仇钺派人去报告叛军将领何锦，要他火速派兵守卫渡口，以防止保勋决河灌城。何锦得信，果然带兵出城，只留下另一叛军将领周昂守城。仇钺又假称病重，周昂于是前来慰问，仇钺挺卧在床，只是呻吟不断，说自己早晚就要死了。趁周昂全无戒备之时，仇钺的卫兵突然用锤子击打周昂，然后将他斩首。仇钺立即起身，披上盔甲，带上剑弓，跨马出门。一声呼哨，那些游兵将士迅速集中，仇钺带领他们夺下城门，把朱寘鐇给活捉了。

神奇的心理疗法

唐朝时，京城有个医生。当时，有个妇人跟从丈夫到南中住，有一次误食了一只虫子，从此她一直怀疑自己因此而得了病，曾多次治疗都不痊愈，于是请这位京城医生为她治疗。医生知道她患病的原因，就找一个严谨细密的老太太，事先告诫她说："今天我用药让病人吐泻，她吐时，请您用盘盂接着，并告诉她说：'口中有一个虾蟆吐出来了。'但是切不能让病人知道这是骗她的话。"老太太照他的话办，那妇人的疾病因此好了，而且以后再没犯过。

又有一个少年，眼中常常像看见有个小镜子似的，感到头痛眼花，于是请赵卿医生诊疗。赵医生同少年约定，次日请少年吃鱼肉。少年按期赴约时，赵家中有客。主人把少年请入室内，让他慢慢等候，说等到客人走后来接待他。过了一会儿，仆人来设了一个台桌，上面仅仅放了一瓶芥醋，再没有其他食物，赵卿也没有出来。过了许久一直没有人来。少年饿得很，闻到醋香，不知不觉过一小会儿就喝一口。喝着喝着，忽然觉得胸中豁然开朗，眼花现象也没有了，于是干脆把醋全部喝光。这时赵卿医生方才走出来，少年惭愧地向医生道歉，赵医生说："您以前因吃鱼肉太多，饮醋太少，鱼鳞积于胸中，所以眼花。刚才准备的芥醋，就是想让您饥饿时喝掉。现在果然病好了。昨日说请您吃鱼肉席，是我为了请您来而假设的。现在请回去吃早餐吧。"

第七部　语言的智慧

总　序

　　智慧不一定要用语言表达出来，而用语言表达出来的智慧，也不算智慧。话再多也有穷尽的时候，口拙的也有用处。大丈夫何必一定要有口才呢？确实如此，但是也有特殊的时候。两个人进行舌战，有理的必然得胜；两个都有理的人发生争执，能言善辩的人必然占先。张良因此而成为刘邦的老师；鲁仲连因此而成为战国的高士；庄子因此成就旷达的名声；张仪、公孙衍因此而富贵；端木赐（子贡）因此被孔子夸赞，认为他在四科中列为"言语"；孟轲因此而继承禹、周公、孔子三位圣人的事业。

　　所以，一句话有时重于九鼎，一个说客有时强于十万之师，一封书信有时胜过十部专著。谈判技巧、口舌之劳，难道就不重要吗？言谈微妙，一语中的，足以解除纠纷；语言乏味，缺乏文采，不能流传久远。君子之人，某一次的话可能是聪明的，另一次的话可能是愚蠢的。智慧滋润着心田，语言是它的自然流露，《诗经》说："惟其有之，是以似之。"讲的就是这个道理！

辩才无双，说服他人

侨童有辞，郑国赖焉。聊城一矢，名高鲁连。排难解纷，辩哉仙仙。百尔君子，毋易谍言。

大意是：公孙侨（子产）善于言辞，郑国依赖他而享有几十年的太平；鲁仲连箭书夺聊城，因此而扬名天下。排除危难，解决纠纷，都在智者的辩才中办到了。诸位君子，不可轻视语言的作用。

一箭五雕的子贡

吴王征召各诸侯国盟会，结果卫侯迟到了，吴军于是包围了卫侯的邸舍。子贡对吴国太宰嚭（pǐ）说："卫国的国君到来之前，必然要与众官员商议，众人必然有的赞成，有的反对，争论不下，所以来得晚了一步。那些主张来的人是你的朋友，那些反对来的人，是你的仇敌。如果你抓了卫侯，是打击了朋友而有利于仇敌啊。"太宰嚭听了这番话，心悦诚服，便放弃了抓卫侯的想法。

田常在齐国作乱，但又害怕齐国的高固、国佐、鲍叔牙、晏婴等人，所以调动他的部队想去讨伐鲁国。孔子听到后，对他的弟子们说："鲁国是我祖宗坟墓所在之地，你们为什么不出面去制止呢？"子路请求出使齐国，孔子制止了他。子张、子石请求前往，孔子也不同意。子贡请求出面，孔子就同意了。

子贡先来到齐国，见到田常，劝田常不要攻打鲁国，田常问其原因。子贡说："鲁国地贫人穷，君主愚蠢不贤明，大臣没有实才，人民仇视战争，所以不能和鲁国打。真要打的话，不如去打吴国。因为吴国防备森严，兵强马壮，而且都是一些有名望的大夫们在指挥作战。所以，攻打鲁国不容易，而攻打吴国容易。"子贡的这番话一下子让田常摸不着头脑。于是，子贡继续说道："我听说如果忧患在国内，首先进攻强敌；忧患在国外，要先攻击弱敌。现在您的忧患在国内，据说您三次讨封都不成功，这是因为国内有大臣对您不服气。现在您打算以征服鲁国来扩充齐国，如果仗打胜了，就会成为国君骄傲的资本。攻破了鲁国，带兵的大臣会受到尊敬，而您的功劳却显不出来了，相反您和国君的关系就会日益疏远。这样，您在齐国就很危险了。所以，您不如去攻打吴国，即使打不赢，但兵马都死在外面了，带兵的大臣一出去，国内就空虚了。这对您来说，上没有带兵的强臣与您争权，下没有人指责您的过失，您就可以主宰齐国了。"田常一听，觉得有道理，便说："你的主意虽然很好，但是派往攻打鲁国的军队已经出发了，如果改打吴国，大臣们怀疑怎么办？"子贡说："您先来个缓兵之计，我去让吴国来救鲁国，到时您就跟吴国军队作战。"田常于是同意了子贡的计策。

子贡立即去见吴王，对吴王说："我听说称雄天下的霸主，是不允许有强敌来和它抗衡的，现在一个拥有万乘兵车的齐国，要征服一个只有千乘兵车的鲁国，来和吴国争高低，我为大王担忧。拯救弱小的鲁国，是树立威信的好机会，不仅可以安抚四方的诸侯，还可以讨伐无道的齐国，威服强盛的晋国，好处是说不完的。大王觉得怎么样？"吴王说："你说得很好，但也得等我把越国先灭了，再考虑你的意见。"

子贡说："越国的情况和鲁国差不多，吴国的强盛和齐国相等。现在大王把齐国放在一边去攻打越国，那么，鲁国一定会被齐国征服。进攻小小的越国而害怕强大的齐国，这不能算有勇气。真正勇敢的人是不害怕困难的，聪明的人不放过有利时机。只要按我说的去做，您的霸业就成功了。如果大王对越国实在放心不下的话，请允许我去见越王，说服他出兵与您一起出征。这样既能控制越国，又能打着联合诸侯的名义去讨伐齐国。"吴王听了非常高兴，马上派子贡到越国去。

子贡来到越国，对越王勾践说："我已经说服吴王救鲁伐齐，但他不放心越国，看来吴王要灭掉越国是毫无疑问的了。如果没有要复仇的意思，而让人怀疑您有这样的举动，这是很愚蠢的；如果有复仇的决心而使对方知道了，这是不会成功的；事情还没有发生就让对方知道，这是很危险的。这三种情况都是办大事的祸患。"越王听后大惊，说："我日夜想与吴王拼个死活，这就是我的心愿。"子贡说："吴王为人凶狠残暴，大臣士兵都无法忍受他的欺辱，这种混乱的情况正是您复仇的好时机。现在您最好派兵跟他去打齐国，以表示对他顺从；把您最好的宝物献给他，以取得他的欢心；再用最谦逊的话语来奉承他，以表示对他的尊敬。这样就使他对越国放心了，而去攻打齐国。仗打败了，对您也无害处；如果打胜了，他必定向晋国乘胜进军，到那时我再去见晋君，说服他和您一起攻打吴国，吴国最后肯定会灭亡的。这就是圣人所说的以屈求伸的道理。"越王听了很高兴，同意子贡的建议。子贡立即回到吴国，报告他说服越王的经过。过了五天，越王派大夫文种带领三千兵马去见吴王，还送了一些礼物。于是吴王调动了九郡的军队和越军一起向齐国进攻。

子贡于是趁机到了晋国，对晋君说："现在吴国和齐国就要开战了，如果吴国失败，越国必然从中作乱；如果吴国打败齐国，必然向晋国进攻。"晋君听了很害怕，于是赶紧做好应战的准备。

子贡回到鲁国时，吴国和齐国已经打起来了，结果是齐国惨遭失败，不出子贡所料。吴国接着又向晋国进军，结果被晋军打得大败。于是，越王勾践乘机出兵袭击吴国，在离吴国都城七里的地方列开阵势，吴国与越国开战，结果三战三败，吴王被杀。灭亡吴国三年后，越国在东方称霸。所以，子贡出使，保全了鲁国，搞乱了齐国，灭了吴国，使晋国强盛，并使越国称霸。十年之中，改变了五个国家的命运。

子贡真是纵横家的祖师，一点也不像圣人的门生。

鲁仲连义不帝秦

秦国军队围攻赵国的都城邯郸，诸侯们都不敢先出面救援赵国。魏安釐（xī）王派将军辛垣衍乘围困不紧时潜入邯郸，想让赵国尊秦国为帝。

当时，齐国的高士鲁仲连恰好在邯郸。他首先去游说平原君，问平原君怎么办，平原君说自己也没有任何应付的办法。鲁仲连于是对他说："我原来认为您是天下的贤能公子，现在才知道您也不是天下的贤能公子。辛垣衍在哪里？我请求为您数落他，打发他离开。"

鲁仲连见了辛垣衍之后，首先一言不发，辛垣衍只好先开口问道："先生有求于平原君吗？为什么住在这座危险的城里而不离开呢？"鲁仲连这才开口说话："秦国是一个抛弃礼义而崇尚战争和杀人的国家。它若是称了帝，统治了天下，我宁愿跳进东海自杀，也不会当秦国的百姓。我之所以留在这里，是为了帮助赵国。"辛垣衍说："那您打算如何帮助赵国呢？"鲁仲连说："齐国、楚国本来就会帮助赵国，我还要使魏国、燕国也来帮助。"辛垣衍说:"燕国且不说,我就是魏国人,先生怎么能够使魏国帮助赵国呢?"鲁仲连说:"魏国不懂得秦国称帝的危害,所以才按兵不动,只要懂了,就一定会帮助赵国抵抗秦国。"辛垣衍听了无奈地说道:"您看到十个仆人侍奉一个主人的情况吗?并不是仆人们的力量赶不上主人,而是害怕主人的缘故。"

鲁仲连马上说:"看来,魏国是把自己当作秦国的仆人了。那么,我将要叫秦王把魏王烹煮掉或者剁成肉酱。"辛垣衍闻言很不高兴地说:"先生说话太过分了!"鲁仲连说:"鬼侯、鄂侯、周文王曾担任纣王的三公。鬼侯把女儿献给纣王,纣王认为她不美,就把鬼侯剁成肉酱;鄂侯极力劝阻,也被做成干肉;文王为此叹气,就被囚禁起来。魏国与秦国都是有万辆兵车的大国,为什么看到秦国打了一次胜仗,就屈服而称臣呢?魏国一旦称臣,秦国就会加强控制,派亲信担任魏国的大臣,派女子进入魏国的王宫。魏王还能安全吗?将军您还能保持目前的地位吗?"

听了鲁仲连的这番话,辛垣衍最终表示佩服,离开了邯郸。

秦军听到这个消息,马上后撤了五十里。接着,魏国信陵君带兵救赵,解了邯郸之围。平原君摆宴庆贺,并且要封给鲁仲连爵位,被他拒绝;赠送千金,又被他拒绝。鲁仲连说:"为人排除患难而不求什么私利,这才是士的可贵之处。不然,就成了唯利是图的商人了。"

苏轼说:"鲁仲连的辩才胜过张仪、苏秦,大义凛然有直逼淳于髡、公孙衍之势。排难解纷,功成而不领赏。战国时只他一人而已。"穆文熙说:"鲁仲连挫败让秦国称帝的计划,使秦国将领因此而退兵。这就是《淮南子·兵略训》所说的庙战(指战胜于庙堂之上,不动兵戈)啊!"

触龙劝说赵太后

秦国攻打赵国时，赵孝成王刚刚即位，由于年纪还小，所以由他的母亲赵威后执政。当时，赵国打不过秦国，于是赵国就向齐国求救。齐国回答说："救援当然可以，但必须以长安君作为人质，才能出兵。"长安君是赵太后最小的儿子，太后不愿意送他去做人质，齐国也就不会出兵救援赵国。大臣们极力劝谏，赵太后十分生气，并说："谁敢再说这件事，我老太婆一定要把口水吐在他脸上！"

如此一来，大臣们都感到难办了。

有一天，德高望重的大臣触龙来求见赵太后。他知道太后正在气头上，如果直说必定会惹怒太后，于是来到宫中，故意若无其事地慢慢走到太后面前，向太后谢罪道："我腿脚不方便，不能快步走，好久没有来向太后请安了，不知道您最近身体怎么样？"

赵太后说道："我也只能以车代步，活动得很少。"

触龙又问："饮食方面怎么样呢？"

太后说："不过吃点稀饭罢了。"

触龙就说："我近来也是不想吃东西。但还是支撑着散散步，每天走几里路，稍微增加了些食欲，身体也舒畅些了。这样对身体有好处。"

太后说："我做不到啊。"

这样几句日常的寒暄之后，赵太后心气渐渐平和了些。

触龙又接着说："老臣有个小儿子叫舒祺，不成器得很，多是平时宠爱的缘故呀。而我也已经衰老了，心里很怜爱他，希望他能在宫中当一名侍卫，来保卫王宫。所以特地冒死来向您禀告，请您开恩应允。"

太后说："好吧，他多大了？"

触龙回答:"15岁了。虽然年纪还小,但我希望在自己死前能将他安顿好。"

太后感慨:"没想到父亲也宠爱孩子呀?"

触龙说:"是啊,甚至比母亲还要厉害呢!"

太后笑着说:"不会吧,女人家才格外宠爱自己的孩子呢。"

触龙话锋一转:"是吗?可我觉得您爱长安君的姊姊更胜过爱长安君。"

太后急忙分辩:"不。我爱长安君远远甚于爱其姊姊哩。"

触龙趁机说:"父母疼爱自己的子女,就应该替他们作长远的打算。您将长安君的姊姊嫁到燕国做王后时,十分伤心,抱着她的脚跟哭泣舍不得让她走。她走后,您虽然想她,却总希望她不要回来。您这样做难道不是为她考虑长远利益,希望她在燕国有子孙相继为王吗?"

赵太后说:"是啊,是这样的。"

触龙又说:"从历代君主看,哪有封侯授爵能沿袭数代不衰的呢?不只是赵国,其他各诸侯国也是如此。"

太后说:"我还真没听说过这事。"

触龙进一步说道:"难道是这些王侯子孙很不肖吗?恐怕是因为他们地位尊贵,却无功于国;俸禄优厚,却毫无功绩。现在,太后您抬高长安君的地位,给他丰饶的封地和许多的财宝珍物,却不给他为国建功立业的机会,有朝一日您不在了,长安君凭借什么在赵国稳固地位呢?所以我认为太后替长安君打算得不够长远。"

此时,太后才明白触龙的真正来意,却也深深地被他说服了。于是赵太后为长安君准备了百余辆车马以及诸多随从,送他到齐国做人质去了。齐国随即出兵救赵,使其转危为安。

狄仁杰的亲疏论

武则天当皇帝时，她的侄子武承嗣、武三思一心想当太子，而武则天却犹豫不决。这时，大臣狄仁杰看出了门道，便从容地对武则天说："姑侄和母子哪一个更亲呢？陛下如果立自己的儿子，那么千秋万代之后，也会被供奉在太庙之中；如果立侄子，那我还从没有听说过侄子做天子后，会把姑姑供奉在宗庙里的。"狄仁杰的一番话，让武则天猛然醒悟。

狄仁杰的话一针见血，武则天就是想不听也不可能。庐陵王李显被武则天从房州（今湖北十堰市房县）迎还宫中，虽然是因为鹦鹉折翼和双陆（古代一种赌博游戏）不胜之梦，似乎是上天在警戒她将没有儿子继承祖业。实际上是狄仁杰的亲疏之论，句句在理，打动了武则天的心。凡是留恋生前的人，没有不计较死后之事的。当时，王方庆做丞相，将他的儿子任命为眉州司士参军。武则天问他："君在相位，为什么将儿子放在遥远的地方呢？"王方庆回答："庐陵王是陛下的爱子，现在尚在远方，臣的儿子哪里敢安置在近处呢？"这些话也可以说是善讽。然而，慈主才能以情去感动他，明主应当以理去说服他。武则天明而不慈，所以当狄仁杰侮辱她的宠男张昌宗时，她并没有生气；提拔张柬之时，她也不生疑。因为她贤明，信任狄仁杰，所以才重用他，不会感情用事。

不辱君命的富弼

宋仁宗康定、庆历年间，西夏不断侵扰北宋王朝，多次发动大规模的战争。这时，契丹国主乘机派遣使者前来索取瓦桥关以南十个县。朝廷于是派遣富弼前往契丹，表明朝廷的态度。富弼对契丹国主说："大宋与贵国两朝相好，至今已经四十年了，忽然请求割地，是为了什么呢？"契丹国主说："你们南朝违背了盟约，关闭雁门关，建设陂（bēi）塘，修治城墙和城壕，登记百姓和士兵，你们要做什么呢？我的臣子们请求举兵南征，我说不如派遣使者请求割地。如果达不到目的，我们再发兵也不晚。"富弼说："你们北朝难道忘记了章圣皇帝（宋真宗）的大德了吗？当年澶渊之战，如果皇上听从将军的话，北朝的兵马不会有一个能逃脱的。况且，北朝与中国之间，通好就君主独享其利，而臣下一无所获；若用兵打仗，就使利益归于臣下，君主独自承担战争的祸害。所以那些劝你用兵的人，都是为他们自己打算的。当今中国封疆万里，精兵百万，北朝想用兵，能够保证一定胜利吗？就假使侥幸取胜，所损失的兵士马匹，是由群臣来补充呢，还是由君主来承担呢？如果两国互通友好，不断交往，岁币（按"澶渊之盟"，宋朝每年给契丹银十万两，绢二十万匹，称为"岁币"）全部归于君主，群臣有什么利益呢？"契丹国主大悟，连连点头称是。富弼又说："关闭雁门关，是为了防备西夏的元昊；建设陂塘开始于何承矩，事情发生在两国通好之前；城墙、城壕是因为破旧而加以重修；登记百姓、士兵户籍，是为了补缺，这些都没有违背盟约。"契丹国主说："事情虽然如此，但关南之地，是我们祖宗留传下来的，应当还给我们。"富弼说："后晋用卢龙（地名，唐曾设卢龙节度使）贿赂契丹，周世宗又收复关南之地，都是前朝异代的事了。如果我们各自都要求收回自己的地盘，难道会有利于契丹吗？"

富弼从契丹国主那里退出后，刘六符对富弼说："如果我们国主耻于接受钱帛，坚持要割十县又该怎么办呢？"富弼说："我朝皇帝说为祖宗守卫国土，怎敢把土地给予别人？北朝所需要的，不过是赋税罢了。我朝皇帝不忍心两国的百姓死于战争，所以虽然不给契丹土地，却以增加钱帛来代替。如果契丹一定坚持要关南之地，这便是诚心要毁坏两朝通好的盟约，只是以此为借口罢了。"

第二天，契丹国主召请富弼一同去打猎，他引富弼的马靠近自己，对富弼说："我若得到关南之地，两朝便可永远享受欢乐和好。"富弼回答说："北朝既然以得到土地为荣，南朝必然会以失去土地为耻。兄弟之国，怎么能够一荣一辱呢？"猎罢归来，刘六符对富弼说："我们国主听了您关于荣与辱的谈话，感悟颇深，现在只有联姻一事可以商议了。"富弼说："婚姻之事，以后容易发生嫌隙。我朝的长公主出嫁，陪嫁不过十万缗钱，哪里比得上岁币年年都有，这是永远享受不完的好处啊！"

富弼回来后，便把这件事报告了仁宗皇帝，皇帝同意增加岁币。富弼又再次出使契丹。契丹国主说："南朝既然给我们增加了岁币，措词应当用'献'字。"富弼说："南朝是兄长，哪里有哥哥向弟弟献币的说法呢？"契丹国主说："那么应当用'纳'字。"富弼仍然不同意。契丹国主说："南朝既然同意用重金赠我，就是惧怕我们，用这两个字有什么不可以呢？如果我们举兵南下，你们不后悔吗？"富弼说："大宋兼爱南北两方的百姓，所以不惜改变过去的盟约，怎么会是惧怕呢？如果不得已，到了非用兵不可的地步，那么肯定会以是非曲直分胜负，那就不是我所能知道的了。"契丹国主说："你不要固执，这种事是古已有之的。"富弼说："自古以来，只有唐高祖时因为要向突厥借兵，当时的酬谢之礼称为'献''纳'。后来突厥首领颉利被唐太宗擒获，哪里还有这样的事呢？"契丹国主听后，知道富弼的决心不可改变，就亲自派人来到北宋朝廷商议。而仁宗最后听从了晏殊的建议，同意用了"纳"字。

富弼与契丹国主唇枪舌剑，往复再三，富弼句句占上风，而语气又极和婉，句句入耳。这可以和李邺侯相比，他们都称得上是最善于言辞的人。富弼第一次受命北上，听到两个女儿的死讯；第二次前往，得知夫人生一男孩，这些事他都顾不上。即使收到家书，他没拆开就将其焚烧，还说："这些只会扰乱人心。"有了这样一片精诚之志，自然就会不辱君命了。

晓之以情理，动之以利害

明朝人张嘉言在广州任推官时，在沿海一带设立了总兵、参将、游击等官职。总兵、参将、游击幕下各有数千士兵，每天给每个士兵工食（饷银和军粮）三分。参将、游击的士兵每年汛期都要出海远航，而总兵所管辖的士兵却借口坐镇广州，不去远行。每过三五年，因修船不出海的时候，参将、游击部下的士兵，每天就只给工食的一半，即使没有修船而仅仅不出海，也要减去每天工食的三分之一，贮存起来供修船的时候用。而总兵部下士兵的工食一点也不减，当修船的时候，另外再从民间凑钱。这种做法积习已久，而且彼此都视为理所当然。

有一天，巡道忽然将此事详细报告了军门（明代对总督和巡抚的尊称），想在以后将总兵所管辖的士兵的工食稍稍裁减一些，留到以后准备修船的时候用。恰好军门与总兵之间有矛盾，于是就仓促同意削减工食。总兵各部官兵听到这个消息后，立即哄然哗变。他们知道张嘉言是朝廷派来的人，就径直围逼到张嘉言的大堂之上。张嘉言安然自若，命令手下人传呼五六个知情者登上台阶，将事情的真相说清楚。众兵士都蜂拥上前。张公当即将众人喝下堂，并说："人多嘴杂，喧嚣混乱，听不清你们说的什么。"众兵士这才退下。当时天还下着大雨，众兵士的衣服都淋湿了，张嘉言也不理会，只是命令这几个人好好讲来。几人你言我语，都说过去从来没有削减总兵官兵工食的旧例。张嘉言说："这件事我也听说过，你们全都不出海，就难怪上司要削减你们的工食。你们想不减也可以，不过那对你们并没有什么益处。上司从今以后会让你们和参将、游击的官兵每年轮换出海，你们难道敢不去吗？如果去了，那么你们工食会被减掉一半。你们费尽心机争取到的东西，并不能被你们自己所独享，而是替参将、游击的士兵争取到他们所没有的东西。所以，为何不听任上司将工食稍稍减少一点，而你们仍然可以继续做总兵的部下呢？你们还是好好想想吧！"这几个人低着头，一时无法对答，只是一个劲儿地说："望老爷转告上司，多宽待体恤。"张嘉言问："你们叫什么名字？"这几个人你看我，我看你，都不肯说出自己的姓名。张嘉言骂道："你们不说姓名，如果上司来问我：'是谁禀告你的？'我怎么回答呢？你们不妨说出来，我自有分晓。"于是这几个人报了自己的姓名。张嘉言一一记下，然后告诉他们："你们回去转告各位士兵，这件事我自有处置，劝他们不要闹事。众人如果闹事，你们几个人的姓名我都记下了，上司会将你们全部斩首。"这几个人听了大惊失色，连连点头称是，退了出去。后来经议决，将总兵管辖各部士兵每月减银一钱，士兵们竟然没有闹事的。

所讲道理透彻，利害分明，听的人不知不觉间就心平气顺了。凡是因为减少待遇而激起事变的，都是不善于处理造成的。

对答如流的秦宓

三国时，东吴派遣张温去访问蜀国。张温临返国时，蜀国的百官都汇集一堂，为张温饯行。只有别驾中郎秦宓一个人后到。张温一见，便侧身问诸葛孔明："他是谁?"孔明答："他是学士秦宓。"

于是，张温便问秦宓："你在学习吗?"秦宓说："我们蜀国中，就连五尺童子都在学习，我怎么能例外呢?"

张温问："天有头吗?"秦宓答："有呀!"张温又问："头在哪里?"秦宓说："在西方。《诗经》中不是说'乃眷西顾'吗?"

张温问："天有耳朵吗?"秦宓回答："有啊，天居于高处而能听到低处的声音。《诗经》中说:'鹤鸣九皋，声闻于天。'"

张温再问："天有脚吗?"秦宓说："有。《诗经》中写道:'天步艰难'，没有脚哪来的步呢?"

张温接着问："天有姓吗?"秦宓回答："有姓。"张温问："姓什么?"秦宓答："姓刘。"张温问："你从哪里知道天姓刘?"秦宓说:"从天子姓刘而得知。"张温问："太阳升起在东方吧?"秦宓说："虽说太阳从东方升起，但实际上降落在西方。"

面对着秦宓的对答如流，在场的人无不惊奇叹服。

话中有话，言浅意深

唯口有枢，智则善转。孟不云乎，言近指远。组以精神，出之密微。不烦寸铁，谈笑解围。

大意是：虽然善言者的嘴巴像有转轴一样灵活，但还是要靠智慧才能转动它。孟子不是说过吗，浅白的词句，往往包含着深远的含义。语言要靠精神去组织，出口则严密微妙。不须任何刀枪，谈笑间就可以解围。

幽默大师——晏子

春秋时期，齐国有个人得罪了齐景公。景公大怒，命人将他绑起来，放在殿下，然后召集左右的武士来肢解他，如果有敢于劝谏的，就一并给斩了。这时，晏子第一个冲上去，用左手抓住那个人的头，右手磨着刀，然后抬起头来向景公问道："请问大王，古代那些贤明的君主要肢解人时，要从哪里开始下刀呢？"齐景公听了，马上离开座位，说："把他放了吧，错不在他，错在我呀！"

由于齐景公频繁用刑，所以市面上出现了很多卖踊（假肢）的人。有一次，齐景公问晏子："你家靠近市场，你知道现在哪些东西比较贵，哪些比较贱吗？"晏子答道："踊贵屦贱（假肢最贵，鞋子最贱）。"
齐景公听了，马上意识到自己的刑法太重，从此很少使用酷刑。

晏子的劝谏，多为善讽，而少直说。所以他是幽默的开山鼻祖。其他
如出使荆国、出使吴国、出使楚国的事，也都是以戏言而胜过对方。让人
觉得那些专门讲道理的，反而难于入耳。晏子将出使荆国，荆王与左右的
人商量，想趁机侮辱他。荆王与晏子站着讲话，有武士押着一个被绑的人
从荆王身边走过，荆王问："他是什么人？"回答说："是个齐国人。"荆
王问："犯了什么法？"回答说："犯了偷盗罪。"荆王对晏子说："齐国人
本来就是盗贼吗？"晏子说："江南有一种橘树，取来种在江北，就变成
了枳。之所以如此，是江北的土地让它变了样。如今齐国人在齐国并不偷
盗，来到荆国就偷盗，大概荆地本来就是这样的吧？"荆王后来对人说：
"对圣人说话，不能口出戏言，如果那样，只有自取其辱罢了。"

有一次，晏子出使吴国，吴王对身边的官员说："我听说晏子善于言
辞，熟悉礼仪，你们陪同我见客的时候，当着晏子的面，把我称为天子，
看看他有什么反应。"第二天，晏子前来见吴王，传令官便说："天子有
请。"晏子感慨再三，说："我受命于我的国君，出使吴国，没想到迷糊
了，走进了天子的朝廷，请问吴王在哪里？"听了这话，吴王只好说："夫
差有请。"晏子见了吴王夫差，只对他行诸侯之礼。

晏子的身材十分矮小。有一次，晏子出使楚国时，楚人先把大门关
上，然后在大门的旁边开了一扇小门，请晏子从小门进入。晏子不愿从那
个门进去，便说："这个是狗门吧，我难道是出使狗国了吗？"接待他的
人一听，只好打开大门，请晏子从大门进入。晏子见到楚王时，楚王说：
"难道齐国没有人了吗？"晏子回答说："怎么会呢？齐国仅临淄就有三百
间，一间二十五家，这么多人，张开衣袖就可以组成帷障，一人挥一把汗
就像下了一场雨，怎么能说没有人呢？"楚王于是说："既然如此，为什么

偏偏派你做使者?"晏子回答道:"大王有所不知,我们齐国有个规矩:使者中的贤者,出使君主贤明的国家;使者中的不肖者,则出使那些没有贤明君主的国家。像我晏婴这样的人,当然被派来出使楚国了。"

直话绕着说

齐景公有一匹好马,不小心被他的马夫给杀掉了。景公大怒,拿起刀来就要亲自把那马夫杀掉。晏子对景公说:"大王,您这样做,使他连自己的罪过都不知道就死了,这样不好。所以,请您先让我为您历数他的罪过,然后再杀也不迟。"景公说:"好吧,就依你。"晏子于是举着刀走到马夫面前,对马夫说:"你为我的国君养马,却把马给杀掉了,此罪当死;你使我的国君因为马被杀而杀掉养马人,此罪又当死;你使我的国君因为马被杀而杀掉养马人的事,传遍四邻诸侯,人人皆知,此罪也当死……"齐景公听到这里,马上说:"算了,把他放了吧,免得让我落个不仁的恶名。"

后唐庄宗在中牟狩猎,践踏蹂躏了老百姓田地里的庄稼,中牟县令拦住他的马进行劝谏。庄宗大怒,喝令左右将他押下去斩首。这时,戏子敬新磨,率领众伶人跑过去,追上了中牟县令,将他拉到庄宗马前,数落他说:"你这个当县令的,难道偏偏没有听说天子喜欢田猎吗?为什么要放纵老百姓去种庄稼,为皇帝缴纳赋税呢?为什么不暂且让你的百姓挨饥受饿,把这些田地空起来,等待天子来驰马射箭,追杀猎物呢?你真是罪该万死!"说罢,便请求皇上马上行刑,众伶人也在旁边唱和着。庄宗听了他这番话,随即大笑起来,并释放了中牟县令。

附录　历代职官简表

大夫： 先秦诸侯国设有卿、大夫、士三级。大夫世袭，有封地。

太宰： 又名总宰。原为王室的家务总管，西周时成为朝廷大臣。春秋时鲁、宋、楚、齐、吴等国皆设有太宰。

丞相： 战国时设置，为百官之长。后历代均有设置，但名称、职权、人数有所不同。明代被废。

郡守： 战国始置，初时只在边地设郡，郡长官为"郡守"。郡守本是武职，后变为地方行政长官。秦统一中国后，在地方设置郡、县两级行政单位，郡守负责一郡的民政。汉景帝改郡守为太守，后世皆沿用。

长史： 最初为战国末年秦国所设，为丞相府、太尉府等官署的属官。汉代丞相、太尉、御史大夫等高级官吏所在官署也有设置，为属官之长。边郡太守也有长史，掌管兵马。唐代亲王府、都护府、将帅、州府亦设有长史。宋代州府无长史。后各代王府设有长史，总管府内事务。

尚书： 战国时秦国、齐国始置，亦称"掌书"，属低级官员，主管在殿内发布文书。汉武帝时因是近臣，地位渐高。东汉时，政事归尚书台，各曹尚书权力渐重。隋以后各代皆有尚书，为六部长官。隋唐时为正三品，明时为正二品，清雍正以后为从一品。

刺史：汉武帝时设置，各州设一人，负责检查一州官员在吏治、民政等方面的工作，隶属御史中丞。东汉时，刺史权力逐渐扩大，成为一州之长。隋朝改州为郡，刺史改称太守。唐宋沿置，唐代称太守或刺史，宋代称知州（府）事。元代以后被废。

左冯翊：地名，位于今陕西西安西北部。西汉时，与京兆尹、右扶风并称三辅，拱卫首都长安。其最高长官也称左冯翊，相当于郡守。

功曹：又称"功曹史"。西汉初置，为郡守、县令的主要属官，掌管郡县的人事考核及任用迁转之职，也涉及其他事务。后历代虽均有设置，但权力远不及汉代，明代时被废。

主簿：汉代设置，后代各朝均有，为各级主官属下掌管文书的佐吏。

游击：汉武帝始置游击将军，职权颇重，统兵征伐。唐宋沿置，为武散官。明代时，沿边及要地驻军有游击将军，无品级、无定员，地位仅次于参将。清代绿营兵有游击，官秩从三品，位次参将。

别驾：亦称"别驾从事""别驾从事史"，汉代设置，是刺史的佐官，因地位较高，出行时不与刺史同乘一辆车，故称"别驾"。魏晋南北朝时沿置，是州府的总理事务之官。隋唐时，别驾曾改名"长史"。宋代州通判职责与别驾类似，故后世常用"别驾"称之。

中书令： 最初为汉武帝设置，掌管文书，由宦官充任。后来朝代虽时有更名，但均有设置，且权力地位一路上涨。唐代时，中书令为三省长官，行宰相之职。宋代为虚职，元代中书令常由太子兼任。明代被废。

给事中： 因在殿中给事（执事）而得名。秦汉为加官，掌顾问应对。晋朝始为正式官职。隋朝在吏部设给事郎，后移门下省，掌管省读奏案，官秩为从五品。唐代改名给事中，官秩正五品上，掌读署奏抄，也与御史、中书舍人审理天下冤滞案件。宋元沿置，元无门下省，单独设有给事中，兼修《起居注》。明代设吏、户、礼、兵、刑、工六科，监察六部，弹劾官吏，权力颇重。每科设有都给事中，官秩正七品，左右给事中、给事中为从七品，官秩远低于前代。清代沿置六科，属都察院，各有掌印给事中、给事中，但权限极低，远低于明代。

仪同大将军： 北周武帝建德四年(575年)改仪同三司置。主要授予有军勋的功臣及北齐降官，无具体职掌。

翰林学士： 唐初设置，遴选擅长文词、经学、医卜的名儒学士，为皇帝起草诏令，非正式职官。唐玄宗时设置翰林侍诏，与集贤院学士分掌制诏书敕。后改称翰林学士，掌管拜免将相、号令征伐等机密诏令。唐代后期，更是成为皇帝心腹，往往能升任宰相。宋代以后翰林学士仍掌制诰，但地位渐低。

转运使： 唐玄宗时初置水路发运使，管理洛阳、长安间的粮食运输。后置江淮转运使，管理东南各道的水路转运事务。唐肃宗时设置诸道转运使，管理颛骨谷物财货的转输、出纳。宋代设诸路转运使，负责掌管一路财富，并监察地方官吏，官高秩重者称"都转运使"，简称"漕"，实为州、府以上行政长官。元明时设有都转运盐使司，清设有都转盐运使司，专管盐务。

行军大总管：隋唐时军队出征有行军总管、行军大总管，为军队统帅。

神策军：唐天宝年间，陇右节度使哥舒翰为防遏吐蕃侵略，在洮州以西建立的一支戍边部队，最高长官称"军使"。平定吐蕃后，神策军移屯京师，成为禁军，常以宦官领兵，待遇颇厚。唐末被废。

检校：意为"勾稽查核"，南北朝时是皇帝下诏特批，而非正式任命的加官。通常加在官名之前。隋唐时，检校使用范围扩大，且成为正式官衔。元、明、清时，检校为低级官员，掌管文书的核查。

都虞候：唐代中期以后，藩镇下设置都虞候、虞候，掌握纠察及侦候等事。

枢密使：唐代中期始置，执掌接受表奏及向中书门下省传达皇帝的诏令，由宦官担任。昭宗时，借朱温之力尽诛宦官，始以士人任枢密使。宋代沿置，为枢密院长官，与同平章事共同负责军国要政，但前者偏重军事，后者偏重政治。南宋时，枢密使通常由宰相兼任。

制置使：唐宣宗时置"招讨党项行营都统制置等使"，始有制置使之名。北宋沿置，但不常设，主管边疆军事事务。南宋为一路军事长官，掌诸州军事，多由安抚大使兼任。

知府：唐代始置，只在国都设府，长官称"府尹"。宋代称大郡为府，长官称"以某官知某府事"，简称"知府"。明清以知府为正式官名，为一府行政长官。常被尊为"太尊""府尊"，亦称"黄堂"。

参知政事： 唐代初置，中书令、侍中、尚书仆射之外的官员若行使宰相之职，给以"参政知事"等名义。宋代沿制，参政知事为副宰相，简称"参政"，与宰相（同平章事）同议政事，但初期不管官印，也不升议事堂。后与宰相轮流掌管官印。元代中书省设参政，在行中书省丞相、平章、左右丞下设参政知事。明初沿置，洪武九年（1376年）改参政知事为布政使，参政为布政使之副职。

推官： 唐代始置，为节度使、观察使、防御使的属官，掌管勘问刑狱。历代沿置。

防御使： 唐前期在西北边镇设置，后在中原地区的大城市、军事要地也有设置，掌管军事，由刺史兼任，后又常与团练使互兼。宋时为武将兼衔，位在观察使之下而在团练使之上，官秩与州官相当。元代仍有设置。清代各地驻防军中有武官防御，属低级军官。

都监： 武将职名。唐中期始置，因出兵作战常用宦官监军，称"都监"。宋代设置兵马都监，简称"都监"。路一级都监掌管本路禁军屯戍、边防、训练事宜。州府以下都监，掌管本城军队的屯驻、器械，训练、差使。

招讨使： 唐中后期始置，掌镇压起义及招讨叛贼，战时临时设置，常由大臣、将帅或节度使等地方军政长官兼任。元代在边疆设置招讨司，主要管理少数民族地区军政事务，长官为招讨使。明代在西南少数民族地区置招讨司，由当地土官出任招讨使。清朝废除土司制度，招讨使被废。

巡按：唐天宝年间始置，由皇帝派遣官员巡按天下风俗、罢黜官吏。明代以一省为一道，每年八月，中央向各道派遣监察御史巡视，考察吏治，称巡按御史。清初沿置，顺治年间被废。巡按御史品级不高，只是正七品，但因代皇帝巡狩百官，权重颇大。

宣抚使：唐后期始置，常被朝廷派去视察战后地区或受到水旱灾害的地区，称宣抚安慰使或宣抚使。元代在西南少数民族地区设置宣抚使，管理当地军民及土官。明清沿置，为武职土官。

巡抚：唐代始置，凡遇灾害，中央便派官员去地方巡视、抚慰，称"巡抚"。后历代均有设置，但一直为临时差遣，直到明宣德五年（1430 年），才开始在各省专设，与总督同为地方最高长官。清代正式以巡抚为省级地方行政长官，总管一省军事、吏治、刑狱、民政等，地位略次于总督。别称"抚台""抚军"。

按察使：唐睿宗时期设置十道按察使，考察各地吏治。元代设提刑按察司，长官为提刑按察使。明代在各省设置提刑按察使，掌管一省刑狱司法，与布政使、都指挥使合称"三司"。明中期以后，随着总督、巡抚制度的建立，按察使成为其属官。清朝沿置，别称"臬台""臬司"。

知州：宋代始置，全称为"权知某军州事"，为一州长官。"权知"意为暂时主管，"军"指该地厢军，州指民政。明清时，知州为正式官名，为一州行政长官。

正言：宋代言官，主要对皇帝进行规谏讽谕，有左、右之分。由唐代左右拾遗演变而来。

骐骥使： 宋代武官职，掌管牧养官马。后多不领本职，仅为迁转阶官。

巡检： 宋朝始置，主要设置于关隘要地及偏远地区，皆由武将担任，掌管甲兵训练、巡逻地方，维持治安，镇压反叛，归州县管辖。元、明、清时沿置。

留守： 意为"留置驻守"。皇帝出巡或亲征时，以亲王或大臣留守京师，称京城留守。此外，陪都、行都也会设置留守，常由地方行政长官兼任。

通判： 宋代始置，权力极大，既辅佐知州、知府处理政务，也拥有监察官吏之权。明清沿置，分掌一府粮运、水里、屯田、江海防务等事务。

同知： 北宋初年设置，全称"同知枢密院事"，为知枢密院事的副职。辽、金、元时期，各州府亦有同知。明清沿置，分掌巡捕、粮务、屯田、水利、江海防务等。清代各州同知亦称"州同"，同知与通判可并为地方高级官员。

馆阁校勘： 是宋代特有的官职，负责校雠典籍，常以候补官员和京官兼领。

刑狱提点： 宋代官职，各路有提点刑狱公事，京畿地区有提点开封府界诸县镇公事，掌司法与刑狱等事。

平章政事： 金元时，中书省、尚书省所设官职，地位仅次于丞相。后又在各省设置，为地方高级行政长官。明代被废。

奥鲁官： 蒙古语，意为"老小营"。蒙古军出征，其老小辎重留于后方，称奥鲁。占领中原后，元代置奥鲁官（蒙古语称奥鲁赤）管领军户，不受地方官府统辖。

少司马： 明清时期，兵部左、右侍郎的别称。

布政使： 明初设置，为一省最高行政长官，别称"藩司""藩台"，尊称"方伯"，下属称"藩宪"。但永乐年间总督、巡抚制度建立后，布政使渐被架空。清时为总督、巡抚属官，掌管一省的人事、财赋。

科道： 明清时期，六科给事中与都察院各道监察御史的合称。

总兵： 明初在各要地临时设置总兵官，无品级，无定员，多为公、侯、伯、总督充任，后渐成常驻武官。清代有镇守总兵官，简称总兵，掌管一镇军政，受提督节制，官秩正二品。

左右都御史： 明朝始置，为都察院长官，掌监察百官，并与刑部、大理寺共同审理重大案件，官秩正二品。清代沿置，但左都御史为都察院长官，官秩从一品，右都御史为各省督抚兼任。

都指挥使： 明代在各地卫所设都指挥使司为管理机构。长官为都指挥使，为地方最高军事长官。

金都御史： 明代设置，为都察院职官，官秩正四品，分左、右。负责纠劾百官，辨明冤枉，提督各道，为天子耳目风纪之司。清代沿置。

「若水古社」
高高国际国学品牌